Michael Barth

Fangirl – Näher als du denkst

D1665488

Michael Barth

FANGIRL Psychothriller

- Näher als du denkst -

2. Auflage
© 2019 Michael Barth
Alle Rechte vorbehalten.
Vertreten durch: Michael Barth,
Asbecker Str. 39, 58285 Gevelsberg
Covergestaltung: by michael-barth-design.de
Lektorat/Buchsatz: Kerstin Barth
kontakt@michael-barth-autor.de
ISBN: 978-1687859518

Für Familie Wegener

VORWORT

Sehr geehrte Leserin, sehr geehrter Leser, vielen Dank für den Erwerb dieses Buches und die Zeit, die Sie sich dafür nehmen. Die vorliegende Geschichte ist frei erfunden, könnte jedoch tatsächlich so geschehen sein. Zum Glück ist sie das nicht. Jedenfalls soweit es mir bekannt ist.

Eigentlich ist die Aussage *frei erfunden* so nicht ganz korrekt, denn wie seinerzeit *Geist* ist auch *Fangirl* ein Produkt meiner abenteuerlichen Traumwelt, die mir immer wieder brauchbaren Stoff für neue Geschichten liefert. Die Protagonisten dieser Story haben in meiner Vorstellung zum Teil reale Vorbilder. Die Charaktereigenschaften, die ihnen innewohnen, sind jedoch schlicht und einfach ein Produkt meiner Fantasie und decken sich nicht mit den wirklichen Personen.

Aufgrund einer Diskussion, die ich jüngst in den sozialen Netzwerken verfolgen musste, möchte ich an dieser Stelle kurz darauf eingehen. Es ging um die Frage, wie weit ein Autor eigentlich gehen darf und dass einige Geschichten wegen ihrer Thematik und/oder Intensität manche Lesende triggern würden, die Ähnliches am eigenen Leib erfahren haben. Nun, ich muss Ihnen gleich sagen, dieser Fall könnte auch bei vorliegendem Werk eintreten, aber genau das ist es, was ich beabsichtige. Ich habe bei meinen Recherchen mit mehreren Personen gesprochen, die derlei Dinge selbst erlebt haben, um so authentisch wie möglich zu schreiben. Wer meine bisherigen Thriller kennt weiß, dass ich in der Regel irgendwelche Super-Ermittler vermeide, die jeden noch so komplizierten Fall lösen und aus der ausweglosesten Situation problemlos entkommen. Ich bevorzuge bei meinen Protagonisten und Antagonisten ganz normale Menschen. Das soll jetzt nicht bedeuten, dass Ermittler anormal sind, aber sie sind eben nicht so lebensnah wie beispielsweise ein einfacher Maler und Lackierer (siehe *Geist*).

Wenn Themen meiner Romane nun Lesende triggern, dann wurden diese Lebenserfahrungen vielleicht noch nicht vollständig verarbeitet. Und da ich stets davon ausgehe, dass nichts zufällig geschieht, wird es auch seinen Grund haben, warum diejenige oder derjenige an genau das Buch gelangt ist.

Wie weit kann ein Autor gehen? Ich habe eine Weile über diese Frage nachgedacht und meine Antwort ist: So weit, wie es seine eigenen Moralvorstellungen erlauben.

So, nun aber genug geschwafelt. Viel Spaß und gute Unterhaltung mit *Fangirl – Näher als du denkst*.

PROLOG

NRW, Herten, März 2003

Biancas Nervosität hatte sich in den letzten Minuten um ein Vielfaches gesteigert. Dabei war sie doch eigentlich ganz entspannt gewesen, als sie an diesem Morgen den Zug am Leipziger Hauptbahnhof betrat. Sicherlich war eine gewisse Aufregung spürbar, aber die Vorfreude auf das Wochenende überwog. Über Wochen hatte sie geplant, ihre Internetbekanntschaft Mario zu besuchen. Nun, da ihre gemeinsame Lieblingsband *Umbra et Imago* in seiner Nähe auftrat, lag es nahe, zwei Fliegen mit einer Klappe zu schlagen und ins Ruhrgebiet zu fahren.

Sie hatten sich in einem Forum der *düsteren Klänge* kennengelernt. Die Vorliebe für Independent-Rockmusik, speziell jener, die im Gothic-Bereich angesiedelt war, verband Bianca und Mario. Seit einigen Monaten schrieben sie sich täglich und entdeckten schnell weitere Gemeinsamkeiten. Dazu zählte nicht zuletzt die Faszination für alles, was nicht der Norm entsprach. Auf ihre Art waren sie beide Querdenker. Auch, oder besonders, im Bereich der Sexualität.

Mario hatte in ihr endlich eine Gesprächspartnerin gefunden, die ihn diesbezüglich nicht verurteilte oder als *pervers* und *krank* abstempelte. Worte, die seine Frau Melanie des Öfteren gebrauchte, wenn er mit seinen *dummen Ideen* ankam, um (wie er sagte) mal wieder etwas Leben und Spannung in ihr nahezu nicht mehr vorhandenes Liebesleben zu bringen.

In den ersten zwei Jahren ihrer Ehe schien alles noch rosarot. Die Schmetterlinge im Bauch trübten die Sinne und vernebelten den Verstand dahingehend, dass sie nicht wahrhaben wollten, dass ihre Partnerschaft von vornherein zum Scheitern verurteilt war.

Mario und Melanie ignorierten konsequent ihre inneren Stimmen. Obwohl keiner der beiden noch glücklich in dieser Beziehung war, hielten sie daran fest. Wie an einem alten Erbstück, von dem man sich nicht trennen konnte, weil es von der über alles geliebten Oma stammte. Ihre Ehe war zu einem lieblosen Gewohnheitsrecht geworden und keiner von ihnen hatte noch ernsthafte Gefühle für den anderen. Doch das sollte ihnen erst Jahre später bewusst werden.

Marios Leidenschaften waren für Melanie nicht nachvollziehbar. Ganz im Gegenteil, sie hielt es einfach nur für krank, was da in seinem Kopf herumspukte. Sie konnte nicht verstehen, warum es ihn anmachte, wenn eine Frau glänzende Sachen aus Lack, Latex oder Leder trug. Und allein der Gedanke, sich auf sein Drängen hin beim Sex ans Bett fesseln zu lassen, bereitete ihr Magenschmerzen und Übelkeit. Es brachte die beiden nicht näher zusammen, sondern trieb sie voneinander fort. Unendlich viele Diskussionen hatten sie geführt und waren doch nie auf einen gemeinsamen Nenner gekommen. Vielleicht war es auch gerade sein besonderes Verlangen, das die sexuelle Basis letztendlich fast vollkommen zerstört hatte.

Sicher, sie hatten noch intime Momente – fünf- oder sechsmal im Jahr, wenn es hochkam. Zusammenkünfte, die Mario stets so wahrnahm, als würde er auf einem toten Fisch herumrutschen. Melanie war in sexueller Hinsicht nicht nur prüde, sondern in Marios Augen absolut frigide. Nicht ein einziges Mal hatte er sie in all den Jahren auch nur annähernd befriedigen können. Wie auch? Er durfte sie ja kaum berühren. Hier kitzelte es, dort war es unangenehm. Melanie konnte irgendwie nicht wirklich zu ihrer Weiblichkeit stehen. Alles fernab der Missionarsstellung fiel bei ihr in die Kategorie *pervers und abartig*. Reizwäsche, im schlimmsten Falle dieses glänzende Gummizeugs, das ihn so faszinierte, war für Melanie undenkbar und nicht vereinbar mit ihrer Einstellung zum Thema Sex. Die eigene Nacktheit war ihr allerdings ebenso unangenehm. Das machte es Mario nicht leichter.

Immer wieder probierte er es über Umwege, denn für ihn hatten diese Sachen nicht zwangsläufig einen sexuellen Aspekt. Es gefiel ihm einfach, zog seine Blicke geradezu magisch an. Mit der fadenscheinigen Ausrede: »So etwas tragen viele in der Gothic-Szene«, schleppte er Hosen, Korsagen, Stiefel und allerlei andere Dinge an, die von Melanie jedoch konsequent verweigert wurden und letztendlich ihren Weg in den eBay-Shop fanden. Wenn Mario hingegen in seiner Lackhose oder den kniehohen Stiefeln mit den Totenkopfschnallen herumlief, störte es sie in keiner Weise. Natürlich machte es sie auch nicht an, denn im Grunde genommen konnte Mario sie schon lange mit rein gar nichts mehr aus der Reserve locken. Er lebte seine Fantasien in erster Linie dadurch aus, dass er das Internet nach Bildern durchstöberte, die seinen Neigungen entsprachen. Seine Festplatte quoll über vor entsprechenden Dateien, die er sich immer wieder ansah.

Als Bianca und er bei einem Gespräch über ihre Lieblingsband und deren ausschweifende Bühnenshows auf das Thema kamen, stellte sich heraus, dass die Achtzehnjährige zwar keinerlei Erfahrungen in diesem Bereich aufweisen konnte, aber sehr interessiert an allem war, was damit zusammenhing. Mario hatte endlich eine Gesprächspartnerin gefunden, mit der er über solche Sachen ganz normal reden und sie sogar begeistern konnte. Die beiden Worte *Begeisterung* und *Melanie* hingegen waren schon lange kaum mehr in einen sinnvollen Kontext zu bringen.

Doch bei den ausführlichen Gesprächen sollte es auch bleiben, denn obwohl seine Ehe nur noch ein wackliges Gerüst darstellte, wäre ihm nie in den Sinn gekommen, Melanie zu betrügen. Mario hasste Lügen und war stets bestrebt, sie zu vermeiden. Man konnte doch nicht von anderen Ehrlichkeit erwarten, wenn man es selbst nicht so genau damit nahm. Aus dem Grund berichtete er schließlich Melanie von seiner neuen Bekanntschaft und dass sie ganz offen über diese gewissen Themen reden würden.

Als der Termin für das erste Treffen dann feststand, hatte Melanie einen Vorschlag gemacht, der ihn endgültig hätte wachrütteln müssen. Ein Vorschlag, der deutlich gezeigt hatte, an welchem Punkt ihrer Ehe sie sich wirklich befanden. »Leb deine Fantasien doch mit dieser Bianca aus. Ich hab nichts dagegen, solange du *mich* damit in Ruhe lässt. Also, ich rede natürlich nicht davon, dass du mit ihr in die Kiste springen sollst, aber alles andere wäre absolut okay für mich.«

Mario war die Kinnlade sprichwörtlich bis zum Boden gefallen. Sicher, seine Frau war nie besonders eifersüchtig gewesen, doch das hier ging in eine Richtung, die er zunächst nicht in der Lage war, richtig einzusortieren. Wie sollte er darauf reagieren? Nach einigen weiteren Gesprächen mit ihr und auch mit Bianca nahmen sie sich tatsächlich vor, an diesem Wochenende ein paar Fotoshootings zu machen, für die Bianca gefesselt posieren würde.

Sicher trugen diese Pläne zu Biancas Nervosität bei. Seit Tagen lief ihr Kopfkino auf Hochtouren und sie malte sich alle möglichen Dinge aus, die Mario mit ihr anstellen könnte. Ein wenig Angst hatte sie schon, aber es erregte sie auch, sich vorzustellen, was dieses Wochenende an neuen Erfahrungen für sie bereithalten mochte.

Es war Freitagmittag, als ihr Zug in den Hauptbahnhof Recklinghausen einfuhr. Gleich würde sie zum ersten Mal auf Mario treffen, der versprochen hatte, sie vom Bahnhof abzuholen. Bereits als der Zielbahnhof aus den Lautsprechern angekündigt wurde, hatte sich Bianca von ihrem Sitz erhoben und war in Richtung Tür gegangen. Sie konnte einfach nicht länger sitzen bleiben. Je langsamer der Zug wurde, desto schneller schlug das Herz in ihrer Brust. Feine Schweißperlen standen ihr auf der Stirn. Diese kamen nicht einzig von der Aufregung, denn zugleich war es erstaunlich warm für die Jahreszeit. Zumindest hier im Westen.

Ein kleiner Ruck ging durch den Zug, als er endlich anhielt. Bianca betätigte den Türöffner und trat hinaus. Ein Blick nach links, einer nach rechts und schon erblickte sie ihn. Mario hatte sie ebenfalls sofort gesehen und kam ihr lächelnd entgegen. Er trug eine schwarze Lederhose und einen Kapuzenpulli mit dem Schriftzug von Umbra et Imago auf der Brust.

»Hey, da bist du ja. Da sag noch mal einer, die Bahn könne nicht pünktlich sein. Wie war die Fahrt?«

»Entspannend«, log Bianca. Doch für ihre Anspannung konnte das Bahnunternehmen schließlich nichts. Sie musterte Mario und musste feststellen, dass weder die Bilder noch ihr Schriftverkehr auch nur annähernd in der Lage gewesen waren, seinen Charme einzufangen. Seine freundlichen blauen Augen und die blonden Haare kannte sie bereits von den Bildern, die er ihr zugeschickt hatte. Es waren stets Porträtaufnahmen und er betonte immer wieder, dass er von jeher Probleme mit seinem Gewicht hatte. Gut, ein klein wenig schlanker hatte sie ihn sich trotzdem vorgestellt, aber es störte sie auch nicht wirklich.

Sie fielen sich in die Arme und drückten sich. »Wir müssen ein Stück laufen, hier war mal wieder kein Parkplatz zu finden. Komm, ich nehme deine Tasche.« Mario hatte sich Bianca etwas größer und nicht gar so zierlich vorgestellt. Sie war mit ihren ein Meter und sechzig gute zwanzig Zentimeter kleiner als er und sehr schlank, das ließ selbst der weite Pulli erkennen, den sie trug. Ihre langen, hellroten Haare hatte sie zu einem lockeren Pferdeschwanz gebunden.

Sie sah auf die Bahnhofsuhr. »Wann geht es denn nachher los?«

»Och, Bochum ist nicht weit weg und Tickets haben wir ja schon, also sollte es reichen, wenn wir so gegen halb sieben losfahren.«

Bianca strahlte, freute sich ebenso auf das Konzert wie Mario. »Kommt Melanie auch mit?«, wollte sie wissen.

»Nein, die fährt morgen früh für ein paar Tage nach Hamburg zu ihren Eltern.«

»Und sie lässt dich mit einer fremden Frau alleine?«

In ihrem Blick lag etwas, das Mario sich weigerte, wahrzunehmen. »Sie vertraut mir«, antwortete er, ohne weiter darauf einzugehen. Die leisen Alarmglocken in seinem Hinterkopf sollten ihn warnen, aber dazu hätte er ihnen Beachtung schenken müssen.

»Voilà. Casa del Drechsler«, sagte Mario mit einem albernen Grinsen im Gesicht, als sie die Zweieinhalb-Zimmer-Wohnung in Disteln, einem Stadtteil von Herten, erreichten. »Ich habe dir ja gesagt, dass unsere Hütte sehr klein ist. Eigentlich eher ein Wohnklo und unordentlich obendrein.«

»Ach, es wird schon gehen, ich bin ja auch sehr klein«, erwiderte sie lächelnd.

Melanie begrüßte sie wie eine alte Freundin und versorgte die zwei zunächst mit frischem Kaffee. Aus der Begrüßung wurde ein leichtfüßiger Small Talk über die Musik bis hin zu den Plänen mit dem Fotoshooting. Sie beteuerte auch Bianca gegenüber, dass es ihr nichts ausmachte, und zeigte ihr somit, dass Mario diesbezüglich die Wahrheit gesagt hatte. Selbstverständlich hatte Bianca das nie wirklich infrage gestellt.

Bianca fühlte sich sofort wohl bei den beiden und die Bedenken bezüglich Melanie waren schnell verflogen. »Ich meine, es ist ja schon ungewöhnlich, dass eine Frau ihrem Mann so etwas ohne Weiteres …«

»Ach, weißt du, das, was Mario da so beschäftigt, ist einfach nicht meine Welt. Ich will aber auch nicht, dass er deshalb auf alles verzichten muss. Also mach dir keine Gedanken. Es ist absolut okay für mich.«

Bianca kramte in ihrer Tasche und zog eine schmale Blechdose heraus. »Aber heute Abend rauchen wir erst mal was zusammen, in Ordnung?« Sie öffnete die Dose und ein intensiver Geruch von Gras verteilte sich in dem kleinen Wohnzimmer.

Mario und Melanie sahen sich an und nickten. »Na, da sagen wir doch nicht Nein. Ist lange her, und das

Zeug riecht mal verdammt gut.«

Bianca klappte den Deckel wieder zu, als fürchtete sie, dass zwei Minuten Sauerstoff der guten Qualität bereits schaden würden. »Ja, es ist auch gut. Richtig gut. Kommt aus Tschechien. Kein Plattmacher, nach dem du nur abhängen und Süßigkeiten futtern willst, sondern Lachstoff vom Feinsten.«

»Klingt gut, aber erst nach dem Konzert, ich muss schließlich noch fahren.« Mario grinste in Erwartung an den verheißungsvollen Abend.

Mit etwas Verspätung startete das Konzert in der Bochumer Zeche zunächst mit einer Vorgruppe, die keiner der beiden kannte, geschweige denn mochte. Aber damit waren sie nicht alleine. Schiefe Gitarren, ein Schlagzeuger ohne Taktgefühl und ein selbstverliebter Sänger, der kaum einen Ton traf. Applaus gab es für die untalentierten Jungs erst, als sie ihren letzten Song ankündigten. Dass der Frontmann in diesem Moment selber lachen musste, machte ihn dann doch schon wieder sympathisch.

Die Bühne wurde in Rekordzeit umgebaut und der Haupttakt präsentierte sich endlich den ungeduldigen Fans. Gleich bei den ersten Tönen von Sänger *Mozart* wurde das Publikum für die bescheidene Qualität der Vorband entschädigt. Bereits beim dritten Lied startete die Band ihre berühmt-berüchtigte Show, wegen der Minderjährige keinen Zutritt zu den Konzerten der Gruppe hatten. Eine nackte Frau wurde mit Seilen an einen Metallrahmen fixiert, eine andere spielte mit ihr. Sie ließ ihre Peitsche über den Rücken der Gefesselten wandern und berührte sie an Stellen, an denen man es öffentlich allgemeinhin nicht tun würde. Dann brachten sie die Frau in eine hängende Position. Der Sänger stach ihr Wunderkerzen in die Pobacken, zündete sie an und schwenkte seine *Trophäe* hin und her, als wolle er sie in die feiernde und johlende Menge werfen.

Zwei weitere nackte Frauen traten an den vordersten Rand der Bühne und verwöhnten sich gegenseitig mit ihren Zungen. Bianca und Mario hatten perfekte Plätze, sie standen nur wenige Meter von ihnen entfernt und erlebten alles hautnah mit. Bianca zeigte sich sogar noch faszinierter als Mario selbst, denn so etwas hatte sie bisher nie gesehen. Für Mario hingegen war es das zweite Live–Erlebnis seiner Lieblingsband.

»Beim ersten Mal waren sie weitaus heftiger drauf«, schrie er ihr durch die Lärmkulisse aus Musik und kreischendem Publikum ins Ohr.

»Also, ich finde es schwer geil.«

»Klar ist es das. Sollte jetzt nicht heißen, dass es schlecht ist.«

Die Frau, die zuvor noch an dem Flaschenzug gehangen hatte, war inzwischen wieder auf den Beinen, doch ihre Arme waren weiterhin hinter dem Rücken gefesselt. »Machst du das nachher auch mit mir?«

»Aufhängen ist technisch leider nicht möglich in unserer Wohnung.«

Bianca sah ihm tief in die Augen. »Ich meine mehr das, wie sie jetzt gefesselt ist.«

»Klar, wenn du das möchtest?«

»Unbedingt. Ich kann es kaum erwarten, das macht mich richtig wuschig.«

Spätestens nach diesen Worten wurde auch Mario zunehmend unruhiger. Das junge, hübsche Ding war ganz scharf darauf, von ihm gefesselt zu werden. »Mich ebenfalls«, antwortete er wahrheitsgetreu. Sein Kopfkino war bereits in vollem Gange und so toll das Konzert war, er brannte darauf, nach Hause zu kommen und die *Foto-Party* steigen zu lassen.

Auch zu Hause konnten sie es kaum erwarten, loszulegen, und begannen direkt nach dem ersten Joint. Mario probierte gut ein Dutzend verschiedener Arten der Fesselung an Bianca aus und fotografierte seine Werke. Anfangs hatte Bianca noch eine Lackhose und einen BH getragen, doch bereits beim dritten Foto war sie vollkommen nackt. Ihr Körper war von den Proportionen her nahe an der Perfektion. Kein Gramm Fett, große feste Brüste mit zarten hellbraunen Brustwarzen und ein wohlgeformter, runder, kleiner Hintern.

In seinem Foto- und Fesselrausch nahm Mario die vielen feinen Narben, die auf ihrem ganzen Körper zu finden waren, gar nicht wahr. Erst als sie ihn darauf hinwies und beteuerte, wie hässlich sie sich selbst fühle, sah er sie. Er zeigte ihr daraufhin die ersten Fotos, die er gemacht hatte. »Sieht das für dich hässlich aus?« Sie lächelte und schüttelte verneinend den Kopf.

Beide wunderten sich unterdessen immer wieder, dass es Melanie tatsächlich nicht im Geringsten zu stören schien, dass eine fremde Frau nackt in der Wohnung umherlief und die volle Aufmerksamkeit ihres Mannes genoss. Sie rauchten einen Joint nach dem anderen und machten weitere Fotos, bis sich Melanie gegen ein Uhr nachts ins Bett zurückzog, da sie ja am Morgen zeitig zum Bahnhof musste. Dass Mario sie fahren könnte, hatte sie schon nach dem zweiten Joint nicht mehr in Betracht gezogen und sich auf den Bus eingestellt.

In dieser Nacht schlief Mario auf der Couch, denn Bianca hatte einen Wunsch, eine Fantasie, um die sie ihn schüchtern und mit geröteten Wangen bat. Sie wollte die ganze Nacht an die Heizung angekettet verbringen. Im Wohnzimmer der Drechslers befand sich ein Nachtspeicher. Zum Heizen taugte das alte, klobige Ding nicht mehr viel, doch es bot an den Seiten durch die kleinen Lüftungsschlitze einen perfekten Halt für Vorhängeschlösser. Also kettete Mario seinen Gast mit den Handgelenken daran fest. Er legte ihr ein Kissen unter den Kopf, ließ sie aber ohne Decke dort verbleiben, um den nackten Anblick genießen zu können. Es war ohnehin warm genug in der Dachgeschosswohnung.

»Ich bin gespannt, wie es sich anfühlt, hilflos in Ketten wach zu werden.«

»Du wirst es erfahren.« Mario machte noch ein paar Fotos und legte sich hin.

Sie schliefen jedoch nicht lange, denn in aller Frühe tobte Melanie wie ein tasmanischer Teufel auf Speed durch die Wohnung. Sie hatte ein wenig verschlafen und war spät dran. Die Verabschiedung fiel dementsprechend dürftig aus.

Dann war sie verschwunden und Mario und Bianca allein. Bianca lag noch immer nackt und angekettet vor der Heizung. »Und? Wie ist es, so wach zu werden?«

»Das kann man schwer beschreiben. Wie wäre es,

wenn du es selbst herausfindest? Du hast doch gesagt, dass du es auch mal probieren würdest, gefesselt zu werden. Also ich würde sagen: Heute Nacht ist das hier dein Platz.«

Obwohl Mario eher in die andere Richtung tendierte, hatte sie recht. Hin und wieder überkam es ihn und er spielte mit dem Gedanken, auch diese Seite der Medaille kennenzulernen. Die Vorstellung sorgte für erneutes Kopfkino. »Okay, gleiches Recht für alle. Hast vollkommen recht. Ich bin dabei.«

»Das war keine Bitte«, erwiderte sie keck und feuerte seine Fantasie damit anständig an. Bis es jedoch so weit war, probierten sie den ganzen Tag lang die verschiedensten Fesselmotive aus und rauchten einen Joint nach dem anderen.

Am Abend verkündete Bianca schließlich, dass es für ihn langsam Zeit wurde, die neue Erfahrung zu testen. Mario war aufgeregt und legte sich mit Jogginghose und T-Shirt vor die Heizung.

»Wie war das noch? Gleiches Recht für alle? Also ich hatte letzte Nacht nichts an.«

Irgendwie war es ihm unangenehm. Wenngleich er auch ein Sprücheklopfer war, so war er im Grunde seines Herzens doch relativ schüchtern. Letztendlich ließ er sich von Bianca überreden und betrachtete mit gemischten Gefühlen, wie die Schlösser an den Ketten, die um seine Handgelenke lagen, einrasteten. Bianca ging sogar noch einen Schritt weiter als er die Nacht zuvor und kettete seine Fußgelenke zusammen. Aber damit nicht genug. Als er protestieren wollte, klebte sie ihm den Mund mit Paketklebeband zu. Mario wurde es komisch zumute. Eine Mischung aus Angst und Aufregung brachte ihn ziemlich durcheinander.

»So, mein Lieber. Ich gehe jetzt erst mal in Ruhe baden. Bis später. Lauf mir nicht weg.«

Sie blieb fast eine Stunde lang weg. Eine Stunde, die sich für Mario wie eine Ewigkeit anfühlte. Seine Emotionen hatten dabei eine ausgiebige Achterbahnfahrt hingelegt. Von erregt bis ängstlich hatten sich alle Empfindungen zu einem undefinierbaren Gefühl vermengt, das er nicht einsortieren konnte.

Als Bianca das Wohnzimmer wieder betrat, war sie nach wie vor nackt und hatte sich aufreizend geschminkt.

»Na? Wie ist es, so hilflos, so ausgeliefert zu sein?«

»Mmmmph.«

»Es tut mir leid, aber ich kann dich nicht verstehen. Hmmm ... muss wohl am Klebeband liegen. Sicherheitshalber lassen wir das trotzdem drauf.« Sie setzte sich neben ihn auf den Boden und zündete sich einen weiteren Joint an. »Es ist schon ziemlich cool, dich hier so liegen zu sehen und dieses Gefühl von Macht über dich auszukosten.«

Er wollte erneut etwas sagen, gab aber, wie nicht anders zu erwarten, nur unverständliches Gemurmel von sich.

»Tz, tz, tz. Begreif es doch: Ich kann dich nicht verstehen und du hast jetzt sowieso nichts mehr zu sagen. Ich allein habe das Ruder in der Hand.«

Sie strich mit dem Fingernagel über seinen Oberschenkel. Ihre Berührung breitete sich wie eine langsam kriechende, elektrische Spannung auf seinem ganzen Körper aus. Ehe er es richtig begriff, war ihre Hand zwischen seine Beine gewandert. Er war machtlos, konnte die Erektion nicht verhindern.

»Ja, nett. Scheinbar siehst du es genauso wie ich: Wir sollten ein bisschen Spaß haben.«

Er schüttelte hektisch verneinend den Kopf, aber das interessierte Bianca herzlich wenig. Sie setzte sich einfach auf ihn. In dem Moment, als er ihre Enge spürte, durchfuhr ein Schauer seinen ganzen Körper. Dennoch wollte er das nicht, versuchte, sich zu wehren, zerrte an den Ketten, probierte Bilder in seinen Kopf zu holen, die alles andere als sexuell stimulierend waren – doch nichts half. Bianca ritt ihn wie einen wilden Mustang zu.

Marios Gefühlswelt geriet komplett aus den Angeln. Auf der einen Seite war das der mit Abstand beste Sex, den er seit Langem hatte, auf der anderen Seite wurde er gerade gezwungen, seine Frau zu betrügen. Er konnte nicht das Geringste dagegen tun. Und Bianca ließ auch nicht von ihm ab. Immer wieder gelang es ihr, *ihn* aufzurichten, dabei zeigte sie sich unglaublich geschickt mit der Zunge. Doch irgendwann war naturgemäß einfach nichts mehr zu machen.

»Oh, ist der kleine Krieger jetzt erschöpft? Na, was solls, machen wir eben morgen Früh weiter.« Sie gab ihm einen Kuss auf die Wange und sah ihm tief in die blauen Augen, die sich mit Tränen gefüllt hatten. »Ich liebe dich, Mario Drechsler.«

KAPITEL 1

NRW, Herten, Mai 2019

Könntest du kurz bei Aldi ranfahren? Ich brauche da noch ein paar Kleinigkeiten.« Die Einkäufe mit seiner Mutter waren für Mario und sie zu einer Art Ritual geworden. Als er 2011 seine zweite Frau kennengelernt hatte, war er aus dem eher langweiligen Herten, wo er sich nie wirklich wohlgefühlt hatte, in das etwas pulsierendere Hagen gezogen. Nicht weil er die Stadt so mochte, sondern weil seine neue Familie dort lebte. Für ihn war es seinerzeit einfacher, die Zelte in Herten abzubrechen. Julia hingegen hätte einiges aufgeben und ihre zwei Kinder die Schule wechseln müssen.

Obgleich Hagen nicht einmal fünfzig Kilometer entfernt lag, war seine Mutter Doris nicht begeistert davon, dass ihr Sohn nicht mehr in derselben Straße wohnte wie sie selbst. Seit dem Tod ihres zweiten Mannes vor fünfzehn Jahren blieb ihr nur Mario. Sie hatte keine weiteren Verwandten und nur wenige Freunde. Zudem war Doris Heitkamp nicht mobil und gesundheitlich, durch einen Unfall fünf Jahre zuvor, ziemlich eingeschränkt. Aus all den Umständen waren die gemeinsamen Einkaufstage entstanden, die Doris und Mario im Schnitt alle zwei Wochen machten und sehr genossen.

Mario war an diesem Tag bereits fertig mit seinen Besorgungen und entschied sich daher, die Zeit dafür zu nutzen, sich am Imbiss auf der anderen Straßenseite einen kleinen Snack zu gönnen. Seine Wahl fiel auf einen Hamburger *Art des Hauses*, den es so nur im Flammengrill in Herten Scherlebeck gab. Der Krautsalat und das Spiegelei machten ihn für Mario zu etwas Besonderem, das er so nirgendwo anders bekam.

Er überquerte im Anschluss wieder die Straße und trottete gemächlich die Auffahrt zum Parkplatz des Discounters hoch, als ein PKW direkt neben ihm hielt. Das Fenster wurde heruntergefahren und verwundert nannte der Fahrer seinen Namen: »Mario?«

Er lugte ungläubig und fragend in den Wagen hinein, glaubte zunächst, seinen Augen nicht zu trauen. Das Gesicht hatte Mario Drechsler seit fünfundzwanzig Jahren nicht gesehen. »Johann? Wow, was für eine Überraschung. Das ist ja echt eine Ewigkeit her.«

»Ja, das ist wohl wahr. Haste einen Moment, dann dreh ich noch mal um und komm vorne zum Parkplatz.« Gesagt, getan. Er parkte seinen Golf direkt neben Marios Audi und stieg aus dem Wagen. »Mann, Alter, wie geht es dir?«

Mario umarmte seinen besten Freund aus der Jugend. Einer furchtbar fernen Zeit und doch erschien sie mit einem Male wieder greifbar nahe. Ihm wurde bewusst, wie lange es bereits her war. Nicht nur die Schule, sondern eigentlich alles, was mit dieser Stadt zu tun hatte. Johanns Anblick reichte aus, um eine Flut an Erinnerungen auszulösen. Episoden aus Marios Leben, an die er lange nicht mehr gedacht hatte. Wie kurze Filmausschnitte jagten sie an seinem inneren Auge vorbei. Nur einen Moment, der sich unendlich zu dehnen schien. Ausschnitte aus der Schulzeit, Keilereien im Jugendzentrum Nord, die gemeinsame BMX-Phase und nicht zuletzt die Anfänge der Computerzeit mit dem guten alten Commodore C64. Noch heute wurde der Kult-Homecomputer liebvoll *die Brotkiste* genannt und hatte selbst so viele Jahre später eine hartnäckige Fangemeinde.

Sein Blick fiel über Johanns Schulter auf den kleinen Knirps, der unruhig in seinem Kindersitz auf der Rückbank herumzappelte. »Wow, ist das echt deiner? Johann Kruse ist Vater?«

»Ja, das ist Tom. Gerade drei Jahre alt geworden.«

»Mann, du hast aber spät angefangen. Dabei hätte ich das bei dir eher gar nicht erwartet.«

»Das sage ich dir. Hat mein Leben ganz schön auf den Kopf gestellt, der Kleine. Und das zweite ist bereits unterwegs.«

Mario überlegte kurz. »Das zweite Kind? Du warst ein Jahr älter als ich, oder? Du bist fünfzig?«

»Nein, werde ich erst im Dezember.«

»Ach, ja, jetzt erinnere ich mich. Dachte, du hättest im Januar Geburtstag gehabt.«

»Hör bloß auf, diese Zahl mit der fünf vorne kann einem echt eine Scheißangst einjagen. Aber erzähl mal, Mario. Was machst du so? Bist du immer noch mit dieser komischen Melanie zusammen? Von Party zu Party, von Pille zu Pille?«

Mario musste laut lachen. »Um Himmels willen, nein. Wir wurden 2011 geschieden und zwei Monate später heiratete ich meine jetzige Frau Julia.«

Auf Johanns Gesicht legte sich eine erkennbare Erleichterung. »Gut so. Du warst ja damals echt zu nichts mehr zu gebrauchen. Die Frau tat dir nicht gut. Das wollte ich dir schon immer sagen, aber du warst einfach total durch den Wind. Ständig auf Drogen und nur noch … Sorry, wenn ich das so hart sage: Scheiße im Kopf.«

Mario nickte bestätigend. »Vielleicht hättest du es besser erwähnen sollen. Möglicherweise hätte mich das ja früher aufgeweckt. Auf deine Meinung habe ich stets viel gegeben.«

»Ich auf deine nicht, wenn ich ehrlich sein soll. Du warst oft so sprunghaft. Heute von einer Sache total begeistert und am nächsten Tag bereits komplett gelangweilt. Okay, es gab Ausnahmen, aber das Unstete hat mich schon ab und zu genervt. Was machst du jetzt so?«

»Na, du weißt ja, ich hatte seit jeher ein Autoritätsproblem, konnte mir nur schwer etwas sagen lassen, also war ich zunächst mal in der Medienbranche selbstständig. Irgendwie kam es so, dass ich schließlich 2014 mein erstes Buch veröffentlicht habe und nun, nach sechzehn weiteren, habe ich es mit meinem aktuellen Roman gerade unter die Top zehn der Spiegelbestseller-Liste geschafft.«

»Echt jetzt? Du bist Schriftsteller? DU? Warst du nicht immer so eine Lusche im Deutschunterricht?«

Mario zündete sich eine Zigarette an, sog intensiv den Rauch in die Lungen und nickte. »Nicht nur da, Alter. Aber was bedeutet das heutzutage schon? Das ist ewig und drei Tage her. Ich bin heute ein ganz anderer Mensch, mit ganz anderen Interessen, anderen Prioritäten. Was ist mit dir?«

Johann kramte ebenfalls eine Zigarettenschachtel hervor. Mario wunderte sich, denn Johann war der Letzte, von dem er erwartet hätte, dass er je anfangen würde zu rauchen. »Ha, ha. Nicht nur du hast Probleme mit normalen Jobs. Ich hatte ja damals meine Lehre als Elektriker beendet, aber zwei Jahre später ging der Laden, in dem ich gearbeitet hatte, pleite und ich hatte absolut keinen Bock mehr auf den Scheiß. Weißt du noch, wie wir früher zusammen Musik gemacht haben? Nun ja, ich bin dabeigeblieben. Bin DJ und Produzent. Ich hatte zwar zwischendurch ein paar andere Jobs, doch die meiste Zeit meines Lebens widmete ich der Musik. Und heute kann ich ganz gut davon leben. Für den Porsche reicht es jedoch nicht, wie man sieht, aber ich komme einigermaßen klar.«

Mario dachte unweigerlich an die alte Schulklasse zurück. Von einigen wusste er, was aus ihnen geworden war und er beneidete keinen davon.

»Wer hätte das gedacht?«, sagte Johann. »Ausgerechnet wir beide, die Außenseiter in der Klasse, haben als einzige Karriere gemacht, indem wir unseren Träumen gefolgt sind und einen Scheiß auf Konventionen gegeben haben.«

»Ja, Mann, das ist echt witzig, dass unsere Leben ähnlich verlaufen sind, obwohl wir uns so lange aus den Augen verloren haben.«

Johanns Sohn wurde zunehmend unruhiger. Seufzend warf er die halb aufgerauchte Zigarette weg, holte ihn aus dem Auto und nahm ihn auf den Arm. Ein Funken Wehmut lag in seiner Stimme, als er sagte: »Ja, jetzt verstehst du vielleicht, was ich vorhin meinte, dass der Kleine hier mein Leben auf den Kopf gestellt hat. Seit er auf der Welt ist, komme ich kaum noch dazu, eigene Songs zu produzieren. Aber an den meisten Wochenenden habe ich Auftritte und dadurch kommen wir ganz gut über die Runden. Außerdem geht meine Frau halbtags arbeiten. Sie ist da nicht so idealistisch verbohrt wie ich, oder wie du.«

Unterdessen kam Marios Mutter mit ihren Einkäufen aus dem Laden zurück. »Hey, Mom. Kennst du Johann noch?«

Sie musterte den etwas ergrauten fast Fünfziger und war sich offensichtlich nicht sicher. Zögernd fragte sie: »Johann? Puh … also um ehrlich zu sein …«

»Johann Kruse. Ihr Sohn und ich waren in derselben Klasse. Er hat mich wegen meiner langen Haare zu der Zeit immer Johanna genannt.«

So etwas wie Erinnerung flackerte in ihren Augen auf. »Ach, ja … dich hätte ich jetzt im Leben nicht wiedererkannt.«

Er lachte. »Na, so sehr habe ich mich doch gar nicht

verändert. Gut, die Haare sind kürzer und grauer, ein paar Falten habe ich mir auch dazuverdient, aber sonst ...«

Marios Mutter musste ebenfalls lachen. »Ja, die Zeit geht an uns allen nicht spurlos vorbei, das ist kein Klischee.«

Mario unterbrach die beiden. »Du, wir müssen dann mal langsam weiter. Ich habe heute noch einen wichtigen Termin.«

»Klar, muss ich auch, der Kleine braucht seinen Mittagsschlaf. Siehst ja, wie quengelig er gerade ist. Aber, hey, lass uns doch mal in Ruhe treffen und ein bisschen über alte Zeiten quatschen.«

»Ja, klar. Können wir gerne machen. Ich wohne zwar nicht mehr in Herten, aber du siehst ja, ich komme regelmäßig her.«

Die beiden alten Freunde tauschten ihre Handynummern aus, danach stiegen Mario und seine Mutter Doris in den Audi und fuhren davon.

Keiner der drei hatte bemerkt, dass sie die ganze Zeit beobachtet worden waren. Mario war bereits außer Sichtweite, als Johann seinen Sohn endlich wieder auf dem Kindersitz festgezurrt hatte und in den Wagen stieg. Ein Klopfen am Fenster der Fahrertür ließ ihn zusammenzucken und er blickte direkt in das freundlich lächelnde Gesicht einer Frau, vielleicht Mitte oder Ende dreißig. Er fuhr die Scheibe nach unten und fragte: »Hallo, kann ich Ihnen helfen?«

»Entschuldigen Sie, wenn ich Sie so mir nichts, dir nichts überfalle, aber ... Ihr Freund da gerade eben ...«

»Ja, was ist mit dem?« Johanns Anspannung war nicht

zu überhören. Eigentlich wollte er nur schnell nach Hause, da sein Sohn weiterhin recht weinerlich war.

»Ich will nicht aufdringlich erscheinen, doch ich muss es wissen. War das nicht der Autor Mitch Dalton?«

Johann überlegte kurz, was er sagen sollte. Sie hatten noch nicht viel über Marios Schriftsteller-Dasein geredet, aber ihm fiel ein, dass sein Kumpel als Jugendlicher ein totaler Lucky-Luke-Fan gewesen war, deshalb erschien ihm der Name Dalton ein plausibles Pseudonym. »Jepp, das war er«, sagte er kurzerhand.

»Wow, ich wollte vorhin schon herankommen, als ich Sie beide hier stehen sah, aber ich habe mich irgendwie nicht getraut. Ihr Freund ist so etwas wie mein Idol. Sie haben nicht zufällig Autogrammkarten oder Ähnliches von ihm?«

Johann musste schmunzeln. Für ihn war Mario schon immer ein Rockstar gewesen. Er hatte ihn manchmal für seine lockere, offene Art heimlich bewundert. Aber dass er es mal so weit bringen würde und Autogramme schrieb, hätte er dann doch nicht erwartet. »Nein, tut mir leid. Er ist bestimmt in den sozialen Netzwerken aktiv, warum schreiben Sie ihn nicht dort an?«

»Ich sagte doch: Ich traue mich nicht so recht. Wissen Sie, er kommt bei mir direkt nach Stephen King. Den würde ich auch nicht einfach so auf der Straße anquatschen.«

»Das können Sie bei Mar…, ich meine Mitch, aber ruhig machen. Der ist da ganz locker und entspannt. Freut sich bestimmt über jeden Kontakt zu seinen Fans.«

»Okay, dann werde ich das wohl doch mal versuchen.

Den eigenen Schweinehund zu überwinden ist nicht so einfach, wissen Sie?«

Der kleine Tom hatte die fremde Frau eine Weile mit großen Augen beobachtet, da sie ihn jedoch überhaupt nicht beachtete, begann er erneut leise vor sich hin zu weinen.

»Oh, entschuldigen Sie, ich wollte Sie ganz sicher nicht so lange aufhalten. Vielen Dank, Sie haben mir sehr geholfen.«

Ihre blonde Kurzhaarfrisur verschwand bald außer Sichtweite und Johann startete den Motor. Mit einem zufriedenen Lächeln fuhr er vom Parkplatz und freute sich über das Wiedersehen mit seinem alten Schulfreund. Es musste eine höhere Macht gewesen sein, denn er wusste nicht einmal, warum er eigentlich hierhergefahren war. Normalerweise ging er zu einem näher gelegenen Supermarkt. Jedoch nicht an diesem Tag, obwohl es offensichtlich keinen plausiblen Grund dafür gegeben hatte. Das Schicksal wollte sie offenbar einfach wieder zusammenführen.

Als er tags darauf mit Mario telefonierte, sollte eben jenes unergründliche Schicksal erneut die Weichen in eine Richtung stellen, die keiner der beiden kommen sah.

KAPITEL 2

Herzlichen Glückwunsch, Alter. Ich sage doch immer wieder: Du bist ein verdammter Rockstar.«

Mario hatte Johann gleich angerufen, nachdem er selbst die bahnbrechende Neuigkeit erfahren hatte. »Mann, du glaubst es nicht, das war ein langer Weg. Aber jetzt: Spiegelbestseller, Platz Nummer drei. Damit hat mein Buch das aktuelle von Fritschek überholt.«

Einen Moment herrschte Schweigen am anderen Ende. Dann räusperte sich Johann und fragte todernst: »Wer ist Fritschek?«

Johanns Unwissenheit amüsierte Mario. »Man merkt echt, dass Bücher nicht deine Welt sind. Das ist ja nur der erfolgreichste deutsche Thriller-Autor.«

»Ach so. Und du schreibst auch Thriller?«

»Nicht nur, aber in erster Linie schon.«

»Ich muss mal im Internet nachschauen, was du so alles treibst. Ist ja nicht so, dass ich gar nicht lese. Ich komm halt nur selten dazu.«

Mario lachte. »Meinst du, das geht mir anders?«

»Na ja, das ist ja wohl verständlich, wenn man sechzehn Bücher in vier Jahren schreibt, oder? Wie heißt denn dein aktuelles? Dein erster Bestseller? Scheibenkäse in Plastikfolie?«

Es war auch früher schon zu großen Teilen der gleiche Humor, der die beiden verbunden hatte. Daran schien sich bis heute nichts geändert zu haben und das wusste Mario durchaus zu schätzen. Nicht selten eckte er mit seinem bisweilen ziemlich derben Humor an. »Ja, klar, und es geht um einen Killer, der mit Käsescheiben mordet. Anschließend isst er die Mordwaffe auf, um Beweise zu vernichten. Das perfekte Verbrechen aus der Plastikfolie. Nein, mal im Ernst, es heißt *Sturz* und ist ein Polit-Thriller über den Sturz des Systems, in dem wir leben. Meine Art, die Leute zum Nachdenken zu bringen. Das ist es, was ich mit meinen Romanen immer bezweckt habe. Ich meine, sieh dir die da draußen doch mal an, ein korrupter Sumpf, regiert von Macht und Habgier. Menschen ballern sich die Birne weg, weil es irgendwelche mächtigen Arschlöcher so wollen. Und warum? Nur damit sie noch mächtiger werden. Oder sie pusten sich gegenseitig weg, weil sie an einen anderen Gott glauben. Ich habe Religionen schon immer gehasst. Ein Psychologe schrieb mal: Wenn es nach ihm ginge, würde man alle Menschen, die an eine ominöse Gottheit glauben, in die geschlossene Anstalt sperren. Ich sehe das ähnlich. Doch ich schweife ab. Jedenfalls wollte ich das Buch von Anfang an schreiben, aber die Zeit war dafür wohl noch nicht reif. Vielleicht musste ich mich erst mal in die richtige Richtung entwickeln. Wie du schon sagst: Ich war eine Niete in Deutsch. Und wenn ich nicht so eine gute Lektorin beziehungsweise Korrektorin hätte, würde ich vermutlich eine Tüte mit ausgeschnittenen Kommas jedem Buch beilegen, damit die Leser sie selbst verteilen können. Es gibt Dinge, die bekommt man auch nach Jahren einfach nicht in die Rübe.«

Johanns lautes Lachen steckte Mario an. Als sie sich wieder beruhigt hatten, sagte Johann: »Da haben wir also beide was zu feiern. Ich habe gerade den Auftrag erhalten, den Soundtrack für den neuen Matthias-Schweighöfer-Film zu produzieren.«

»Echt jetzt? Du machst auch Filmmusik?«

»Ich bin ein Branchenprostituierter. Wenn der Preis stimmt, mache ich alles. Alter, wir sollten unsere Erfolge wirklich feiern. Was machst du denn am Wochenende?«

Mario überlegte kurz, musste dann aber die Spaßbremse spielen. »Tut mir leid, da bin ich mit der Familie unterwegs, das hatte ich ihnen versprochen. Aber am nächsten hätte ich durchaus Zeit. Na ja, eigentlich habe ich nie wirklich Zeit, aber ich kann sie mir an dem Wochenende nehmen.«

»Ja cool. Dann komm doch zu mir. Wir lassen die Karren stehen und machen zu Fuß eine Kneipentour durch good old Herten. Pennen kannst du bei uns, wir haben ein kleines Gästezimmer.«

Mario zögerte. Die Zeiten, in denen er an jedem Wochenende mit wachsender Begeisterung feiern gegangen war, gehörten seit Jahren der Vergangenheit an. »Ich weiß nicht. Ich bin nicht mehr so der Partyfreak und Kneipen mochte ich früher schon nicht.«

»Ah ja, verstehe. Wir gehen auf die Fünfzig zu, da muss man ruhiger werden, was?«

Zum ersten Mal seit ihrem Wiedersehen kristallisierte sich eine grundverschiedene Entwicklung der beiden heraus. Johann war noch immer ein Hans Dampf in allen Gassen. Er hing der Vergangenheit nach und fand sich mit seinem Alter nicht wirklich ab. Mit wachsender Begeisterung redete er von jungen Dingern, die er regelmäßig aufriss, obwohl er verheiratet war. Mario hingegen hatte in den letzten Jahren zunehmend Ruhe und Entspannung zu schätzen gelernt. Das wilde Leben war für ihn Geschichte und er trauerte dem auch nicht nach.

Er war als typisches Schlüsselkind groß geworden und hatte eigentlich nie erfahren, was das Wort Familie wirklich bedeuten konnte. Doch als er mit Julia zusammenkam, änderte sich das. Erst in den letzten Jahren wurde ihm bewusst, was ihm gefehlt hatte. Menschen, denen er blind vertrauen konnte, die immer für den anderen da waren, ganz gleich wie schwierig es auch gerade sein mochte oder welche Dummheit man mal wieder angestellt hatte. Familie Drechsler stand füreinander ein. Dann der Traumjob als Autor, in dem Mario sein eigener Herr sein und seine Fantasie grenzenlos ausleben konnte. Nein, es gab nichts, was er vermisste oder was er gerne in seinem Leben verändert hätte. »Man muss nicht zwangsläufig ruhiger werden, aber Dinge verändern sich. Mir sind heute schlichtweg andere Sachen wichtiger.«

»Jaja. Jetzt steck den Spießer mal wieder weg und sag einfach Ja. Um der alten Zeiten willen.«

»Kumpel, ich trauere den alten Zeiten nicht nach. Im Gegenteil, ich bin froh, dass sie vorbei sind. Ich war mit meinem Leben nie zufriedener als heute. Aber ja, meinetwegen machen wir den Streifzug durch meine alte Heimat. Da breche ich mir keinen Zacken aus der Krone. Weiß nur nicht, wie lange ich das durchhalte. Ich hatte vor einer Weile einen Bandscheibenvorfall, seitdem kann ich nicht mehr so lange stehen.«

Johann prustete. »Alles klar, Opa. Hättest bei Zeiten ein paar Gewichte drücken sollen, anstatt tütenweise Chips in dich reinzustopfen.«

Mario rollte mit den Augen, so wie er es immer tat, wenn ihm jemand etwas sagte, das er nicht hören wollte, und der zu allem Übel auch noch recht hatte. »Ich hab lieber mein Gehirn trainiert, Blödbirne«, konterte er, um die Wahrheit zu überspielen. »Vermutlich ist es ganz gut, wenn dich auf deiner Tour jemand begleitet, der nicht nur mit dem Schwanz denkt.«

»Na logo. Was sagt mein Babysitter denn zu Freitag, gegen neunzehn Uhr bei mir? Adresse schicke ich dir gleich per WhatsApp.«

»Geht klar. Wir sehen uns. Bis dann.« Mario beendete das Gespräch und ging auf den Balkon, um sich eine Zigarette anzustecken. Der kleine Mann in seinem Ohr warnte ihn. Wollte ihm suggerieren, dass er diese Tour ganz schnell vergessen sollte, dass nichts Gutes dabei rauskommen würde. Doch Mario ignorierte die innere Stimme gekonnt, obwohl er anderen immer wieder predigte, man solle stets auf sein Bauchgefühl vertrauen.

KAPITEL 3

Das mulmige Gefühl begleitete ihn bis zu besagtem Freitag. Alles in ihm schien sich gegen die Pläne von Johann zu sträuben und er fragte sich immer wieder, warum er überhaupt zugesagt hatte. Spätestens als der Tag dann gekommen war, hätte Mario die Zeichen deuten müssen. Von dem Moment an, als er an diesem Morgen aus dem Bett stieg, ging alles schief, was nur schief gehen konnte. Es begann mit dem absoluten Klassiker: der kleine Zeh und der Bettpfosten. Als Nächstes verabschiedete sich die gute alte Senseo und ließ Mario den Tag ohne Kaffee beginnen, was im Normalfall undenkbar gewesen wäre. Später bedachte ihn die Post mit zwei hohen Rechnungen, von denen er dachte, sie würden erst im kommenden Monat fällig sein, und zu allem Übel war seine Frau in formvollendeter Vollmondstimmung.

Bei jeder Kleinigkeit ging sie an die Decke und es kam immer wieder zu kleineren Streitsituationen ohne ersichtliche Gründe.

Als Mario sich schließlich auf den Weg machen wollte, stolperte er auf den Treppen über seine eigenen Füße und nahm die letzten drei Stufen im freien Fall. Die Folge war, dass er noch einmal zurückmusste, da bei dieser Aktion seine Lieblingsjeans längs am Schritt aufgerissen war. Er fluchte, während er wieder nach oben trottete. Seine Beine waren schwer und der Rücken meldete sich auch zu Wort. Die Wohnung der Drechslers lag in der vierten Etage und es gab keinen Aufzug. Damals hätten sie gut daran getan, mal nicht auf den Bauch, sondern auf den Verstand zu hören, der sie gewarnt hatte. Auch Freunde und Verwandte hatten nach ihrem ersten Besuch bei ihnen gesagt: »Diese Treppen werden irgendwann zum Problem. Ihr seid keine zwanzig mehr.«

Mit fast einer Stunde Verspätung kam Mario schließlich an seinem Ziel an. Selbstredend hatte er an diesem Tag mal wieder knapp fünfundvierzig Minuten im Stau verbracht, da die Baustelle auf der A43 vermutlich nicht mehr zu seinen Lebzeiten fertiggestellt werden würde. Es nervte ihn schon lange. Im Allgemeinen brauchte er für die Strecke nach Herten eine halbe Stunde, doch über zwei Stunden waren mittlerweile eher die Regel, weil diese Autobahn einfach eine Zumutung darstellte. Ob der dreispurige Ausbau daran in ferner Zukunft etwas ändern würde? Er wagte es zu bezweifeln. Er bezweifelte auch, dass noch irgendjemand anderes so blöd sein würde, den Blitzer am Anfang der Baustelle zu übersehen. Dabei hatten die Kameraden sich erstaunlich offensichtlich postiert. Aber Mario war so sehr in seine Gedanken versunken, dass er die Geschwindigkeitsbegrenzung nicht wahrnahm und mit etwa hundert km/h daran vorbeizog. Dann sah er den Blitzer, doch da war es bereits zu spät – und er wusste das. Natürlich fand er bei Johann auch zunächst keinen Parkplatz und musste seinen Wagen zwei Straßen weiter abstellen. »Tja, wenns läuft, dann läufts«, nuschelte er verbittert vor sich hin, als er aus dem Auto stieg.

In Johanns Wohnung angekommen, berichtete er von seinem tollen Tag, was jedoch mit schallendem Gelächter seitens seines alten Freundes quittiert wurde.

»Sieh es mal so: Der Tag kann ja eigentlich nur noch besser werden.« Er reichte Mario eine kalte Flasche Bier und stieß mit ihm an. »Auf die alten Zeiten, darauf, dass die Cups die Meisterschaft gewinnen und auf dicke Titten.«

Mario grummelte weiter vor sich hin, aber der Spruch aus dem Film *Filofax* brachte ihn dann doch zum Schmunzeln. Die Komödie mit James Belushi gehörte damals zu den absoluten Lieblingsfilmen der beiden Freunde. Und auch heute noch erreichte Belushis Trinkspruch das Humorzentrum. Mario nahm einen ordentlichen Schluck aus der Flasche. »Nette Hütte übrigens. Hast ja doch so etwas entwickelt, das man fast Stil nennen könnte. Wer hätte das gedacht?« Die Wohnung stellte eigentlich nichts Außergewöhnliches dar, war aber hell und freundlich eingerichtet. Es wirkte ein wenig, als wäre Mario in einem Ikea-Katalog gelandet.

Die beiden hatten ihre *Aufwärmflasche* gerade geleert, als Samira Kruse, Johanns Frau, mit dem kleinen Tom die Wohnung betrat. Im ersten Moment dachte Mario, eine lebendig gewordene, grenzdebil grinsende Barbiepuppe stünde vor ihm. Der zweite Eindruck war der einer typischen Disco-Tussi. Die Art von Frau, mit der er noch nie viel hatte anfangen können. Schon allein diese Handbewegung, mit der sie ihre hüftlange Mähne nach hinten strich, erfüllte für Mario sämtliche Klischees des dummen Blondchens.

»Hi, du musst Mario sein«, sagte sie mit übertrieben hoher Stimme. Ihre Worte wurden von einem offenbar einstudierten Lächeln begleitet, das die Augen jedoch nicht erreichte.

»Nein, ich bin vom Finanzamt und muss leider Ihren Föhn pfänden.«

Sie schaute einen Moment lang noch dümmlicher aus der Wäsche als ohnehin schon. Dann lachte sie affektiert. »Ja, neee, is klar. Du hast den gleichen blöden Humor wie mein Hasi. Ihr habt euch echt gesucht und gefunden.«

Mario und Johann sahen sich an und prusteten los. »Ja, Schatz, was immer du sagst. Geh doch mit deinem Föhn spielen. Wir werden jetzt nämlich aufbrechen.« Samira streckte ihm die Zunge raus und verschwand mit dem Kleinen im Kinderzimmer.

Zwar sagte Mario nichts, aber wie Johann mit seiner Frau umging, vor allem wenn andere dabei waren, war für seinen Geschmack völlig daneben. Und das, obwohl er Barbie auf Anhieb unsympathisch fand.

Jeder von ihnen steckte sich noch zwei Flaschen Bier

in die Jackentaschen und dann verließen sie die Wohnung.

»Party-Time«, rief Johann lauthals, als sie die Straße hinauf in Richtung Innenstadt schlenderten. Jeder Winkel in dieser Gegend weckte Kindheits- und Jugenderinnerungen der so ähnlichen und doch grundverschiedenen Freunde. Mario hatte Johann früher stets bewundert, alles war ihm nur so zugeflogen. Was er können wollte, das eignete er sich an – meist in Rekordzeit. Dass er sich selten für etwas wirklich anstrengen musste, trieb Mario damals in den Wahnsinn, denn bei ihm war es das genaue Gegenteil. Er musste sich wie ein Verrückter abmühen und blieb trotzdem in allem, was er tat, weit hinter Johanns Fähigkeiten zurück. Sein Freund war der bessere Skateboardfahrer, der bessere Schüler, der bessere BMX-Fahrer und als die Computerzeit anfing, wurde er auch im Handumdrehen der bessere Nerd. Was Johann anpackte, das gelang ihm ohne Schwierigkeiten. Seit der siebenten Klasse kannten sie sich und selbst da war Johann ihm überlegen, denn praktisch jedes Mädchen in der Klasse stand auf ihn. Doch er war damals noch nicht so weit, hatte kein Interesse an den Wesen, die den Jungs in ihrer Entwicklung meist ein paar Jahre voraus waren.

Mario überlegte, ob er wohl zu viele weibliche Gene abbekommen hatte, denn er hatte sich schon seit der ersten Klasse mehr für Mädchen interessiert und auch immer eine Freundin gehabt. Im Gegensatz zu Johann betonte Mario jedoch stets, wie wichtig ihm Treue sei. Seit sie die Wohnung verlassen hatten, prahlte sein Kumpel mit seinen vielen Weibergeschichten, die Mario eigentlich gar nicht interessierten. Er fand es nicht cool, sondern eher nervig, sich die nicht enden wollenden Erzählungen über Johanns Eroberungen anzuhören. Vor allem jung mussten sie sein. Jung und nicht allzu clever, damit sie leicht zu beeindrucken waren. Laut Johanns Worten war ihm seine einunddreißigjährige Frau eigentlich schon viel zu alt.

»So zwischen zwanzig und fünfundzwanzig, das ist optimal«, sagte er mit einem lüsternen Grinsen im Gesicht.

»Okay, na ja ... also ich habe zwei fast erwachsene Kinder zu Hause, ich bräuchte nicht noch ein drittes an meiner Seite.«

»Ach, komm ... denkst du nie daran, mal was erheblich Jüngeres vor die Flinte zu bekommen?«, fragte Johann mit Verschwörermiene und boxte Mario ermunternd gegen den Oberarm.

Mario nahm einen kräftigen Schluck aus der zweiten Bierflasche. »Auch wenn es dir schwerfallen wird, das zu glauben, aber nein. Wozu? Mit den Frauen ist es wie mit einem guten Wein, sie müssen erst reifen, um zu schmecken.«

»Ey, Alter, jetzt enttäuschst du mich aber. Besonders die jüngeren Frauen wollen doch bewundert und erobert werden. Was will ich denn mit einer alten Frau? Alt bin ich selber.«

»Wenn du meinst. Wo du gerade von Frauen redest ...« Im Grunde war das ein sinnfreier Kommentar von Mario, da Johann kaum von etwas anderem sprach. Sie gingen an dem Schild mit der Aufschrift *Copa Ca*

Backum vorbei, dem Hinweis auf das Hertener Freibad. Ein paar Meter weiter erkannte Mario schon den kleinen Ententeich mit dem Unterstand am anderen Ende. Er zeigte auf die Bänke, die im Halbkreis darunter zu sehen waren. »Da werden Erinnerungen wach. Weißt du, dass ich da hinten zum ersten Mal einem Mädchen unter die Bluse, beziehungsweise den Pulli, gegangen bin? Mann, war das peinlich. Ich hab diesen verfluchten BH nicht aufbekommen und meine damalige Freundin Annalena musste herzhaft lachen, was verständlicherweise nicht so fördernd für die sexuelle Stimmung war.«

Johann warf seine zweite leere Flasche ins Gebüsch, die Umwelt hatte ihn noch nie sonderlich interessiert. »Echt? Hier draußen zum ersten Mal rumgefummelt?«

»Ja, ihre Eltern mochten mich nicht, zu mir wollte sie auch nicht so gerne. Sagen wir mal: Sie war komisch. Deshalb haben wir uns überwiegend irgendwo im Freien getroffen.«

Johann lachte laut und ließ einen kräftigen Rülpser folgen. Sie gingen die Straße weiter bergauf, kramten alte Gags heraus, über die sie sich früher halb totgelacht hatten und mussten feststellen, dass sie die meisten noch immer lustig fanden. Ja, Johanns Frau hatte recht, sie teilten den gleichen Humor. Und auch ihre Prinzipien, was das Leben anging, ähnelten sich nach wie vor sehr. Trotzdem war es für Mario ein Problem, dass sein Freund so dermaßen der verlorenen Jugend nachjagte. Er selbst hatte längst seinen Frieden mit dem Alter gemacht. Seiner Ansicht nach hatte er genug erlebt, und bei Gott, nicht alles davon war gut.

Ja, er war dankbar, dass sein vormals so unruhiger

Geist in den letzten Jahren mit Julia und ihren Kindern endlich mal zur Ruhe gekommen war. Mario gefiel es ausgezeichnet, wie sich sein Leben seitdem entwickelt hatte, und um nichts in der Welt würde er das eintauschen oder verlieren wollen. Ein Aspekt, den Johann nicht verstehen konnte. Warum er seine Samira überhaupt geheiratet hatte, das wusste er vermutlich selber nicht so genau. Mario glaubte, die Erklärung in Tom zu sehen, aber das war nur eine Mutmaßung. Hatte Johann eigentlich erzählt, wie lange er schon verheiratet war? Er erinnerte sich nicht, was sicherlich auch der Tatsache geschuldet war, dass Mario bei den ganzen Frauengeschichten seines Kumpels gar nicht richtig zugehört hatte.

Sie hielten neben der Bushaltestelle *Uferstraße* und Mario streckte sich. »Mein Rücken macht mir echt zu schaffen. Was meinst du? Eine Station mit dem Bus?«

»Ist das dein Ernst? Wir sind doch schon fast in der Stadt. Stell dich mal nicht so …«

Mitten im Satz wurde Johann unterbrochen. Eine Frau mit kurzen, blonden Haaren kam wie aus dem Nichts auf die beiden zugestürmt und lief geradewegs auf Mario zu. Dabei ignorierte sie Johann, als wäre er gar nicht anwesend. »Mitch Dalton? Sind Sie das wirklich?«

Mario grinste und sah zu Johann rüber. Er dachte nur: *So wendet sich das Blatt, Kumpel.* »Ja, der bin …« Auch er kam nicht dazu, auszusprechen, denn die Unbekannte fiel ihm einfach um den Hals und küsste ihn auf die Wange. Zeitgleich hielt ein roter VW Polo neben der Gruppe, den zunächst niemand registrierte. »Whoa … immer langsam, junge Frau.«

»Ja, machen Sie den alten Mann nicht kaputt, wir haben noch einiges vor heute.«

»Oh, es tut mir leid, normalerweise habe ich mehr Manieren. Da sind wohl gerade die Pferde mit mir durchgegangen.«

Aus dem Wagen neben ihnen stieg eine weitere Frau aus. Sie war vermutlich Anfang dreißig. Ihre schulterlangen, schwarzen Haare wurden von einer Windböe zerzaust und verdeckten zum Teil ihr sehr hübsches Gesicht. »Ist er es wirklich, Ramona?«

»Ja, das ist tatsächlich Mitch Dalton. Komm schon rüber, ich glaube, er beißt nicht.« Die Blondine winkte ihre Freundin aufgeregt näher, über ihr Gesicht hatte sich eine leichte Röte gelegt.

Mario fühlte sich in diesem Moment wie ein Superstar, Johann hingegen grinste. »Wir zwei haben uns ja schon mal gesehen. Das erste Mal sprachen Sie mich auf dem Aldiparkplatz an.«

Die junge Frau wandte sich ihm zu. »Ja, das stimmt. Stellen Sie sich meine Überraschung vor, als ich Sie beide gerade von Weitem hier gesehen habe. Wissen Sie, meine Freundin Tanja wohnt gleich da hinten. Wir wollten eigentlich zur Tankstelle fahren, da sah ich Sie und lief schnurstracks los.«

Mario unterbrach den Redefluss seines Fans. »Können wir vielleicht einfach beim Du bleiben? Es reicht mir, wenn man mich auf der Bank mit Sie anspricht. Ich brauche diese Förmlichkeiten nicht. Und, hey, Ramona, richtig? Du hattest gerade deine Lippen auf meinem Gesicht, was bedeuten da noch Formalitäten?«

Ramona machte einen Freudenhüpfer und klopfte Johann auf die Schulter. »Es stimmt: Er ist wirklich ein ganz Netter. Du hattest recht.«

Mario sah verwirrt in die Runde: »Habe ich etwas verpasst?«

Ramona räusperte sich und strich sich verlegen durch ihre wasserstoffblonde Igelfrisur. »Ähm, also, jaaa ... ich habe euch schon mal zusammen gesehen und Ihren ... *deinen* Freund angesprochen, als du vom Parkplatz gefahren warst. Er meinte, Sie wären ... *du* wärst ganz locker und nett und ich bräuchte keine Angst haben, dich anzusprechen. Denn weißt du: Du bist mein Idol.«

Mario kniff ein Auge skeptisch zusammen und massierte sich grüblerisch mit Daumen und Zeigefinger das Kinn. »Und ist es bei dir so üblich, dass du deine Idole fast erwürgst, bevor du sie abknutschst?« Für einen Augenblick herrschte unsicheres Schweigen, dann lachten alle los. »War nur Spaß, alles gut.«

Tanja drängte sich dazwischen. »Können wir, bitte, bitte, ein Foto zusammen machen? Das glaubt uns sonst ja kein Mensch.«

»Klar, gerne, aber ich denke, dann sollten wir auch mal weiter ...«

»Wo soll es denn hingehen?«, fragte Ramona.

Die Antwort kam von Johann wie aus der Pistole geschossen: »Wir haben ein bisschen was zu feiern und wollten die City unsicher machen.«

Während Ramona sich dicht neben Mario stellte, erwiderte sie: »Das ist ja witzig, wir wollten, wie gesagt, gerade zur Tanke, um Alkoholisches zu holen. Tanja hat nämlich auch etwas zu feiern. Ihre Scheidung ist seit heute offiziell.« Sie hob beide Daumen in die Höhe und grinste in die Kamera.

Tanja nickte, betätigte den Auslöser mehrfach und sah sich zufrieden die Ergebnisse an. Sie tauschten die Plätze und Ramona machte ein Foto von Mario mit Tanja. Schließlich drückte sie Johann die Kamera in die Hand, der ein Foto schoss, auf dem Ramona und Tanja ihr Idol in die Mitte nahmen und ihm jeweils einen Kuss auf die Wange gaben.

Mario sah den Blick in Johanns Augen und las dessen Gedanken, was, zugegebener Maßen, nicht schwierig war. Offensichtlich sah er sich schon auf Tanja rumrutschen. »Na, dann wünschen wir euch viel Spaß. Solltet ihr die Bilder auf Facebook posten, könnt ihr mir ja mal eine Freundschaftsanfrage schicken, damit ich sie auch sehen und teilen kann.«

Ramona lachte laut. Es klang mehr irre als wirklich amüsiert. »Schnucki, wir sind schon lange Freunde. Ich habe über alle deine Bücher auf meinem Blog berichtet.«

Mario sah sie ratsuchend an, konnte ihr Gesicht aber nicht zuordnen.

»Ja, ich weiß ... ich halte mich in den sozialen Medien eher bedeckt. Niemand ahnt auch nur im Geringsten, wie ich real aussehe. Ich habe immer Profilbilder von Buch- oder Filmcharakteren. Im Moment eines von Bellatrix Lestrange. Die ist aus ...«

»Harry Potter«, beendete Mario den Satz. »Ist mir ein Begriff, und das Bild sagt mir jetzt auch was. Ich kenne deinen Blog.«

»Natürlich kennst du ihn.« Sie lachte erneut.

»Hey, wisst ihr was?«, unterbrach Tanja. »Ihr wollt feiern, wir wollen feiern, warum kommt ihr nicht einfach mit zu mir? Ich habe ein großes Haus und es gibt keine

Menschenseele, die uns da auf die Nerven geht. In die Stadt könnten wir ja später immer noch, wenn der Pegel stimmt.«

Johann musste gar nicht lange darüber nachdenken. Schon in jungen Jahren hatten Mario und er dieses Prinzip praktiziert. Jeder Freitag hatte im Jugendzentrum geendet. Um Geld zu sparen, füllten sie sich bereits vorher mit irgendeinem billigen Fusel ab, bevor sie sich dorthin begaben. Auf derselben Straße, die zum Jugendzentrum Nord führte, gab es früher einen kleinen Tante-Emma-Laden. Meistens hatten sich die beiden Jungs dort je eine Flasche *Kellergeister* und eine Tafel Schokolade geholt. Johann hatte seinerzeit gemeint, dass der Alkohol durch die Schokolade schneller ins Blut geht und so besser knallt. »Ja, klar, warum nicht? Klingt gut. Was ist mit dir Kumpel?«

Und wieder hätte Mario auf die innere Stimme hören sollen, die ihn ein letztes Mal vor dem drohenden Unheil warnen wollte. Aber er stimmte zu.

KAPITEL 4

Der Morgen danach

Das Dröhnen in Marios Kopf hätte kaum schlimmer sein können. Unter seiner Schädeldecke schien über Nacht eine Großbaustelle entstanden zu sein und jeder Arbeiter musste zeitgleich seinen Presslufthammer eingeschaltet haben. Er wollte die Augen öffnen, doch das Licht glich Millionen glühender Lanzen, die seine Pupillen mit erbarmungsloser Grausamkeit trafen. Zu dem Hämmern im Kopf gesellte sich dadurch noch ein stechender Schmerz, der ihm Übelkeit verursachte. Dennoch zwang er sich, die Lider erneut zu öffnen. »Scheiße, wo bin ich?« Mit halb zugekniffenen Augen sah er sich um. Das Schlafzimmer, in dem er sich befand, wirkte fremd auf ihn. Sein Verstand war überfordert mit den

Schmerzen und den vielen Fragen, die ihn augenblicklich quälten.

»Guten Morgen, Mario.«

Er schrie vor Schreck kurz auf, denn es war ihm bisher nicht aufgefallen, dass er nicht alleine in diesem großen, französischen Bett lag. »Ramona? Ich … Was zum Teufel …?«

»Wow, dich hats ja ganz schön weggeballert gestern, was?« Sie setzte sich auf und der nächste Schreck durchfuhr ihn.

»Scheiße, du bist ja nackt!«

»Was du nicht sagst, Tiger.« Ihre Hand glitt unter die Decke und zwischen seine Beine.

»Hey, nein. Lass das. Oh, fuck, ich habe ja auch nichts an. Was um alles in der Welt ist passiert? Was haben wir getan?«

»Was wir getan haben? Kannst du dich etwa nicht mehr erinnern? Das wäre aber jammerschade.«

»Nein, verdammt. Das Letzte, was ich noch weiß, ist, dass wir die Tequila-Flasche leer gemacht hatten und danach in die Stadt wollten.« Er zog sich die Decke bis zum Hals hoch.

Ramona hingegen schob die ihre komplett zur Seite und zeigte ihm, woran er sich nicht mehr erinnerte. »Jetzt enttäuschst du mich aber. Wie kann man diese Nacht vergessen?«

»Haben wir etwa …?«

»Wir? Nein! *Du* hast es mir so richtig besorgt. Hart und schmutzig, so wie ich es mag. Ich schwöre dir, niemand hat mich je so gefickt, wie du in der letzten Nacht, mein Tiger.«

Mario vergrub sein Gesicht verzweifelt in den Handflächen. »Oh, nein, das hätte nicht passieren dürfen.«

»Jetzt entspann dich, Tiger. Alles ist gut. Wir hatten den Spaß unseres Lebens.«

Mario sprang aus dem Bett und suchte seine Klamotten, die er schließlich wild verteilt auf dem Fußboden vorfand. »Du vielleicht, aber ich ganz sicher nicht. Und hör gefälligst mit dieser Tiger-Scheiße auf!«

»Oh, das klang heute Nacht noch völlig anders.«

»Ich habe einen Blackout und keine Ahnung, wovon du sprichst. Aber ich bin mir sicher, dass ich unter keinen Umständen meine Frau betrogen hätte.«

Ramona lachte laut auf. »Ist ja interessant. Noch vor ein paar Stunden hast du mir versprochen, eben jene für mich zu verlassen. Du wolltest heute nur dein nötigstes Zeug holen und direkt bei mir einziehen.«

Mario schlüpfte gerade in seine Hose, doch der letzte Satz von Ramona ließ ihn in seiner Bewegung erstarren. »Ich habe WAS?!«

Sie kam auf allen vieren wie ein Raubtier, das sich an seine Beute anschlich, über die Matratze gekrochen. Dann schnellte ihr Arm vor und sie packte ihn an seinem Hosenbund. »Du hast gesagt, dass du mich liebst und dass du sie für mich verlässt.«

Er löste ihre Hand und trat einen Schritt zurück. »Bist du bescheuert? Jetzt mal ehrlich. Nie und nimmer habe ich so eine Gülle von mir gegeben.«

Die Tür ging auf und Tanja stand plötzlich im Raum. Auch sie war splitternackt und starrte Mario giftig an. »Selbstverständlich hast du das. Und könnt ihr wohl mal aufhören, hier so rumzuschreien? Es gibt Leute, die wollen noch ihren Rausch ausschlafen.«

Mario kleidete sich in Rekordzeit an. »Ihr habt doch beide nicht mehr alle Nadeln an der Tanne. Wo ist Johann?«

Tanja stemmte gereizt die Fäuste in die Hüften. »Er schläft, und wie bereits gesagt, würde ich das ebenfalls gerne noch ein wenig tun. Also krieg dich wieder ein und steh zu dem, was du gesagt und getan hast. Benimm dich nicht wie ein Arsch.«

»Einen Scheiß habe ich gesagt und getan habe ich garantiert gleich gar nichts, so besoffen wie ich war.«

Ramona lachte gehässig, verzog spöttisch ihre Mundwinkel und musterte ihn von oben bis unten. »Ja, der Alkohol hätte uns ganz sicher alle ausgeknockt, aber die Ecstasy-Pillen haben uns ja glücklicherweise wieder gut hochgepuscht.«

Mario raufte sich die Haare, die beiden Frauen trieben ihn in den Wahnsinn. »Ihr habt mich unter Drogen gesetzt?«

»Na, davon kann ja wohl keine Rede sein. Du hast mich ja förmlich angebettelt, dir welche abzutreten.« Sie äffte seinen Gesichtsausdruck nach und sagte mit verstellter Stimme: »Oh, wow, das ist ja sooo lange her. Einmal möchte ich dieses Feeling noch erleben. Komm schon, drück mal eine ab.«

»So ein Bullshit. Mit der Scheiße bin ich seit Mitte der Neunziger durch.« Er versuchte, an Tanja vorbei ins Wohnzimmer zu schauen. »Johann? Alter, wach auf.«

Bevor Tanja erneut protestieren konnte, drängte er sie zur Seite und ging zu seinem laut schnarchend auf der Couch liegenden Kumpel. Auch er war unbekleidet und alles in diesem Haus wirkte wie der Morgen nach einer ausschweifenden Orgie. Überall auf dem weißen Kachelboden verstreut lagen Klamotten, dazwischen unzählige leere Bier- und Schnapsflaschen. Den Schirm einer kleinen Stehlampe verzierte ein gebrauchtes Kondom, zwei weitere Lampen waren umgekippt. Sogar ein paar Dildos lagen auf dem Boden neben der Couch. Handschellen hingen über einer geöffneten Schranktür und man konnte kaum einen Schritt machen, ohne auf Popcornreste zu treten. Mario musste unweigerlich an den Film *Hangover* denken und rechnete jeden Moment damit, dass entweder die Polizei das Haus stürmen oder aus dem Bad ein Tiger auf sie zukommen würde. Nichts davon geschah. Stattdessen kam Ramona ins Wohnzimmer, noch immer nackt wie Gott sie erschaffen hatte, und schlang von hinten die Arme um Mario.

»Es war so geil mit dir. Ich liebe dich, Mitch. Das habe ich schon getan, bevor wir uns trafen. Nichts habe ich mir sehnlicher gewünscht, als endlich mit dir zusammen zu sein.«

Er löste sich unsanft aus ihrer Umarmung und rüttelte Johann wach. Auch er wirkte, als wäre er unter eine Dampfwalze gekommen. Orientierungslos und völlig verwirrt öffnete er die Augen zu schmalen Schlitzen. »Was? Oh, hey Mario … Was geht ab? Wo sind …?«

»Halt die Klappe und zieh dich an. Wir gehen.« Er sammelte Johanns Kleider vom Boden und warf sie ihm auf die Brust.

»Hey, immer mit der Ruhe, lass mich doch erst mal klarkommen.« Sein Blick wanderte durch den Raum und fand schließlich Tanja. »Hey, Süße. Tut mir leid, mir sind wohl die Lampen ausgegangen. Schätze, wir müssen das wiederholen.«

Mario packte ihn am Oberarm und richtete ihn auf. »Wir haben nur eines zu tun und das ist: schleunigst von hier zu verschwinden.«

Ramona trat neben ihn, legte ihre Hand auf seine Schulter und sah ihn etwas ängstlich an. »Mitch, du kommst aber so schnell wie möglich wieder, ja?«

»Was? Nein, natürlich nicht.«

»Aber du hast es versprochen. Wir werden ab jetzt immer zusammen sein, hast du gesagt. Soll ich vielleicht mitkommen, um deine Sachen zu holen und dich seelisch zu unterstützen?« Ihre Stimme klang unsicher, fast flehend.

Johann blickte zu den beiden und verstand offenbar die Welt nicht mehr. »Alter, was geht denn hier ab?«

Die Antwort kam von Ramona, die wie verwandelt wirkte. Jetzt klang das, was sie sagte lauter und aggressiver. »Was hier abgeht? Ich hatte die schönste Nacht meines Lebens mit deinem Freund und dann hat er mir seine Liebe gestanden. Und nun kann er sich angeblich an nichts mehr erinnern. Er glaubt mir kein Wort und will sich sang- und klanglos aus dem Staub machen.« Sie lief ins Schlafzimmer und kam nur wenige Augenblicke mit ihrem Handy in der Hand zurück. »Hier, wenn ihr mir immer noch nicht glaubt.« Sie präsentierte ein Foto auf ihrem Display, welches sie selbst und Mario in einer eindeutigen Pose zeigte.

Mario riss entsetzt die Augen auf, wollte etwas sagen, aber die Worte blieben ihm im Halse stecken. Stattdessen bildete sich ein feiner Schweißfilm auf seiner Stirn.

Es kam ihm vor, als wenn gerade jemand die Heizung voll aufgedreht hätte.

»Ich liebe dich. Und du liebst mich«, beteuerte sie erneut und hielt ihm das Foto direkt vor die Nase. »Das hier ist der Beweis.«

Mario schlug ihr das Handy aus der Hand. »Nein, ich liebe meine Frau, du Psycho-Tussi.« Mit einer hektischen Handbewegung drängte er seinen Freund, der sich bereits anzog, zur Eile.

»Ja, Mann. Ich verstehe zwar nicht, was hier abgeht, aber ich beeile mich ja schon.«

Tanja postierte sich vor Mario und versperrte ihm den Weg zur Tür. »Findest du es in Ordnung, wie du dich hier gerade aufführst? Hauptsache du hattest deinen Spaß, oder wie? Ist das deine Art, du großer Autor? Ficken und wegwerfen? Sammelst du so deine Buchideen?«, fragte sie empört.

Mario drängte sie zur Seite, war nicht länger gewillt, auf seinen Freund zu warten. »Dieses kranke Kasperletheater reicht mir jetzt wirklich.« Er riss die Tür auf und eilte hinaus.

Johann schnappte sich seine Schuhe und lief ihm barfuß hinterher. »Tut mir leid, Tanja. Ich melde mich, okay?«

»Nicht nötig, kümmere dich lieber um deinen Arsch von Freund.« Dann schlug sie wütend die Tür zu.

Johann setzte sich auf den Bordstein und zog sich die Schuhe an, bevor er Mario hinterherlief, der sich hastig von dem Haus entfernte. »Mann, warte doch mal.«

Mario drehte sich um und blieb stehen.

»Willst du mir vielleicht mal erklären, was da gerade

abgegangen ist? Ich verstehe nur Bahnhof.« Johanns Gesichtsausdruck bestätigte sein Unverständnis.

Mario sah ihn ernst an. »Jetzt mal ehrlich, was ist das Letzte, woran du dich erinnern kannst?«

Johann überlegte, doch es fiel ihm schwer, nur einen klaren Gedanken zu erhaschen. Er legte seine Fingerspitzen an die Schläfen und versuchte mit kreisenden Bewegungen, den dumpfen Schmerz zu verbannen. Auch sein Kopf dröhnte wie eine Hammerschmiede. »Ich glaube, der Tequila. Scheiße, ich habe dieses Sauzeug noch nie vertragen. War das mit den Pillen vorher oder nachher?«

»Ha! Siehst du? Du kannst dich nicht erinnern. Wer weiß, was das für ein Teufelszeug war, das die Schlampen uns untergejubelt haben. Wir hätten die Finger von den Pillen lassen sollen. Ich hatte früher auch das Prinzip, dass ich nur Zeug von Leuten eingeworfen habe, denen ich vertrauen konnte.«

Johann schüttelte den Kopf. »Nein, ich glaube nicht, dass es etwas Komisches war. Ich glaube eher, dass die von denselben Machern waren, wie damals die grünen Nikes.«

Johann brauchte gar nicht ins Detail zu gehen, denn Mario konnte sich noch bestens an die Pillen mit dem Nike-Logo erinnern. Das, was sie ausgelöst hatten, war unauslöschlich in seinem Gedächtnis verankert: pure Geilheit und ein enormes Stehvermögen.

»Also, was war da jetzt los, zwischen dieser Ramona und dir?«

Während sie den Weg zu Johanns Wohnung einschlugen, berichtete Mario haarklein alles, was Ramona von sich gegeben hatte.

»Und?«, fragte Johann entgeistert.

»Und was?«

»Na, und? Hast du sie gefickt oder nicht?«, wollte Johann wissen.

»Keine Ahnung, Mann. Ich erinnere mich an nichts mehr. Nicht an die Nacht, nicht an eventuellen Sex und nicht an sie. Ich war komplett weggetreten.«

In einem waren sich die Männer einig: Der Abend beziehungsweise diese Nacht war das Schrägste, was sie seit Langem erlebt hatten. Mario war alles andere als fit und Johann bestand darauf, dass er sich bei ihm noch etwas hinlegte, bevor er nach Hause fahren würde. Barbie-Girl hatte nichts dagegen und so willigte Mario ein, denn seine Fahrtauglichkeit war unter Garantie höchst zweifelhaft.

Sechs Stunden später wachte er auf und stellte zu seiner Erleichterung fest, dass die Kopfschmerzen sich auf ein erträgliches Maß reduziert hatten. Er setzte sich langsam auf und griff nach seiner Jacke, die mit dem Rest seiner Sachen auf einem Stuhl neben dem Bett lag. Er wollte seiner Frau eine Nachricht schicken. Ihr schreiben, dass alles in Ordnung war und er gleich nach Hause kommen würde. Hektisch durchsuchte er sämtliche Jacken- und Hosentaschen. Tastete alles ab, nahm das Bettzeug auseinander und sah unter dem Bett nach, doch das Smartphone war verschwunden. Unversehens fiel ihm die überstürzte Flucht vor den beiden Furien wieder ein. »FUCK!«

Er stürmte aus dem Zimmer und sah Johann auf einem Küchenstuhl sitzen und Kaffee trinken. »Alter, mein Handy ist weg.«

»Ebenfalls einen guten Morgen. Kaffee oder Tequila?« Johann hob seine Tasse an und prostete ihm grinsend zu.

»Hast du gehört? Mein verfluchtes Handy ist weg.«

Johann ging zur Kaffeemaschine. »Wirst es in der Eile verloren haben.«

Mario sah sich um, doch Samira und der Kleine waren augenscheinlich nicht da. Trotzdem flüsterte er: »Oder diese gestörte Schlampe hat es mir geklaut. Scheiße, mein halbes Leben ist auf dem Ding. Das ist eine Katastrophe.« Er wurde kreidebleich im Gesicht.

Johann reichte seinem Freund eine frisch aufgebrühte Tasse des Wachmachers. »Dann müssen wir wohl noch einmal zurück in die Höhle des Löwen.«

»So eine verdammte Scheiße!« Mario nahm einen Schluck Kaffee und malte sich die grauenvollsten Szenarien aus. »Ja, das müssen wir. Ich hoffe, ich liege falsch und habe das Mistding einfach nur verloren. Was an sich schlimm genug wäre.«

KAPITEL 5

Es war bereits früher Nachmittag, als die beiden Freunde mit Johanns Wagen in den Eschenweg fuhren. Sie parkten den Golf ganz in der Nähe von Tanjas Haus.

»Ich kann da nicht noch mal hin. Diese Ramona ... die ist wirklich komplett durchgeknallt, Alter. Ich will der Verrückten nicht mehr begegnen.«

Johann klopfte ihm beruhigend auf die Schulter. »Bleib im Wagen, ich mache das schon.«

Mario atmete erleichtert auf und ein bisschen Farbe kehrte zurück in sein Gesicht. »Danke, Mann. Hast was gut bei mir.«

Johann zeigte bestätigend mit dem Zeigefinger auf ihn, stieg aus und klingelte schließlich an der Haustür. Es dauerte einen Moment, bis er endlich Schritte hörte. Die Tür wurde aufgerissen und Johann machte automatisch einen Satz rückwärts. Vor ihm stand ein Berg von einem Mann, mit Oberarmen, die so dick waren wie seine eigenen Oberschenkel. Der Typ trug ein weißes Muskelshirt, das seine erschreckenden Proportionen deutlich betonte. Sowohl von seiner Breite als auch von seiner Körperhöhe passte er kaum durch den Türrahmen. Sein grimmiger Blick machte sofort klar, dass er kein Mensch war, der lange Diskussionen führte.

Aus dem Hintergrund hörte er Tanja rufen: »Wer ist denn da, Schatz?«

Der dröhnende Bass in der Stimme des Hünen ließ Johann zusammenzucken. »Ich weiß es nicht, Püppi, aber ich finde es heraus. Wer sind Sie und was wollen Sie hier?«

Vermutlich gleich gewaltig auf die Fresse kriegen, dachte Johann eingeschüchtert. *Zumindest wenn King Kong erfährt, dass ich letzte Nacht seine Frau gevögelt habe.* Er musste schnell improvisieren, ansonsten sah es rabenschwarz für ihn aus. »Entschuldigen Sie die Störung, aber mein Kumpel und ich sind heute Nacht ziemlich betrunken hier entlanggelaufen und er hat irgendwie sein Handy verloren. Nun frage ich in der gesamten Nachbarschaft nach, ob es möglicherweise jemand gefunden hat.«

Der Muskelberg taxierte ihn misstrauisch. »Ne, nichts gefunden.«

»Okay, danke trotzdem. Schönen Tag noch.«

King Kong grunzte irgendetwas, während hinter ihm Tanja diabolisch grinste, dann schloss sich die Tür lautstark.

Johann ging zurück zu seinem Wagen, setzte sich auf den Fahrersitz und starrte fast apathisch nach vorne.

»Und? Konntest du was erreichen?«

»Ja, ich habe eine Begegnung mit dem Hulk überlebt.«

»Was? Wie mit dem Hulk?«

»Alter, diese Tanja lebt ganz offensichtlich nicht alleine, und ihr Typ ist kein Mensch, sondern ein Mutant aus reiner Muskelmasse. Hätte der Gorilla gecheckt, dass ich was mit seiner Alten hatte … der hätte mich mit einem Schlag ins Jenseits befördert.«

Mario schlug mit der flachen Hand auf das Armaturenbrett. »Verdammte Scheiße. Was mache ich denn jetzt?«

»Auf das Beste hoffen?«

»Ja, klar, und das Schlimmste befürchten, oder wie?«, schrie Mario ihn an. »Fuck, ich wusste, ich hätte gestern zu Hause bleiben sollen. Du und deine Scheißideen. Die haben mir schon früher nur Ärger eingebracht.«

Johann wurde nun auch lauter. »Ach? Und jetzt ist es plötzlich meine Schuld, dass du dich komplett abschießt und dann eine andere knallst, oder was?«

»Ich habe sie nicht geknallt … Glaube ich zumindest.«

»Wäre vielleicht gut, wenn es dir wieder einfallen würde. Du hättest mal den Blick von Tanja sehen sollen. Ich bin mir sicher, dass du richtig lagst und die beiden dein Handy haben. Die Frage ist nur: Warum? Was haben sie damit vor?«

Mario überkam zunehmend das Gefühl, als würde er ersticken und er ließ die Scheibe herunter. Seine Hände waren schweißnass und auf seinem Gesicht zeigten sich rote Flecken, die er manchmal bekam, wenn er in Panik geriet. »Oh, da fallen mir eine Million Dinge ein. Und nichts davon wäre vorteilhaft für mich ...«

»Hey, jetzt reagier mal nicht über. Klar, du bist Schriftsteller und deine Fantasie ist dein Kapital, aber es ist eben nur Fantasie. Die beiden Grazien haben nicht unbedingt den intelligentesten Eindruck hinterlassen. Von King Kong mal ganz zu schweigen. Eine Alte, die sich so einen Affen hält, kann auch nicht viel in der Birne haben.« Mit diesen Worten startete er den Motor und brachte Mario schließlich zu seinem eigenen Wagen.

Als Mario sich hinter das Steuer seines Audis klemmte, klopfte Johann ihm noch einmal auf die Schulter. »Mach dich nicht verrückt. Sie wollte vermutlich nur etwas Persönliches von ihrem Idol haben.«

»Du hast ja keine Ahnung, wie persönlich das ist. Ich hoffe, du hast recht. Ach, und solltest du jemals mit Julia über dieses Wochenende reden ...«

»... dann war unsere Kneipentour absolut legendär. Ich musste dich mit dem Taxi zu mir schaffen, weil du keinen Fuß mehr vor den anderen setzen konntest. Und jetzt entspann dich. Wirst sehen, in ein paar Tagen lachst du über das komische Wochenende.«

Mario winkte resigniert ab und fuhr in Richtung Heimat. Verzweifelt versuchte er, die zu Horrorgeschichten mutierenden Gedanken aus seinem Kopf zu verdrängen, doch sie kreisten permanent umher.

Als er zu Hause ankam, fiel ihm seine Frau Julia um den Hals. »Mensch, ich habe mir schon Sorgen gemacht, weil du auf keine Nachricht reagiert hast.«

»Tut mir leid, aber mir ist etwas total Blödes passiert. Ich habe mein Handy verloren.«

Julia drückte ihn fest an sich. »Solange es nicht mehr ist. Hauptsache, dir ist nichts passiert.«

Oh, doch, ich fürchte, es ist sogar eine Menge passiert. Eine gottverdammte Menge. »Nein, wie du siehst, lebe ich noch.«

Sie löste die Umarmung. »Und? Wie war es? Habt ihr ordentlich gefeiert?«

»Also, um ehrlich zu sein: So ordentlich, dass ich einen Filmriss habe. Bin am Morgen mit einem monströsen Kater bei Johann wach geworden. Er sagt, wir haben jede Kneipe in Herten auf unserem Weg mitgenommen und er musste mich hinterher in ein Taxi wuchten, weil ich nicht mehr laufen konnte.«

Julia ging in die Küche und kam kurz darauf mit zwei Tassen Kaffee zurück. »Na, dann wirst du das hier wohl gut gebrauchen können. Und wo wir gerade von *gut gebrauchen* reden … ich könnte eine Nackenmassage gebrauchen.« Sie zwinkerte ihm zu und die beiden gingen ins Wohnzimmer.

Während er später ihrem Wunsch nachkam, quälten ihn die Ereignisse und mögliche Konsequenzen des Wochenendes erneut. Nichts daran würde ihn je zum Lachen bringen.

KAPITEL 6

Julia Drechsler ließ es sich an den Sonntagen nicht nehmen, ordentlich auszuschlafen. Selten war sie vor elf Uhr aus dem Bett zu bekommen. Sie hatte in diesem Jahr ihren fünfzigsten Geburtstag gefeiert und musste feststellen, dass ihr Schlafbedürfnis mit jedem Jahr, das ins Land zog, etwas anstieg. Mario hingegen war an dem Morgen bereits um fünf Uhr wach und konnte nicht mehr einschlafen.

Es war eine unruhige Nacht gewesen, in der er sich fortwährend von einer Seite auf die andere geworfen hatte. Sein Kopf wollte einfach nicht abschalten. Und wenn er zwischenzeitlich doch einmal eingenickt war, verfolgten ihn böse Träume, die sich immer wieder um das Wochenende, um Ramona, Tanja, ihren Muskelfreund und Johann drehten. Schweißgebadet traf er um kurz vor fünf die Entscheidung, aufzustehen. »Bringt ja nichts.«

Nach der ersten Zigarette und einer Tasse Kaffee ging er unter die Dusche. Vielleicht hegte er insgeheim die Hoffnung, sich die Ereignisse einfach abwaschen zu können, die ihn so belasteten. Selbstverständlich funktionierte das nicht. Er fühlte sich auch danach noch müde und abgekämpft.

Schließlich setzte er sich mit dem zweiten Kaffee vor seinen Laptop, um wie an jedem Morgen die E-Mails und Nachrichten in den sozialen Medien abzurufen. »Ach, du liebe Güte. Echt jetzt? Einundvierzig neue E-Mails?« Mario war erstaunt, da er über diesen Account, den er vor allem wegen der Impressumspflicht auf seiner Autoren-Homepage erstellt hatte, nur selten eine Nachricht erhielt.

Er klickte auf das entsprechende Symbol und schrak augenblicklich zusammen, als wäre eine fette Spinne auf seine Nasenspitze gesprungen. Sie kamen ohne Ausnahme vom selben Absender – Bellatrix Lestrange. »Oh mein Gott«, flüsterte er und wandte seinen Blick zur geschlossenen Wohnzimmertür. Alles war ruhig. Sowohl die Kinder als auch Julia schliefen noch. Also öffnete er die erste, begleitet von bösen Vorahnungen und zitternden Händen:

Nachricht 1:

Hallo, mein Tiger. Es war so schön mit dir, warum warst du heute Morgen so gemein? Lag es an Tanja? Oder an deinem Freund? Du hast gesagt, dass du mich liebst, und dann flüchtest du einfach vor mir? Kommst du denn heute noch? Du hast es mir in der Nacht versprochen. Ich muss dich sehen. Ich brauche dich. Wann wirst du ungefähr hier sein? Lass mich nicht zu lange warten, ja?

Mario schlug sich die Hände vors Gesicht, hoffte, dass die Nachrichten einfach verschwanden, wenn er einen Moment lang nicht hinsah. Doch selbstverständlich war dem nicht so. Sie waren genauso real wie das Grummeln in seinem Magen, das sich zunehmend ausbreitete. Teils vor Hunger, teils als Begleiterscheinung des Unbehagens, das ihn ergriff. »Was stimmt nur nicht mit dieser Frau?«, fragte er sich selbst und öffnete die nächste E-Mail.

Nachricht 2:

Hey, Mitch. Ich hoffe, du antwortest mir bald und bist mir nicht mehr böse. Ich spüre einfach, dass da etwas ganz Besonderes zwischen uns ist. Bitte melde dich, wenn du sie endlich gelesen hast. Ich kann es kaum erwarten, dass du zurückkommst. Ich war sogar kurz im Baumarkt und habe ein paar nette Spielsachen gekauft. Du wirst staunen, ich habe mir so einiges für uns überlegt.

Nachricht 3:

Bist bestimmt noch geschafft von unserer Nacht und warst noch gar nicht online, oder? Ich hatte dir bereits zwei E-Mails geschickt, aber vermutlich hast du sie noch nicht gelesen. Bist du überhaupt schon zu Hause oder noch bei Jo-

hann? Melde dich bitte, so bald du kannst, ich liebe dich,
mein Tiger.

Von hier an öffnete Mario die Mails nur noch sporadisch, deren Inhalte sich im Grunde immer ähnelten. Er war ganz bleich im Gesicht geworden und konnte kaum verarbeiten, wie sehr sich diese Ramona in die fixe Idee verrannt hatte, sie beide könnten ein Paar sein oder werden. »Die Frau braucht Hilfe, die läuft einfach nicht rund. Da sind eindeutig ein paar Schrauben locker.«

Nachricht 41:

Ich bin langsam krank vor Sorge, ob du heil nach Hause gekommen bist. Seit Stunden kann ich nicht aufhören, an dich zu denken. Ständig muss ich weinen, weil ich Angst habe, dass dir auf der Fahrt etwas passiert ist. Ich vermisse dich so sehr. Noch nie hatte ich solche Gefühle für einen Mann. Bitte, bitte, melde dich endlich und sag, dass es dir gut geht. Mein Herz verzehrt sich nach dir.

Als er gerade die letzte E-Mail gelesen hatte, ging eine Nachricht auf dem Facebook-Messenger ein. Sie war von einer Bella-Bondini, die er ebenfalls schon länger in seiner Freundesliste hatte, ohne sie wirklich zu kennen. Zur Erhöhung seiner Reichweite im Netz und um potenzielle Leser zu erreichen, hatte er Freundesanfragen nie großartig geprüft, sondern sorglos auf *annehmen* geklickt.

Hinter diesem Pseudonym, so fand er schnell heraus, verbarg sich niemand Geringeres als Tanja. Ihre Zeilen schlugen einen deutlich schärferen Ton an, als die ihrer verwirrten Freundin.

Ich bin's, Tanja. Du erinnerst dich? Du hast meine Freundin gefickt. In meinem Bett. Hast du eigentlich eine Ahnung, wie es Ramona gerade geht? Sie sitzt zu Hause und heult sich die Augen aus. Ich weiß echt nicht, was sie an dir findet, du Arsch. Aber du hast ihr (und das sind ihre eigenen Worte) den Himmel gezeigt, um sie am Morgen danach erbarmungslos und ohne auch nur einen Funken Anstand in die tiefste Hölle zu stoßen. Ist das so deine Art? Gehst du so mit anderen Menschen um? Sind sie nur Mittel zum Zweck, die man nach Lust und Laune benutzen kann? Rede wenigstens mit ihr. Das bist du ihr verdammt noch mal schuldig. Du hast sie gestern Morgen wirklich aufs Übelste verletzt. Sei mal nicht so ein typischer Arsch von Mann, sondern zeig, dass du Eier in der Hose hast und dir deiner Verantwortung bewusst bist. So geht man mit Menschen einfach nicht um. Denk mal drüber nach, Wichser.

Mario fühlte die kalte Faust, die ihn umklammerte und ihm die Luft zum Atmen nahm. Ein kleiner Funke in ihm appellierte ebenfalls an seine Vernunft und an seine Männlichkeit. Vielleicht hatte Tanja ja sogar recht. Eventuell war ein Gespräch in aller Ruhe, und erheblich einfühlsamer als an diesem verhängnisvollen Morgen, die einzig richtige Herangehensweise an das Problem. Doch allein bei dem Gedanken, Ramona erneut zu begegnen, schnürte sich sein Hals noch enger zusammen. Als würden sich die imaginären Hände dieser Frau um seinen

Hals legen und immer fester zudrücken. Nein, das kam nicht infrage. Allerdings war nichts dabei, zumindest ihre Nachrichten zu beantworten. Er sollte ihr ein weiteres Mal erklären, dass er einen Filmriss hatte und dass er ihre Gefühle einfach nicht erwidern könne. »Ja, das ist eine gute Idee. Ich kann eh besser schreiben als reden.« Mit einem rechten Mausklick auf ihren Namen wählte er die Option *Nachricht verfassen* und tippte seine Antwort darunter.

Liebe Ramona,

ja, ich bin gut angekommen und war gestern tatsächlich nicht mehr online, weil ich zu kaputt war. Es tut mir wirklich leid, wie die Dinge zwischen uns gelaufen sind. Das ist sonst echt nicht meine Art. Ich war einfach wütend über all das, was du mir unterstellt hast. Ich kann nur noch einmal betonen, dass ich mich an nichts davon erinnere. Ebenso bezweifle ich stark, dass ich wirklich mit dir geschlafen haben soll. Keine Ahnung, ob das vielleicht Wunschdenken war oder der Drogentrip, der dir das vorgaukelt. Ich liebe meine Frau und würde sie niemals hintergehen.

Selbstverständlich finde ich dich nett und wir haben uns am Abend zuvor ja auch gut verstanden, haben viel gelacht und hatten Spaß, aber mehr wird daraus leider niemals werden. Es ist wirklich reizend und süß, wie sehr du mich magst, aber du musst einfach verstehen, dass ich diese Gefühle nicht erwidern kann. Wir sind doch erwachsene und vernünftige Menschen, die das in aller Freundschaft regeln können.

Ganz sicher wird der Richtige bereits irgendwo auf dich warten und schon bald in dein Leben treten, aber dieser Jemand kann, will und werde definitiv nicht ich sein. Ich führe ein glückliches Leben mit meiner Familie. Es liegt mir fern, eine Affäre oder sonst etwas mit einer anderen anzufangen. Bitte akzeptiere, dass du dich da in etwas Aussichtsloses verrannt hast und nimm gleichzeitig meine Entschuldigung an, falls ich irgendetwas getan habe, um derlei Hoffnungen in dir zu wecken.

Von meiner Seite wäre dann wirklich alles gesagt. Ich bitte dich, mich in Ruhe zu lassen und auf einen weiteren Kontakt zu verzichten. Ich wünsche dir alles Gute und dass auch du bald einen Partner findest, der zu dir passt.

Mfg, Mario

Nur wenige Momente später erhielt er die Lesebestätigung – ganz offensichtlich hatte Ramona die Mail geöffnet. Eine Reaktion blieb jedoch aus. Hatte sie akzeptiert, dass sie auf einem Luftschloss umherwanderte? Als auch nach einer Stunde noch keine Antwort zurückkam, atmete Mario erleichtert auf. Es sah ganz danach aus, dass sie es begriffen hatte und der Spuk endlich vorbei war. Zufrieden markierte er sämtliche E-Mails und entsorgte diese durch einen Klick auf »endgültig löschen« aus seinem Postfach und auf gewisse Weise auch aus seinem Kopf.

Er trank den Kaffee aus und rief sein aktuelles Manuskript auf. *Ein bisschen Arbeiten bringt mich vielleicht auf andere Gedanken.* Mario schrieb ein paar Seiten für seinen neuen Thriller und wechselte zwischendurch immer wieder auf den Internetbrowser, doch glücklicherweise erreichten ihn keine weiteren Nachrichten. Es sah alles danach aus, als ob nun endlich Ruhe einkehren würde. Er musste an Johanns Worte denken und vermutete, dass er irgendwann doch noch über all das lachen würde.

Die Gedanken an sein verlorenes Handy waren durch Ramonas E-Mail und Tanjas Message ganz in den Hintergrund getreten.

Es war gegen halb elf, als seine Frau aus dem Schlafzimmer kam. »Guten Morgen, Schatz.«

»Na, dann bereite ich mal das Frühstück vor«, antwortete er lächelnd.

Als hätten sie sich abgesprochen, öffnete sich prompt auch die Tür der fünfzehnjährigen Emily. Julias achtzehnjähriger Sohn Maurice verbrachte das Wochenende wie üblich bei seiner Freundin Tamara, die bei den Drechslers keinen guten Stand hatte. Im ersten Jahr ihrer Beziehung mit Maurice zeigte sie sich nicht unbedingt von ihrer besten Seite, was zu einigen Streitsituationen in der Familie geführt hatte. Seitdem trafen sich die beiden grundsätzlich nur noch bei ihr, was Julia und Mario nur recht war.

»Morgen, Dad. Machst du heute Rührei?« Emily schaute ihn mit diesem Blick an, den sie in den letzten Jahren nahezu perfektioniert hatte. Jener, der es praktisch unmöglich machte, ihr einen Wunsch abzuschlagen. Mario war eigentlich nur ihr Stiefvater, doch im Gegensatz zu ihrem *Erzeuger*, wie Julia ihren Ex-Mann nur noch nannte, war Mario seit dem Kindergartenalter für sie da gewesen. Für Emily und Mario spielte es schon lange keine Rolle mehr, ob das gleiche Blut durch ihre Adern floss – Mario war ihr Vater. Niemals hätte sie Stiefvater gesagt, sie hatte eben zwei Dads.

»Klar, kann ich machen, wenn du das gerne möchtest.«

Sie grinste wie ein Honigkuchenpferd und nickte so heftig mit dem Kopf, dass Mario befürchtete, er könne ihr vom Hals fallen.

»Na, dann komm. Hilf mir, den Tisch zu decken. Ich backe die Brötchen auf und mache die Eier.«

Zehn Minuten später saß die Familie am Esstisch im hinteren Teil des Wohnzimmers und genoss ihr Frühstück. Emily berichtete, was sich am Freitag in der Schule zugetragen hatte und dass ihre Klasse immer unerträglicher wurde. »Das sind alles noch solche dummen Kinder.« Sie war von der Entwicklung her ihrem Alter von jeher ein bisschen voraus, dadurch wurde ihr nur umso bewusster, wie bescheuert sich manche in der zehnten Klasse teilweise aufführten.

Mario schmunzelte. »Die sind halt noch nicht so weit wie du.«

»Ganz genau, das sage ich ja immer wieder.«

Als Mario gerade ein großes Stück seines Marmeladenbrötchens abbiss, klingelte das Telefon. Da er den Mund voll hatte, stand Julia auf, ging zum Schreibtisch am anderen Ende des Raumes und nahm den Hörer ab.

»Ja? Julia Drechsler hier.« Einen Moment lang herrschte Schweigen, dann verzog sich ihr Gesicht zu einem freudestrahlenden Lächeln. »Nein, wirklich? Das ist ja wunderbar. Wo kann er … Was? Ja, natürlich, das geht auch … Ja … Vielen Dank, da wird er sich riesig freuen. Ja, natürlich, er wird da sein. Vielen Dank noch mal. Schön, dass es noch ehrliche Menschen da draußen gibt.« Sie legte auf.

Mario sah sie fragend an und musste nicht lange auf eine Antwort warten.

»Du glaubst es nicht, Schatz. Das war eine Frau aus Herten. Ramona irgendwas. Den Nachnamen habe ich nicht richtig verstanden. Sie hat dein Handy neben einer Kneipe am Stadtrand im Gebüsch gefunden.«

Er verschluckte sich an seinem Brötchen und bekam einen Hustenanfall, bei dem er kleine Bröckchen wieder ausspuckte und über den Tisch verteilte. Gleichzeitig schien sich unter ihm ein Loch im Boden aufzutun, um ihn mit Haut und Haaren zu verschlingen. »Oh, wow … das ist ja … Wahnsinn«, stammelte er und musste sich alle Mühe geben, die Fassung einigermaßen zu wahren. Ihn fröstelte es, als glitt eine eiskalte Hand seinen Rücken herab.

»Sie hat gesagt, dass sie nur ein Haus weiter heute bei jemandem zu Besuch sei. Du sollst sie um sechzehn Uhr vor der Kneipe treffen, dann bekommst du dein Telefon zurück. Das ist die einzige Möglichkeit, weil sie wohl morgen in aller Frühe für drei Wochen in den Urlaub fährt. Ist das nicht großartig?«

Mario trank einen großen Schluck Orangensaft, in der Hoffnung, er könne damit den Kloß in seinem Hals hinunterspülen. »Ja, das ist wirklich … toll«, log er und hielt die Fassade angestrengt aufrecht.

»Soll ich mitkommen? Wir könnten deiner Mutter anschließend einen Überraschungsbesuch abstatten.«

Fast hätte er den Saft über den Tisch gespuckt. »Äh, nein, nein. Ich würde dann lieber noch mal kurz bei Johann vorbeifahren, falls es dir nichts ausmacht.«

»Na, wenn ihr euch nicht direkt wieder volllaufen lasst, dann ist das schon in Ordnung.«

»Um Himmels willen, von Alkohol habe ich erst mal die Nase voll, das kann ich dir schriftlich geben.« Es fiel ihm schwer, seine Frau dermaßen zu belügen. Aber zumindest die letzte Aussage entsprach der Wahrheit.

Mario konnte es einfach nicht fassen, dass diese Verrückte tatsächlich bei ihm zu Hause angerufen hatte. Schlimmer noch: Dass sie mit seiner Frau gesprochen und offenbar wirklich sein Handy hatte. Die Frage, die ihn nun quälte, war jene, ob es Zufall oder Vorsatz war. Hatte er es bei ihr lediglich vergessen oder wurde es von dieser gestörten Person gestohlen? Und wenn sie es ihm entwendet hatte, zu welchem Zweck? Nur, um damit quasi ein Treffen zu erzwingen? Das Offensichtliche erschien in dem Zusammenhang zu einfach. Er hoffte inständig, die Antworten am Nachmittag zu bekommen und das Drama ein für alle Mal zu beenden.

Als er kurz nach fünfzehn Uhr losfuhr, unterstrichen seine Magenschmerzen das unbehagliche Gefühl, das ihn auf seinem Weg nach Herten begleitete.

KAPITEL 7

Der nächstgelegene Parkplatz, um am bequemsten zur *Kleine Zeche* (wie die Kneipe richtig hieß) zu gelangen, lag etwa dreihundert Meter entfernt. Nicht wirklich weit, dennoch schaffte Mario das Kunststück, auf dem kurzen Weg vier Zigaretten zu rauchen. Sein Magen war damit alles andere als einverstanden und signalisierte es durch noch heftigere Krämpfe.

Schon von Weitem sah er Ramona vor dem geschlossenen Lokal stehen. Sie trug einen langen, schwarzen Lackmantel und kam auf ihn zugelaufen, sobald sie ihn erblickte. Bevor er reagieren konnte, fiel Ramona ihm um den Hals und presste ihren Körper so eng an den seinen, dass Mario die Luft wegblieb.

»Da bist du ja endlich, mein Tiger.« Ramona ließ ihn wieder aus ihrer Umklammerung und präsentierte stolz ihr Outfit, drehte sich einmal um die eigene Achse und strahlte ihn an. »Na? Was sagst du? Extra für dich. Weil ich weiß, wie sehr du auf so was stehst.« Dann fiel sie ihm erneut in die Arme und Mario hatte Mühe, sich von ihr zu lösen.

»Ramona, was soll das? War meine Nachricht nicht deutlich genug?«

»Na, ich musste mir doch was einfallen lassen, damit deine Frau keinen Verdacht schöpft. Aber keine Panik, ich habe es schon begriffen, dass du noch nicht so weit bist, deine Familie zu verlassen. Ich werde auf dich warten. Es tut mir leid, dass ich dich so bedrängt habe. Solange wir uns nur oft genug sehen, gelobe ich Besserung und werde dir die Zeit geben, die du brauchst.« Sie stupste ihn in die Seite. »Aber ich hoffe sehr, dass es nicht so lange dauert.«

Mario kniff die Augen zusammen und schüttelte verständnislos den Kopf. »Sag mal, hast du meine Mail überhaupt gelesen?«

»Ja, natürlich habe ich das. Mindestens zehnmal. Und irgendwann wurde mir klar, dass du das schreiben musstest. Ich dachte mir so: Er hat bestimmt Angst, dass ihm auf einmal ein Familienmitglied über die Schulter guckt. Ist vielleicht auch gar nicht das Schlechteste, wenn du ihnen ganz behutsam und Schritt für Schritt beibringst, dass du dich neu verliebt hast.«

Mario war am Ende mit seinem Latein. Er wusste kaum noch, wie er auf die offensichtlichen Wahrnehmungsstörungen dieser Frau reagieren sollte. »Ich dreh gleich durch. Sag mal, sprechen wir überhaupt dieselbe Sprache? Oder rede ich vielleicht Suaheli? Was ist mit meinem Handy? War das nur ein Vorwand, damit ich herkomme?«

Sie fischte das Gerät aus ihrer Manteltasche und reichte es ihm. »Nein, natürlich nicht, Dummerchen. Es lag in der Bettritze, zwischen den Matratzen. Was würde deine Frau denn sagen, wenn du jetzt ohne das Ding nach Hause kommst? Also, hier bitte.«

Wenigstens ein Licht am finsteren Horizont, dachte Mario.

»Ich habe dir meine Nummer unter dem Namen Rainer eingespeichert, damit Julia keinen Verdacht schöpft, falls sie dich mal beim Schreiben von WhatsApp-Nachrichten sieht, oder so. Und ich habe dir unser Bild geschickt.«

Er öffnete die Galerie seines Smartphones und sah sich das Foto, welches sie ihm am Vortag schon präsentiert hatte, noch einmal genauer an. »Zwar liege ich auf dir, aber man sieht mich nur von hinten. Vielleicht war ich ja nicht mal bei Bewusstsein und du hast das Ganze nur inszeniert.«

Ramona riss erschrocken die Augen auf. »Warum um alles in der Welt sollte ich so etwas tun?«

»Was weiß ich denn? Weil du dich da komplett in eine Wahnvorstellung verrannt hast? Weil du in der Illusion lebst, dass ich dein Partner sein könnte? Oder weil du schlicht und ergreifend völlig durchgeknallt bist?« Die letzten Worte spuckte er ihr lauthals entgegen. Sein Blick war zornig und hasserfüllt. Auch dass ihr die Tränen kamen, änderte nichts an seiner Haltung.

»Verrückt? Ja, Mitch Dalton. Ich bin verrückt. Verrückt nach dir und nach dem, was du mir in dieser Nacht gegeben und versprochen hast.«

Mario hob die Hände in die Höhe und seine Finger legten sich um einen imaginären Hals, bereit, den Besitzer zu erwürgen. Sein Gesicht hatte fast das Rot einer Ampel angenommen, die klar und unmissverständlich signalisierte: Stopp, bis hierhin und nicht weiter. »Ich werde mir diesen Mist nicht länger anhören, ich gehe jetzt. Und noch mal: Ich liebe dich nicht, ich werde dich nie lieben und will auch nichts mit dir zu tun haben. Halt dich von mir und meinem Leben fern, du kranke Psycho-Tussi.«

Sie schluchzte und wischte sich die Tränen weg. »Es macht nichts, wenn du mich noch nicht liebst. Ich werde dir beweisen, dass ich die Frau bin, die du immer wolltest und die du verdient hast. Du wirst ganz sicher lernen, mich zu lieben. Mich und das, was ich für dich sein kann. Was ich sein werde. Keine Grenzen, keine Tabus. Ich werde dir jeden Wunsch erfüllen, jede deiner Leidenschaften mit Begeisterung teilen. Egal, was es ist.« Sie machte einen Satz nach vorne, fiel ihm erneut um den Hals und klammerte sich fest an ihn.

Doch Mario war stärker und seine Wut senkte die Hemmungen, diese Kräfte auch einzusetzen. Er löste ihre Arme gewaltsam von sich und stieß sie grob von sich weg. »Lass mich endlich in Ruhe, du gestörte Schlampe!«

Sie stolperte und fiel rücklings auf den Bordstein. »Du verlogenes Schwein! Du bist ein Monster! Hauptsache, du konntest deinen Schwanz in mich stecken, was? Okay, dann geh doch. Hau ab und lass die Erfüllung all deiner Träume hier im Dreck liegen, du Arschloch!«

Einige Passanten wurden auf die beiden aufmerksam. Ein junger Mann, höchstens zwanzig Jahre alt, ein typischer Altenpfleger, wie Mario vermutete, kam auf sie zu und wandte sich an die noch immer auf dem Boden sitzende Ramona. »Alles in Ordnung? Kann ich Ihnen irgendwie helfen?« Er blickte verächtlich und vorwurfsvoll zu Mario hinüber.

Mario erwiderte seinen Blick und sagte mit einem sarkastischen Tonfall: »Ja, hilf ihr, vielleicht schießt sie sich auf dich ein und lässt mich endlich in Ruhe.« Dann drehte er sich um und ging.

Ramona rief ihm noch diverse Flüche hinterher, die Mario aber nicht mehr richtig verstand und auch gar nicht verstehen wollte. Er stieg in den Audi und fuhr mit quietschenden Reifen vom Parkplatz.

Eine halbe Stunde später stand er vor Johanns Tür und wollte unbedingt mit ihm reden. Da Barbie zu Hause war und ihnen nicht von der Seite wich, war es in der Wohnung nicht möglich. Die beiden Freunde gaben vor, zu ihrer alten Schule fahren zu wollen, was sie letztendlich auch taten. Nun saßen sie auf einer Bank und Mario redete sich alles von der Seele. Er berichtete von dem Treffen, dem Anruf und den unzähligen Mails dieser Ramona.

Johann schluckte schwer und man sah ihm die Bestürzung an. »Alter, das klingt wie aus einem Hollywood-Film. *Eine verhängnisvolle Affäre* oder so was. Tut mir leid, dass ich das Ganze gestern nicht so ernst genommen habe. Meinst du denn, dieser Glenn-Close-Verschnitt lässt dich jetzt in Ruhe?«

»Ich habe echt keine Ahnung. Bei der sind die Synapsen komplett falsch verdrahtet worden. Die hat nicht mehr alle Latten am Zaun. Würde mich nicht mal wundern, wenn die aus der Psychiatrie entlaufen wäre. Zumindest gehört sie da hin.«

Johann zündete sich eine Zigarette an und amüsierte sich insgeheim darüber, dass er auf dem Schulhof ganz offen rauchte. »Was gedenkst du zu tun, wenn sie dich immer noch nicht in Ruhe lässt? Legen wir sie um?« Johann wollte die Stimmung aufheitern, doch dafür hatte Mario keinerlei Nerv.

»Wir sind hier nicht in einem meiner Bücher, das ist die beschissene Realität. Oder meinst du, ich will wegen so eines Miststückes in den Knast wandern?« Er strich sich wiederholt durch die Haare und eine Frisur war längst nicht mehr zu erkennen. Dabei war Mario Drechsler stets darauf bedacht, dass die Haare immer perfekt lagen. Sein Gel-Verbrauch war seit Jahren beispiellos.

Johann klopfte seinem Freund auf die breite Schulter. »Ja, weiß ich doch. Ich wollte dich nur mal wieder zum Lachen bringen.«

Mario stand auf und lief nachdenklich hin und her. »Du wirst sicher verstehen, dass mir gerade alles andere als zum Lachen zumute ist.« Er zeigte seinem Kumpel das Foto, das Ramona auf seinem Handy gespeichert hatte. »Sieht das für dich aus, als wenn es echt wäre? Oder kann es sein, dass ich geschlafen habe und diese Irre es einfach so arrangiert hat?«

Johann begutachtete das Bild aus allen Perspektiven. »Hmmm … Vor allem sieht es für mich so aus, als müsstest du dringend Sport treiben, Specki.« Er grinste und kniff ihn in die Seite.

Marios Blick ließ keinen Zweifel darüber aufkommen, dass er für solche Sprüche im Moment null Humor und gleich gar kein Verständnis hatte.

»Ist ja schon gut ...«, besänftigte Johann ihn. »Also, ich weiß es nicht. Ist schwer zu sagen«, ein prustender Laut drang über seine Lippen, »dein fetter Arsch lenkt mich gerade ziemlich ab. Schätze, ich muss mir zu Hause die Augen auswaschen, das brennt sich echt auf die Netzhaut.«

»JOHANN!«

»Ja, Alter! Was erwartest du von mir, wenn du mir deinen Arsch vor die Nase hältst? Okay, ich reiß mich ja schon zusammen.« Er betrachtete das Foto noch einmal. »Es ist echt nicht zu erkennen, ob du sie gerade fickst oder ob sie sich irgendwie unter dich geschoben hat, um das Bild zu inszenieren. Ich frage mich zwar, wie sie das geschafft haben soll, aber denkbar ist es. Schließlich sieht man kein Gesicht.«

Mario riss ihm das Handy wieder aus den Fingern. »Eben. Das meine ich auch. Das dämliche Foto beweist rein gar nichts.«

Johann dachte kurz nach. »Also, was ich jetzt sage, wird dir sicher nicht gefallen, aber ich bin der Meinung, du musst Julia alles erzählen. Nur zur Sicherheit. Ich meine, wer kann schon wissen, was dieser Verrückten noch einfällt? Was, wenn sie irgendwie deiner Frau das Bild schickt? Meinst du nicht auch, es wäre besser, sie würde es von dir erfahren?«

Mario winkte sofort ab. »Das kann ich auf keinen Fall tun. Du hast ja null Ahnung, wie eifersüchtig Julia ist. Die würde mich kastrieren, bevor sie mich achtkantig aus der Wohnung wirft.« Er wusste, dass Johann prinzipiell recht hatte, doch ihr die Wahrheit sagen? Welche Wahrheit wäre das denn überhaupt? Seine? Ramonas? »Vielleicht lässt sie mich ja jetzt auch in Ruhe. Ich glaube, deutlicher als vorhin bei unserem Treffen konnte ich kaum werden.«

Johann sah skeptisch drein. »Ich weiß nicht, Alter. Wenn sie so verrückt ist, wie du erzählst …«

»Was dann?«

»Na ja … dann ist sie nun obendrein auch noch wütend und verletzt. Und wie sagte ein weiser Mann einst? Hüte dich vor dem Zorn einer verletzten Frau.«

KAPITEL 8

In den nächsten Tagen blieb es überraschenderweise wirklich ruhig. Weder Ramona noch Tanja ließen etwas von sich hören. Ein kleiner Hoffnungsschimmer breitete sich an Marios Horizont aus. Möglicherweise hatte Ramona endlich der Realität ins Auge gesehen.

Als wieder Freitag war, hatte Mario es schon annähernd geschafft, den ganzen Horror aus seinem Kopf zu verdrängen. Ein anderes Ereignis, ein erheblich positiveres, überdeckte plötzlich alles. Es war gegen Mittag, als sein Literaturagent ihn anrief und im Hintergrund deutlich hörbar die Sektkorken knallten. Er verschwendete keine Zeit mit einer Anrede oder Begrüßung, sondern kam direkt auf den Punkt.

»Spiegel-Bestseller Nummer eins. Wir haben es geschafft, Mister Dalton. Meinen Glückwunsch!«

Mario konnte sein Glück kaum fassen. Sein Herz machte einen Hüpfer und setzte dann einen Schlag aus. »Wirklich? Wow, das ist … das ist …«, ihm fehlten die Worte. Das war es! Genau auf *diesen einen* Moment hatte er all die Jahre hingearbeitet. Auf einmal war alles andere egal, vergessen und nicht mehr von Belang. Ramona, Tanja, die verhängnisvolle Nacht und der Wahnsinn, der die beiden wie ein Asteroidengürtel umgab. Da war nur noch er selbst. Im Rampenlicht. Sämtliche Augen auf den frisch gebackenen Bestseller-Autor gerichtet. Mario hörte einen imaginären Applaus, sah sich auf einer Bühne stehen, wo Tausende Menschen ihn und sein Buch feierten.

Karl Wiesner schwieg einen Moment, ließ den Augenblick des Triumphes sacken, bevor er Mario wieder aus seiner Euphorie in die Realität holte. »Das ist aber bei Weitem nicht alles. Es gibt noch mehr spektakuläre Neuigkeiten. Ich habe dir gerade eine E-Mail geschickt, die du dir mal in Ruhe durchlesen solltest. Es geht um ein Angebot von TRL und das ist, wie du vielleicht weißt, der erfolgreichste deutsche TV-Sender. Die würden aus deinem Buch gerne einen großen TV-Zweiteiler machen.«

Mario fiel von seinem Himmel der Euphorie direkt zurück auf den Boden. »TRL? Du hast doch hoffentlich nicht zugesagt, oder?« Zwischen Wiesner und Mario hatte sich im Laufe der mehrjährigen Zusammenarbeit so etwas wie eine Freundschaft entwickelt. Mit ihm konnte Mario stets ganz offen und ehrlich reden.

»Nein, natürlich nicht. Ohne dein Okay passiert hier gar nichts.«

»Gut, denn das werde ich dir auf gar keinen Fall geben.«

»Hast du mir auch wirklich zugehört? TRL möchte *Sturz* verfilmen. DEIN Buch. Und denen schweben da richtig gute Schauspieler für das Projekt vor.«

Mario musste lachen. »Es gibt gar keine richtig guten Schauspieler in Deutschland. Und jetzt mal ehrlich: TRL? Ich habe die Fritschek-Verfilmung seines letzten Buches gesehen. Auf keinen Fall lasse ich mein Werk so vergewaltigen, wie sie es damit getan haben.«

Karl Wiesner war es gewohnt, dass man Mitch Dalton nicht so leicht für etwas begeistern konnte und dass er stets übermäßig skeptisch war. Dementsprechend blieb er ganz entspannt. »Schau dir die Mail trotzdem an. Vielleicht änderst du ja deine Meinung, wenn du schwarz auf weiß siehst, was da für uns rauszuholen wäre.«

Mario antwortete, ohne den Gedanken auch nur eine Sekunde wirklich zuzulassen. »Es geht mir nicht ums Geld. Hier geht es ums Prinzip. Ich bin doch keine Prostituierte für die geistig unterbelichtete deutsche Fernsehwelt.«

»Nein, du bist ein Prinzipienreiter mit einem gewissen Tunnelblick. Manchmal wäre es nicht das Schlechteste, wenn du dich ein wenig für neue Ideen und Wege öffnen würdest.«

Mario nahm seinem Agenten die Kritik nicht übel. Im Gegenteil, er wusste Ehrlichkeit zu schätzen. Bei dem Gedanken drängte sich unaufhaltbar Ramona in seine Erinnerungen zurück. Er hatte schon immer eine gewaltige Aversion gegen Lügen, aber dieses furchtbare Wochenende zwang ihn, nun selbst zum Lügner zu werden.

Zu der Art Mensch, die er seit Jahren eher mied.

»Sieh einfach in deine Mails und melde dich danach bei mir, okay? Und noch mal Glückwunsch zu Platz eins. Du hast es gerockt, ab jetzt werden die Verlage uns die Tür einrennen.«

Nichts wollte Mario gerade mehr, als seine Freude über den Erfolg mit der Familie zu teilen. Doch er war allein. Julia musste noch bis sechzehn Uhr in der Bank arbeiten, Emily hatte freitags ihren längsten Schultag der Woche und Maurice würde ganz sicher nach der Arbeit direkt zu seiner Freundin fahren. Seit er die Ausbildung zum Elektriker angefangen hatte, war er nur noch selten zu Hause anzutreffen. Meist nur an den Abenden unter der Woche, die er in der Regel zurückgezogen vor dem Computer verbrachte.

Mario verstand nicht, wie die heutige Jugend tickte. In seiner eigenen hatte er viel erlebt, war bei Wind und Wetter draußen gewesen, mit Freunden unterwegs und hatte, zugegebener Maßen, einigen Unsinn angestellt. Aber genau das machte doch die Kindheit und Jugend auch irgendwo aus und wurde letztendlich zu den Erinnerungen, die man selbst als Rentner noch gern seinen Enkelkindern erzählte. Er hatte Baumhäuser gebaut, jede Baustelle in der Stadt als Abenteuerspielplatz missbraucht und war sogar mal beim Ladendiebstahl erwischt worden. Zusammen mit zwei anderen Klassenkameraden hatten sie einen Wettbewerb ausgerufen, wer am Ende des Tages die meisten Sachen aus den verschiedenen Kaufhäusern vorweisen konnte. Mario hätte zweifellos gewonnen, wenn sein dämlicher Schulfreund

Olaf nicht so leichtsinnig gewesen wäre. Im Nachhinein war Mario allerdings froh, dass es direkt beim ersten Mal schiefgegangen war. Wer weiß, wohin das sonst noch geführt hätte. Man sagte ja auch, es wäre fatal, zu Beginn in einem Casino eine große Summe zu gewinnen. Die Meinung, man wäre ein ganz besonderes Glückskind und es würde immer wieder so gut funktionieren, war eine Illusion und bis zur Spielsucht war es oftmals nur ein winziger Schritt.

Mario erinnerte sich daran, wie er mit einem anderen Kumpel und zwei Mädchen am Wochenende über den Zaun des Freibades geklettert war, um nackt schwimmen zu gehen. Manchmal kam auch nur dieser Kumpel mit, an dessen Namen er sich mittlerweile gar nicht mehr erinnern konnte. Sie hatten meist eine volle Tüte mit gelben Plastik-Überraschungseiern dabei. Im Inneren befanden sich ein oder zwei Murmeln als Gewicht und eines der kleinen Knicklichter aus dem Anglerbedarf auf der Schützenstraße, damit man die Ü-Eier im Dunkeln finden konnte. Sobald sie sichergestellt hatten, dass die Luft rein war, hatten sie die Eier in das tiefe Becken geworfen, um im Anschluss ein Wetttauchen zu veranstalten.

Ja, er war immer unterwegs gewesen, stets auf der Jagd nach neuen Abenteuern. Im Vergleich zur heutigen Jugend hatte sein Hintern mehr Zeit auf dem Fahrradsattel verbracht, als auf dem Schreibtischstuhl. Wie man diese wertvolle Zeit komplett einsam und allein vor dem Computer verschwenden konnte, war Mario ein Rätsel. »Irgendwann wirst du zurückschauen und dich fragen, warum du nicht wirklich gelebt hast. Du vergeudest die wertvollste Zeit deines Lebens.« Schon oft musste Maurice sich derlei Sprüche seines Stiefvaters anhören, aber wie die meisten Jugendlichen war er in dieser Hinsicht absolut beratungsresistent und wusste es natürlich viel besser.

Auch von Julia erntete er bei solchen Ansagen kaum Verständnis, da sie dahingehend mehr Toleranz aufbrachte. »Jeder muss die Wege gehen, für die er sich selbst entscheidet.«

Irgendwann hatte Mario es zu weiten Teilen aufgegeben, sich in die Erziehung einzumischen. Es führte ohnehin nur zu unnötigen und wenig gewinnbringenden Streitgesprächen, auf die er keine Lust mehr hatte. Julia und er hatten einfach sehr unterschiedliche Vorstellungen. Und letztendlich waren es ihre Kinder, also hatte sie das letzte Wort. Ob es immer der richtige Weg war, daran zweifelte Mario nach wie vor des Öfteren, dennoch räumte er ein, ab und an komplett falsch zu liegen. Zumindest schloss er das mittlerweile nicht mehr gänzlich aus. »In manchen Dingen irre ich mich gerne«, hatte er mehrfach betont und es auch so gemeint.

Trotz der Meinungsverschiedenheiten und kleineren Rangeleien liebte er seine Familie über alles und war froh, seinen Platz im Leben gefunden zu haben. Vieles, selbst der Weg des Schreibens, wäre ohne ihre Hilfe und Unterstützung gar nicht möglich gewesen. Diese drei hatten ihn zu einem anderen Menschen gemacht, der die meisten Baustellen in seinem Inneren zu den Akten gelegt hatte. Was ihn wieder zu dem Gedanken brachte, dass gerade keines der Familienmitglieder zu Hause war, mit dem er sein Glück teilen konnte. Sicher, er hätte ihnen eine Nachricht schreiben oder sie anrufen können, doch er wollte ihre Augen vor Freude leuchten sehen. Möglicherweise würde Julia sogar in Tränen ausbrechen, weil sie ihm diesen Erfolg schon so lange gewünscht hatte.

Er öffnete seinen Laptop und überlegte für den Bruchteil einer Sekunde, es auf Facebook zu teilen. Aber dann fiel ihm ein, dass seine Frau und vermutlich auch die Kinder in ihren Pausen ab und an dort online waren und Neuigkeiten abriefen. Also musste er damit warten, um nicht die Überraschung zu verderben. Trotzdem loggte er sich ohne bestimmte Absicht auf der Seite ein.

Es gab ein paar persönliche Nachrichten. Vier davon waren Bestellungen signierter Exemplare seines letzten Buches, das er in Eigenregie als Self-Publisher veröffentlicht hatte. Zwei weitere waren von befreundeten Autoren, die sich einfach nur nach ihm erkundigen wollten. Offenbar wusste noch keiner von seinem Erfolg. Im Verlauf der Neuigkeiten war in der Richtung zum Glück bisher auch nichts aufgetaucht. Dafür tauchte etwas anderes auf. Etwas, das er eigentlich im Begriff war, aus seinem Kopf zu verdrängen. Ein öffentlicher Post von Tanja, in dem er markiert war. Mario zögerte. Die Kälte war zurück und fraß sich wie ein kriechendes Insekt durch seine Venen. Sollte er sich das wirklich anschauen? Die Kälteschauer liefen ihm über den ganzen Körper, als er schließlich doch auf den Beitrag klickte. Einen Wimpernschlag später wünschte er sich bereits, er hätte es nicht getan.

KAPITEL 9

Es las sich wie die Schlagzeile eines schlechten Boulevardmagazins: *Sympathieträger Mitch Dalton – ein Autor zeigt sein wahres Gesicht.* Mario traute sich kaum, weiterzulesen. Er stand auf, nahm sich eine Zigarette aus der Schachtel und ging auf den Balkon. *So ein verfluchtes Miststück,* dachte er.

Als die Glut während seines ersten Zuges kurz aufflammte, wünschte er sich für einen Moment, er könne die Erinnerung an dieses verdammte Wochenende ebenfalls mit einem Feuerzeug aus der Welt schaffen. *Wenn es doch nur so einfach wäre.*

Er haderte mit sich, rauchte eine weitere Zigarette, bevor er sich letztendlich wieder an den Laptop setzte und den Beitrag komplett las:

Viele von euch wissen ja, dass Ramona und ich große Fans von Mitch Dalton waren. Ja, ich schreibe bewusst: »waren«. Wir hatten das zweifelhafte Vergnügen, unserem ehemaligen Lieblingsautor auf der Straße über den Weg zu laufen. Niemals hätte ich vermutet, dass Dalton privat so arrogant und unfreundlich ist. Für die drei Fotos, die ich euch hier zeige, mussten wir regelrecht betteln.

Mitch Daltons Antwort: »Muss dieser Mist jetzt echt sein? Ich habe Wochenende. Schreibt doch einfach meinen Agenten an, der schickt euch Autogramme, so viele ihr wollt. Wenn ihr Glück habt, sind das sogar noch welche, die ich wirklich selbst signiert habe.«

Das waren tatsächlich seine Worte, unfassbar, oder? Wir ließen uns herab und flehten ihn förmlich an, obwohl uns seine Art schon ziemlich sauer aufgestoßen war. Doch ich dachte mir, dass ja jeder mal einen schlechten Tag haben kann, auch ein Bestseller-Autor.

Dann sagte Mitch Dalton zu uns: »Na gut, wenn es denn unbedingt sein muss, aber macht schnell, ich habe heute echt was Besseres zu tun, als den Pausenclown zu spielen.«

Was für ein Arsch, oder? Sollte er sich nicht freuen und dankbar sein, wenn Fans ihn umgarnen? Wo wären denn die hohen Herren ohne uns, die Leser? Ich für meinen Teil werde kein weiteres Buch von ihm kaufen. Ich möchte seinen Höhenflug nicht noch unterstützen. Von mir aus kann der künftig beim Jobcenter Nummern ziehen. Was für eine Ernüchterung, das sag ich euch.

»Das ist ja ungeheuerlich. Diese verlogene Schlampe.« Mario war entrüstet, schockiert bis in die kleinste Zelle.

Er konnte kaum glauben, was Tanja hier für ein Lügen-konstrukt errichtet hatte. Viel schlimmer als ihr Beitrag waren jedoch die unzähligen Kommentare darunter, die zum Teil sogar von Leuten kamen, die er aus den sozialen Medien her etwas besser kannte. Zwar gab es auch den einen oder die andere, die ihn in Schutz nahmen, doch der Großteil stieg voll auf die Hetzkampagne ein und zerriss ihn als Person sowie seine Bücher in der Luft.

• *Echt jetzt? So hätte ich ihn niemals eingeschätzt. Ich denke, ich streiche sein neustes Werk dann mal von meiner Wunschliste. So was muss man nicht noch unterstützen.*

• *Ja, so ist es leider oft, wenn jemand mal ein bisschen Erfolg hat, steigt er ihm zu Kopf. So ein arroganter Affe.*

• *Was für ein Idiot. Wo wären Leute wie er ohne ihre Fans? Also, was mich angeht, hat er auf jeden Fall einen weniger. Solchen Typen stecke ich mein sauer verdientes Geld nicht länger in den A****.*

• *Eingebildeter Fatzke, ärgere dich nicht, das sind solche Leute einfach nicht wert.*

So ging es weiter und die Beleidigungen nahmen an Wortgewalt zu. Was konnte Mario tun? Sollte er darauf reagieren? *Musste* er das nicht sogar? Oder würde er damit nur Öl ins Feuer gießen? Nein, er konnte die Lügen, die Tanja hier über ihn verbreitete, nicht einfach so stehenlassen. Er konnte aber auch nicht hundertprozentig ehrlich sein. Ein Teufelskreis. Vielleicht hatte Johann ja wirklich recht und es führte kein Weg daran vorbei, Julia von dem Wochenende zu erzählen. Hätte er dies längst getan, wäre eine ehrliche Reaktion auf die Verleumdung kein Problem. So aber musste er darauf bedacht sein, dass sie nicht zufällig irgendetwas online mitbekam, was ihm im Endeffekt das Genick brach.

Die Anzahl der Kommentare war mittlerweile auf über fünfzig angewachsen – Tendenz steigend. Ihm blieb nichts anderes übrig, er musste sich einfach dazu äußern. Mario rauchte noch eine Zigarette und überlegte sich seine Worte ganz genau, bevor er sie eintippte:

Es macht mich sehr traurig, hier diese infamen Lügen über mich lesen zu müssen. Nichts davon entspricht der Wahrheit, das kann ich garantieren. Ich nehme mir immer und überall gerne Zeit für meine Leser und Fans. Denn ihr seid es, die mich dahin gebracht haben, meinen Traum leben zu können. Bitte glaubt diesen Blödsinn nicht. Hier soll mir ganz bewusst und böswillig geschadet werden.

Er zögerte noch einen Moment, denn wohl war ihm dabei nicht, dennoch drückte er schließlich die Entertaste und hörte zeitgleich, wie ein Schlüssel von außen ins Schloss der Wohnungstür gesteckt wurde. Emily kam mal wieder früher aus der Schule.

»Sport ist ausgefallen«, sagte sie freudestrahlend, denn Sportunterricht mochte sie von jeher am wenigsten.

Mario schloss seinen Internetbrowser, damit sie nicht zufällig etwas von der ganzen Schlammschlacht mitbekam.

»Kann gleich eine Freundin vorbeikommen?«, fragte sie, während sie sich die Schuhe auszog und achtlos in die Ecke kickte.

»Hey, wozu haben wir einen Schuhschrank?« Mario konnte schon nicht mehr zählen, wie oft er diese Frage gestellt hatte und auch die Antwort war nicht neu.

»Ja, Mann. Ich wollte mich nur kurz ausruhen.« Schwerfällig bückte sie sich und warf die Schuhe in ein Fach.

Pubertiere, dachte er seufzend. »Und räum das Geschirr aus deinem Zimmer.«

Emily verdrehte die Augen. »Ja, Dad. Und? Darf sie herkommen?«

»Sicher, solange ich in Ruhe arbeiten kann.«

»Ja, kannst du, wir wollen dann eh zusammen in die Stadt.«

Es dauerte nicht lange, bis besagte Freundin, Miriam, klingelte. Die beiden verzogen sich in Emilys Zimmer und verließen nur eine halbe Stunde später die Wohnung. Ruhe. Mario warf die negativen Gedanken über Bord und machte sich wieder an sein aktuelles Manuskript, als sein Handy den Eingang einer WhatsApp-Nachricht verkündete. *Rainer.* Er hatte ganz vergessen, den Kontakt zu löschen, den Ramona ihm unter diesem falschen Namen eingespeichert hatte. Zögernd öffnete er die Nachricht:

Hey, Mitch. Es tut mir leid, was Tanja da bei Facebook gemacht hat. Du sollst wissen, dass das nicht von mir kam. Im Gegenteil. Tanja und ich hatten deshalb einen furcht-

baren Streit. Es tut mir auch leid, dass ich dich bei unse-
rem Treffen so angeschrien habe. Kann ich das wiedergut-
machen? Bei einem Essen am Wochenende vielleicht? Ich
werde dich nicht mehr so bedrängen, versprochen. Außerdem
werde ich das bei Facebook richtigstellen.

»Das glaube ich einfach nicht. Wie bescheuert und begriffsstutzig kann ein einzelner Mensch sein?«, fluchte Mario und öffnete seinen Internetbrowser erneut. Es gab bereits fünfzehn Kommentare auf seine Antwort. Unter anderem auch einen von Ramona, in dem sie seine Worte unterstützte und Tanja als Lügnerin bloßstellte. Einige Minuten später wurde der ganze Beitrag von Tanja gelöscht.

Mario nahm sein Handy zur Hand. Zuerst wollte er auf die Nachricht reagieren, doch er war sich sicher, dass es nicht die geringste Rolle spielte, was er schreiben würde, darum verwarf er den Gedanken und löschte den Kontakt einfach. Dann entfernte er Tanja und Ramona aus seiner Facebook-Freundesliste und blockierte alle beide. »So. Jetzt ist Schluss mit diesem ganzen Schwachsinn.«

Er ging erneut auf eine Zigarettenlänge auf den Balkon und machte sich dann ohne weitere Störungen an sein Manuskript. Für den Moment verfiel er tatsächlich in den naiven Glauben, dass nun wirklich alles vorbei sein könnte.

KAPITEL 10

Emily war nicht unbedingt der größte Fan der Schule, obwohl sie bis zur fünften Klasse noch Spaß daran gehabt hatte und nicht glauben wollte, was ihr Bruder ihr immer wieder vorhersagte: »Das wird sich ändern. Warts ab, spätestens ab der siebenten oder achten Klasse wirst du die Schule hassen.« Letztendlich behielt er leider recht damit. Der Leistungsdruck stieg ebenso wie der Schwierigkeitsgrad. Und wenn man Emily Glauben schenken konnte, auch der Nervfaktor der Mitschüler. Aus dem lockeren, kindlichen Lernen war etwas geworden, das Emily zunehmend stresste. Obendrein war sie in eine Klasse geraten, die man nur als chaotisch bezeichnen konnte. Ihr Lieblingsgeräusch war die letzte Schulglocke des Tages, die sie nach (meist) acht Stunden wieder in die Freiheit entließ.

Zwar hatte sie keine ernst zu nehmenden Feinde in der Klasse, aber von Freundschaften konnte ebenfalls kaum die Rede sein.

Wie fast an jedem Tag, ging sie auch an diesem Freitag allein aus dem großen, verwinkelten Schulgebäude in Richtung des Busbahnhofs. Die vielen jüngeren Schüler, die an ihr vorbeirannten, versuchte sie, so gut es eben ging, zu ignorieren. Doch ganz konnte sie den Lärmpegel, der von ihnen ausging, nicht ausblenden. Ein weiterer Stressfaktor für Emily. Nicht selten überkam sie der Wunsch, diesen krakeelenden Zwergen ein Bein zu stellen, sie gegen die nächste Laterne zu schubsen oder Schlimmeres. Hauptsache, die halslosen Monster würden endlich Ruhe geben. Für sie war schon jetzt klar, dass sie niemals Kinder haben wollte. »Kinder sind keine Menschen«, sagte sie immer wieder, was ihrer Mutter Julia stets sauer aufstieß. Denn sie selbst war da ganz anders. Sie liebte Kinder über alles und hätte am liebsten noch zwei oder drei gehabt, aber das Schicksal hatte es anders entschieden.

Emily hatte den Busbahnhof fast erreicht, als der Bus, nicht zum ersten Mal, gerade abfuhr. »Na toll. Immer das Gleiche hier. Diese verdammten Busfahrer.« Im Grunde wusste Emily, dass sie nichts dafür konnten. Sie machten lediglich ihren Job, mussten die Fahrpläne einhalten. Fahrpläne, die einfach so dumm gestaltet wurden, dass Emily fast jeden Tag eine halbe Stunde auf den nächsten Bus warten musste, nur weil die Lehrer sie nicht einige wenige Minuten eher entließen. Selbst dann musste sie unter Umständen noch rennen. Und rennen war eine schlechte Option. Das wäre ja schon wieder

Sport gewesen. Lieber ärgerte sie sich tagein, tagaus darüber, dass sie warten musste. Redete es sich damit schön, dass der verpasste Bus eh viel zu voll war. Auch an der Haltestelle war die Aussicht auf einen Sitzplatz vergebens.

Emily war genervt und in ihren Gedanken verloren. Zuerst registrierte sie die blonde Frau gar nicht, als diese sie ansprach. Doch als sie ihr schließlich an die Schulter stupste, drehte Emily sich zur Seite. »Ja?«

»Du bist Emily, oder? Emily Drechsler?«

Sie musterte die Frau von oben bis unten und erwiderte nur trocken: »Ich darf nicht mit Fremden reden.« Dann zog sie sich ihre Kopfhörer auf.

Mit einem weiteren Fingerstupsen forderte die Frau erneut Emilys Aufmerksamkeit, hatte aber die naturgebundene Zickigkeit eines Teenagers nicht einkalkuliert.

Emily riss sich wutschnaubend die Kopfhörer herunter und taxierte die Unbekannte feindselig. »Was denn noch?« Ihr Tonfall war gereizt, mit steigender Tendenz zu echter Wut.

»Tut mir leid, ich wollte dich nicht verärgern oder belästigen. Natürlich sollst du nicht mit Fremden reden, da haben deine Eltern völlig recht. Aber ich bin keine Fremde. Mein Name ist Ramona. Ich bin mit deinem Vater zur Schule gegangen. Also, mit deinem Stiefvater.«

»Na sicher doch. Keine Ahnung, was Sie wollen, Lady, aber mein Dad kommt nicht von hier. Er ist in …«

»… Herten zur Schule gegangen – so wie ich.«

Emily rümpfte die Nase und zog eine Augenbraue hoch, was sie wie ein Detektiv wirken ließ, dessen Gehirn mit dem Kombinieren neuer Fakten beschäftigt war. »Was machen Sie dann ausgerechnet hier in Hagen? Kein Mensch kommt freiwillig in diese ätzende Stadt.«

Ramona lachte. Es wirkte nicht aufgesetzt, sondern schien wirklich von Herzen zu kommen. »Ja, Schönheit liegt bekanntlich im Auge des Betrachters. Aber was diese Stadt angeht, kann ich dir leider nicht widersprechen. Was soll ich machen? Ich hatte beruflich hier zu tun.«

Emily fragte nicht nach, was für ein Beruf das wohl sein könnte, da es sie im Grunde genommen gar nicht interessierte. Die Frau hingegen war voll in ihrem Redefluss gefangen.

»Ich habe Bilder von dir und deinem Dad bei Facebook gesehen, darum habe ich dich erkannt. Weißt du, wir sind nicht nur immer noch befreundet, dein Vater und ich, nein, ich bin auch ein großer Fan seiner Bücher. Deshalb verfolge ich alles, was er tut, aufmerksam bei Facebook, Instagram und Twitter.«

Na toll, dachte Emily, *jetzt labern mich schon seine Stalker an.* Aber kurz darauf sah sie diese aufdringliche Person bereits mit anderen Augen, denn sie machte ihr ein Angebot, das die nervige Warterei beenden würde.

»Wenn du möchtest, kann ich dich nach Hause fahren. Busfahren ist ja nicht wirklich so der Hit, oder?« Jetzt sprach sie Emilys Sprache.

»Nein, ist es nicht, da haben Sie absolut recht. Eigentlich kommt es direkt nach dem Sportunterricht auf meiner Liste der nervigsten Dinge der Welt.«

»Hör mal, du brauchst mich nicht so förmlich anreden. Nenn mich einfach Ramona. Was meinst du, E-mily? Sollen wir uns vorher noch einen kleinen Snack gönnen? Irgendwie lacht mich das goldene M da vorne so an.«

Nun lächelte Emily sogar. Wenn Dads Stalker, Leser oder Freunde was von Mäckes springen ließen und ihr obendrein das Warten auf den Bus abnahmen, dann konnte sie gerne jeden Tag einer von diesen Leuten anquatschen. »Ja, klar. Ich liebe Hamburger.«

»Wer tut das nicht? Aber es gehört auch ein Milchshake dazu, oder wie siehst du das?«

Emily nickte mehrfach bejahend.

»Na dann … lasset uns zu Tische schreiten, werte Autorentochter.«

Vermutlich, nein, sogar ganz sicher, wäre Emily mit dem Bus schneller zu Hause gewesen. Doch nach den Startschwierigkeiten mit Ramona hatte sie sich wirklich gut mit ihr unterhalten. Sie war für Emilys Verhältnisse mit ihren über dreißig schon uralt, aber sie wirkte nicht so. Man konnte mit ihr reden wie mit einer Gleichaltrigen – wenn Emily mal von ihren Mitschülern absah. Ramona verstand die Probleme der jüngeren Generation und konnte zu allem etwas sagen. Sogar als es um einige der Rapper ging, die Emily so mochte. Dementsprechend hatten die beiden sich auch ziemlich verquatscht und die Zeit vergessen.

»Du bist aber spät dran«, sagte Mario, als sie endlich

nach Hause kam.

»Ja, verrückt. Eigentlich hätte ich eher hier sein müssen. Der blöde Bus ist mir mal wieder vor der Nase weggefahren. Deine alte Klassenkameradin hat mich dann aber mitgenommen.«

Mario horchte auf. »Was für eine Klassenkameradin? Du sollst doch nicht mit fremden Leuten …«

»Sie war nicht fremd. Ihr kennt euch seit der fünften Klasse. Du weißt schon, diese wasserstoffblonde Ramona aus Herten.«

Es traf Mario wie ein Blitzschlag mitten ins Herz. Er hatte plötzlich das Gefühl, die Luft würde gewaltsam aus seinen Lungen gepresst werden. Ihm wurde heiß, dann wieder eiskalt und schließlich erneut heiß. Eine erdrückende Beklemmung, die er so noch nie erfahren hatte, schnürte ihm die Kehle zu. »Ra-mo-na?« Er musste sich zusammenreißen, gab sich alle Mühe, sich nichts anmerken zu lassen und sein Gestotter zu vollständigen Wörtern zu formen. »Was …«, er räusperte sich, um den Kloß im Hals loszuwerden, doch dieser hatte offenbar Wurzeln geschlagen. »Was wollte sie denn von dir?«

»Hey, Dad, ich sehe, du machst dir wieder unnötig Sorgen. Ich bin zunächst nicht darauf eingegangen, als sie mich ansprach. Aber nachdem sie bewiesen hatte, dass sie dich kennt, dachte ich, das geht schon in Ordnung. Sie war richtig nett. Hat mir einen Burger und einen Milchshake spendiert und dann hat sie mich nach Hause gefahren, damit ich nicht so lange auf den … na ja … übernächsten Bus warten musste.«

Eine Armee frostiger Ameisen lief Mario über den Rücken. Sie hinterließen einen nicht enden wollenden

Schauer auf seiner Haut. »Ich will nicht, dass du mit Leuten mitgehst, die dir fremd sind. Es hätte sonst was passieren können. Die Infos über mich kann sie auch aus dem Internet haben.«

»Dad, jetzt mal ehrlich … meinst du, eine Frau wird mich vergewaltigen?«

»Verdammt, darum geht es doch gar nicht.« Im Allgemeinen vermieden die Drechslers konsequent, den Kindern gegenüber laut zu werden, aber jetzt hatte Mario seine Stimme so sehr erhoben, dass Emily zusammenzuckte. »Das ist eine kranke Welt da draußen. Vollgestopft mit Irren und Psychopathen.«

»Na, du musst es ja wissen. Schließlich verdienst du mit Geschichten über Irre und Psychos dein Geld.« Emily wurde ebenfalls deutlich lauter. Ihr Gesicht war zu einer zornigen Grimasse geworden, die Marios Blicken demonstrativ auswich.

»Also, noch mal: Halt dich von fremden Leuten fern. Auch von dieser Ramona. Besonders von dieser Ramona! Wenn es die aus meiner Schule ist, dann war sie damals schon nicht ganz richtig im Kopf.« Er musste improvisieren, was ihm erstaunlicherweise auch halbwegs gelang.

Doch seine Worte verfehlten ihr Ziel, fütterten den Zorn seiner Stieftochter eher weiter an. Emily erwiderte nichts. Den Blick starr auf den Boden geheftet und jeder Schritt von einem theatralischen Schnaufen der Entrüstung begleitet, stampfte sie prustend und grummelnd in ihr Zimmer. Und zum ersten Mal in ihrem Leben knallte sie ihre Tür lautstark zu.

Eigentlich hätte Mario sich darüber aufgeregt, aber

ein übertrieben zickiger Teenager war gerade seine kleinste Sorge. »Dieses durchgeknallte Miststück. Verdammt! Was mache ich denn jetzt?« Er griff zum Telefon und wählte Johanns Nummer.

Nachdem er ihm das Neueste berichtet hatte, herrschte einen Moment lang unbehagliches Schweigen, dann sprach sein Freund die unbequeme Wahrheit aus, die Mario nicht hören wollte und immer wieder verdrängt hatte. »Alter, du musst deiner Frau alles erzählen und dann nichts wie ab zu den Bullen. Das ist Stalking pur, was die da mit dir abzieht. Wer weiß, wozu die noch im Stande ist. Denk an deine Familie, es gibt keine andere, keine einfache Lösung.«

Marios Blick verfinsterte sich und sein Tonfall ließ kompromisslose Entschlossenheit erkennen. »Doch. Die gibt es.«

KAPITEL 11

Die Pläne seines Freundes stießen bei Johann auf wenig Begeisterung. »Was soll das bringen? Sie hat bisher nichts darauf gegeben, was du gesagt hast, warum also sollte sie jetzt damit anfangen? Oder willst du ihr etwa aufs Maul hauen?«

Mario atmete schwer, er wusste im Grunde selbst nicht, wie und ob das alles funktionieren würde. Die Idee, sie über ihre Freundin Tanja ausfindig zu machen, hatte er nicht wirklich zu Ende gedacht. Selbst wenn sie verraten würde, wo Ramona wohnte und wie sie mit Nachnamen hieß, was konnte er schon tun, außer ihr zu drohen? »Nein, das wohl kaum. Aber vielleicht schüchtert es sie ja ein, wenn sie sieht, dass ich weiß, wo sie wohnt und wer sie wirklich ist.«

»Oder du gehst endlich zur Polizei.«

»Nein, verdammt. Keine Bullen. Je weniger Leute von diesem Mist wissen, desto besser.«

Johann zögerte einen Moment mit seiner Antwort und Mario hörte einen tiefen Seufzer am anderen Ende der Leitung. »Alter, wohin soll das führen? Erzähl endlich deiner Frau von dem Wochenende. Selbst wenn du was mit Ramona hattest, kannst du doch gar nichts dafür. Ich bin dein Zeuge. Du warst völlig weggetreten.«

Mario ließ ein affektiertes Lachen durch den Hörer schallen. »Na klar doch. Das wird sie dir auch ohne Weiteres abkaufen. Sie kennt dich jetzt … Wie lange? Lass mich überlegen … Ach ja: Noch gar nicht. Glaub mir einfach, wenn ich dir sage, dass sie das niemals erfahren darf, sonst wars das mit meiner Ehe.«

»Wie du meinst. Ich helfe dir natürlich, aber ich möchte trotzdem anmerken, dass ich es für einen gewaltigen Fehler halte. Die Wahrheit kommt letzten Endes immer ans Tageslicht und es wäre in jedem Falle besser, wenn du den Zeitpunkt selbst bestimmst.«

»Zur Kenntnis genommen. Also hole ich dich Freitagmorgen ab und wir legen uns auf die Lauer, um Tanja ohne ihren Türsteher zu erwischen.«

Johann schmunzelte. »Das erinnert mich daran, wie wir als Kinder immer Detektiv gespielt haben, weil wir zu viel *Fünf Freunde* und *Die drei Fragezeichen* gehört hatten.«

Mario lachte, aber es kam nicht von Herzen, denn dort hatten seine Ängste die Kontrolle übernommen.

In den Tagen vor der Verabredung geschah nichts weiter. Es war bedrohlich still um Ramona und Tanja geworden. *Die Ruhe vor dem Sturm,* dachte Mario. Ein bisschen Ruhe in seinem Kopf hätte er sich auch gewünscht, denn der Sturm darin ließ ihn nicht mehr ruhig schlafen. So war es kaum verwunderlich, dass Mario bei der Observierungsaktion am Freitagmorgen bereits nach einer Stunde mit seiner Müdigkeit zu kämpfen hatte. Einen Kampf, den er schnell verlor. Johann schwieg darüber, dass seinem Freund ständig die Augen zufielen. Seit sechs Uhr saßen die beiden in Marios Wagen, der etwas abseits von Tanjas Haus parkte, und ließen den Eingang nicht aus den Augen.

Mario hatte seiner Frau erzählt, dass er so früh losmüsse, um seinem alten Kumpel bei einer Renovierung zu helfen. Die nächste Lüge. Das Schuldenkonto wuchs und sein Gewissen befand sich zunehmend in einem Ausnahmezustand. Mario öffnete nach einer weiteren Kurzschlafphase die Augen und sah zu dem Haus hinüber. »Irgendwas Neues?«

»Würden wir dann noch hier sitzen, du Schnarchnase?«

»Auch wieder wahr. Tut mir echt leid, aber ich schlafe im Moment nicht gut.« Er hob bedauernd die Hände.

»Mann, ist der Hulk etwa arbeitslos? Oder hat er Urlaub?« Johann seufzte. Drei Stunden waren mittlerweile vergangen, als sich schließlich doch etwas tat. »Echt jetzt? Das habe ich nicht erwartet«, meinte er verblüfft. Sein verdutzter Gesichtsausdruck unterstrich die Aussage.

Der Hüne trat in einem kostspielig wirkenden Anzug aus dem Haus. Er zog Tanja in seine Arme, die für einen Augenblick komplett in der Umarmung verschwand. Einen Kuss später ging er zur Garage und fuhr kurz darauf mit einem nagelneuen, schwarz glänzenden Mercedes-Benz SL Cabrio davon.

»Alter Schwede. Ich hätte das Monster eher bei Türstehern, Maurern oder Gerüstbauern eingestuft. Aber ganz sicher nicht bei den Schlipsträgern.«

»Vielleicht ist er ja ein Pate der Russenmafia«, sagte Mario alles andere als scherzhaft.

»Wer weiß. Auf jeden Fall macht mir das Ungetüm Angst. Aber er ist weg, also los. Knöpfen wir uns seine Alte vor.«

Gesagt, getan. Die beiden eilten zur Tür des Hauses und Johann betätigte den Klingelknopf.

Tanja öffnete sehr schnell, dachte wohl, es wäre ihr Freund, der vielleicht etwas vergessen hatte.

»Einen wunderschönen guten Tag«, sagte Mario mit gewollt zynischem Unterton und stellte direkt seinen Fuß in den Türspalt.

»Was wollt ihr beiden Flachpfeifen denn hier?« Ihr Gesicht ließ keinen Zweifel darüber aufkommen, dass sie mit diesem Besuch nicht gerechnet hatte.

»Informationen«, sagte Johann und klang dabei wie ein Agent.

»Verpisst euch, aber ganz schnell. Mein Freund wird

gleich nach Hause kommen. Solche Hampelmänner wie euch verspeist er zum Frühstück.« Sie wollte die Tür zuwerfen, doch Marios Fuß verhinderte das.

»Dein Muskelheini ist gerade erst gefahren, wir beobachten euch schon den ganzen Morgen.«

»Oh, toll, habe ich jetzt also gleich zwei gehirnamputierte Stalker an meinem süßen Arsch kleben, ja?«

Mario drückte mit Schwung die Tür weiter auf, schob Tanja ins Haus und ging hinterher. Ihr Protest änderte wenig an seiner Entschlossenheit. »Und damit wären wir auch schon beim Thema. Deine geisteskranke Freundin ...«

»Was ist mit ihr?«

»Du sagst mir jetzt, wie sie mit Nachnamen heißt und wo sie wohnt.«

Tanja wandte sich an Johann. »Was ist denn mit deinem fetten Freund los? Hat der auf einem Superman-Comic geschlafen? Oder sind ihm über Nacht etwa Eier gewachsen?«

Johann verzog das Gesicht zu einer grimmigen Miene. »Sag uns, was wir wissen wollen, sonst ...«

»Sonst was? Meinst du, ich habe Angst vor euch Witzfiguren? Wisst ihr, was mein Freund mit euch macht, wenn ich ihm hiervon erzähle?«

Tanjas Überheblichkeit brachte Johann zum Lachen. »Es mag sein, dass wir gegen deinen Hulk keine Chance haben, aber du würdest mit untergehen, wenn ich ihm stecke, dass ich dich ordentlich durchgefickt habe, als er nicht zu Hause war.«

Sie ließ sich keinerlei emotionale Reaktion anmerken. »Na, vielleicht lassen wir es einfach mal darauf ankommen. Juri vertraut mir.«

Juri. War das mit der Russenmafia gar nicht so weit hergeholt? Marios Gedanken liefen Sturm, und sie waren äußerst beunruhigend. Aber er hatte keine Wahl. Zurückrudern kam nicht infrage. »Was soll die ganze Scheiße eigentlich?« Marios Wut war deutlich seiner lauter werdenden Stimme zu entnehmen. Die Kummerfalte zwischen seinen seit Längerem nicht gestutzten Augenbrauen wurde augenblicklich tiefer.

»Tja, so was passiert, wenn man Frauen nur ausnutzt, du dämliches Arschloch.«

Mario machte einen Satz auf sie zu, doch Johann hielt ihn zurück. »Bau keine Scheiße, Alter. Oder willst du alles noch schlimmer machen?«

»Oh, bist du jetzt der große Frauenversteher, Mister ›Ich bekomm keinen mehr hoch, weil ich zu viel gesoffen habe‹?«

»Was?«

»Na, was glaubst du denn, warum bei uns in der Nacht so wenig gelaufen war? Ganz im Gegensatz zu den anderen beiden.« Grinsend beobachtete Tanja seine Reaktion. »Oh, ich versteh schon. Hast deinem Kumpel sicher erzählt, was für ein Hengst du warst und wie oft du es mir in der Nacht besorgt hast.«

Marios Gesicht war inzwischen zornesrot und gerade, als er sich dazu äußern wollte, fiel ihm sein Freund ins Wort. »Vielleicht habe ich ja einfach schon gewusst, dass nichts Gutes dabei rauskommen würde und den Alkohol nur vorgeschoben.«

»Weißt du was? Ja, ich sage es euch. Ich will, dass die beiden das klären.« Sie sah Mario abfällig an. »Denn

Ramona hat es richtig übel erwischt. Keine Ahnung, was sie an dir findet, du Möchtegern-Autor, aber sie ist bis über beide Ohren in dich verknallt. Und du bist schuld. Du hast ihr Hoffnungen gemacht. Hast sie gefickt und ihr das Blaue vom Himmel versprochen.« Mario wollte gerade etwas erwidern, doch sie ließ ihn nicht zu Wort kommen. »Jaja. Ich weiß schon. Du kannst dich an nichts mehr erinnern. Ist klar, leg mal 'ne andere Platte auf, du arme Wurst. Das kauft dir eh keiner ab.«

»Also, erzähl«, sagte Johann, damit sie auf den Punkt kam.

»Sie heißt Ramona Schumann und wohnt nicht weit von hier. Beethovenstraße.«

Mario packte sie unsanft am Oberarm. »Na endlich. Los, du kommst mit, falls du uns angelogen hast.«

Sie schrie ihn an, dass es in den Ohren schmerzte. »Lass mich sofort los, du Vollidiot.«

Mario ließ sich nicht beirren. »Wir wollen doch hier draußen auf der Straße keine Szene machen, oder? Die Nachbarn reden ja immer so schnell über solche Dinge, nicht wahr?«

Es gelang ihr, sich aus seinem Griff zu winden. »Okay, Arschloch. Ich komme mit, aber fass mich bloß nicht noch mal an. Ich weiß allerdings nicht, ob sie jetzt daheim ist.«

»Wenn nicht, warten wir eben. So wie wir bei dir darauf gewartet haben, dass *dein Juri* sich endlich verzieht.« Johanns Worte unterstrichen die Entschlossenheit, die er und sein Freund ausstrahlten.

Einer Sache war Mario sich ganz gewiss. Nachdem Ramona es gewagt hatte, seine Tochter mit hineinzuziehen, würde die Freundlichkeit diesmal auf der Strecke bleiben. Und sollte sie ihn nach diesem Tag immer noch nicht in Ruhe lassen, so bliebe ihm tatsächlich nichts anderes mehr übrig, als Johanns Rat endlich zu befolgen und die Polizei einzuschalten. So oder so, es würde heute enden. Zumindest ging Mario davon aus.

KAPITEL 12

Das ungleiche Dreiergespann musste nicht warten. Ramona Schumann öffnete bereits nach dem ersten Klingeln die Tür und war sichtlich überrascht. »Mitch? Johann? Tanja? Das ist ja eine Überraschung.« Sie fiel Mario lächelnd um den Hals. Gleich so, als ob nie etwas gewesen wäre. »Ich habe dich so vermisst. Tut mir leid, dass ich dich bei unserem letzten Treffen so beschimpft habe. Das war dumm von mir. Aber ich war verletzt.«

Er griff nach ihren Handgelenken, löste sich unsanft aus der Umarmung und stieß sie ein Stück weit in ihre Wohnung hinein. »Du hörst mir jetzt ganz genau zu, denn ich sage es dir heute zum allerletzten Mal, bevor ich rechtliche Schritte einleiten werde, du gestörte Ziege.« Der Glanz, den seine himmelblauen Augen bisher ausgestrahlt hatten, war zu einem hasserfüllten und feindseligen Funkeln geworden. Fast konnte man die imaginären flammenden Dolche sehen, die aus ihnen auf Ramona einprasselten. Marios Stimme war ebenfalls kaum wiederzuerkennen. Seine ansonsten eher ruhige und besonnene Art zu reden, war zu einem aggressiven Zischen geworden, das selbst Johann einschüchterte. »Halte dich von mir und meiner Familie fern, du Psycho-Schlampe! Das ist meine letzte Warnung!«

Sie war durch seinen Stoß zu Boden gefallen und schaute ihn mit einer Mischung aus Verständnislosigkeit und Verwirrung an. Mario wartete auf eine Antwort, die nicht kam. Stattdessen ging Tanja zu ihrer Freundin und half ihr wieder auf. »Ich glaube, das reicht jetzt. Sie wird wohl verstanden haben, was für ein elender Wichser du bist.«

»Ich ...«, stammelte Ramona.

»Schon gut, Süße. Vergiss den Arsch einfach. Du hast etwas Besseres verdient.« Sie sah wütend zu Mario und Johann. »Und ihr beide verschwindet jetzt endlich. Ich kümmere mich um sie. Hoffentlich müssen wir eure dämlichen Visagen nie wieder sehen.«

»Das hoffe ich auch. Deshalb waren wir hier. Das ist exakt das, was ich mir wünsche, was ich erwarte. Das nächste Mal bin ich nicht mehr so nett.«

Tanja deutete ihnen mit einer Handgeste, endlich zu verschwinden, was die Männer ohne zu zögern taten. Auf dem Weg zum Auto fragte Johann: »Meinst du, sie hat es jetzt begriffen?«

»Davon gehe ich mal aus. Deutlicher geht es ja kaum mehr. Andererseits war meine Ansage beim letzten Mal auch schon eindeutig. Die Frau hat sie einfach nicht mehr alle. Die gehört in eine Gummizelle gesperrt und der dazugehörige Schlüssel im Meer versenkt.«

Johann nickte. »Ja, das sehe ich genauso. Hoffen wir mal das Beste. So, und nun wolltest du meine Bude renovieren?«, flachste er.

»Träum weiter. Ich fahre jetzt nach Hause und sage meiner Frau, dass du doch kaum noch Hilfe brauchtest, weil du die ganze Nacht durchgearbeitet hast.«

Tanja kochte einen frischen Kaffee, bevor sie sich an den Küchentisch setzten, der seine besten Tage lange hinter sich hatte. Unter einem der Tischbeine lag ein Bierdeckel, da das klapprige alte Ding aus den Siebzigern sonst so heftig wackelte, dass man am besten nur halb volle Tassen darauf abstellte. Ramonas ganze Wohnungseinrichtung war schon nicht mehr secondhand, sondern eher fünfte oder sechste Hand. Als sie vor Kurzem aus den neuen Bundesländern ins Ruhrgebiet kam, hatte sie gerade mal zwei Koffer mit persönlichen Dingen dabeigehabt. Einen Job hatte sie damals wie heute nicht gefunden und war somit gezwungen, sich mit den Rücklagen aus dem Erbe ihrer Mutter über Wasser zu halten. Sie wollte nicht viel in die Wohnung investieren, hatte nie einen Hehl daraus gemacht, dass sie früher oder später wieder zurück nach Leipzig gehen würde. Darum stammte nahezu ihr ganzes Mobiliar aus einem

Sozialkaufhaus am Rande von Gelsenkirchen.

Obwohl Tanja sie erst ein knappes Jahr kannte, hatte sie ihr schon mehrfach finanzielle Hilfe angeboten, aber Ramona lehnte stets ab. Sie käme mit dem Erbe noch eine Weile klar und würde schließlich eh bald wieder zurückgehen, da sie im Osten etwas hätte, für das es sich lohnte, zurückzugehen. Um was oder wen es sich dabei handelte, sagte sie nicht, und Tanja fragte auch nicht nach. Sie dachte sich: *Wenn sie es mir erzählen will, wird sie es schon irgendwann machen.*

Tanja hoffte eigentlich, dass es nur leere Worte waren. Worte des Frustes und des Zorns über Mitch Dalton. Denn in Ramona hatte sie eine Freundin gefunden, die ihr wirklich am Herzen lag.

Beide nahmen einen kräftigen Schluck des heißen Getränkes und sahen sich eine Weile ernst und schweigend an. Dann brach Ramona in schallendes Gelächter aus. Tanja stimmte mit ein, verschluckte sich und spuckte ihren Kaffee durch die Gegend. »Ich hatte ja wirklich meine Zweifel, aber der Schwachkopf hat es tatsächlich geschluckt, oder? Uh, du bist ja so verliebt in den tollen, erfolgreichen Autor. Frau Schumann, Sie sind eine sehr begabte Schauspielerin.«

Ramona bekam sich vor Lachen kaum ein. »Ja, dieser Idiot glaubt mir jedes Wort. Ich würde nur zu gerne in seinen Kopf schauen und sehen, wie es ihn quält und was da für Kämpfe toben. Euer Auftauchen kam natürlich überraschend, aber hey ... umso besser. Das habe ich so schnell nicht erwartet. Dann können wir direkt zu Phase zwei übergehen.«

Tanjas Lachen erstarb in ihrer Kehle, als ahnte sie bereits, was nun folgen würde. Ein mulmiges Gefühl breitete sich in ihr aus.

»Das wird dir jetzt nicht gefallen, aber du musst etwas für mich tun.«

Tanja hustete, da sie sich erneut an ihrem Kaffee verschluckt hatte, doch dieses Mal war er in die falsche Röhre gelangt. Als sie endlich wieder einigermaßen normal atmen konnte, antwortete sie: »Na los. Erzähl schon.«

»Ich will, dass du mich schlägst. Ich brauche mindestens ein blaues Auge. Besser wäre zusätzlich noch eine kleine Platzwunde oder zwei.«

Tanja sah sie entsetzt an, ihr Bauchgefühl hatte sie nicht getäuscht. Sie versuchte, eine vernünftige Antwort auf eine enorm unvernünftige Bitte zu finden, doch es gelang ihr nicht. »Echt jetzt? Dein Ernst? Gibt es keinen anderen Weg?«

»Bist du meine Freundin oder nicht?« Ramona stand auf. »Also los. Hau mir ordentlich eine rein.«

Tanja zögerte, rührte sich nicht von der Stelle, als wäre sie wie ein Meerschweinchen in eine Schockstarre verfallen.

»Keine Angst, es ist gut. Ich will es so.« Sie setzte eine äußerst überzeugende Leidensmiene auf. »Herr Wachtmeister, dieser Mann ist wahnsinnig. Er ist einfach in meine Wohnung eingedrungen. Das Letzte, was ich sah, war seine gewaltige Faust, die auf mein Gesicht zuschoss. Was danach geschah, weiß ich leider nicht mehr. Ich muss das Bewusstsein verloren haben. Ich bin ja nur eine schwache Frau. Was sollte ich diesem Kerl schon entgegensetzen? So einen Schlag steckt man nicht einfach so weg.«

Beide grinsten teuflischer, als Satan es selbst zu tun vermocht hätte. »Wo genau soll ich denn hinschlagen?«

»Na ja, mein Auge würde ich schon gerne behalten und auf eine gebrochene Nase bin ich auch nicht besonders scharf. Die Form gefällt mir eigentlich so, wie sie ist. Versuche es mit dem Jochbein.«

Tanja war weiterhin unsicher. Diese Bitte war schon mehr als schräg und kostete sie einiges an Überwindung. Selbst wenn Ramona nicht ihre Freundin gewesen wäre, hätte sie Probleme damit gehabt. Aber so war es erheblich schwieriger. Außerdem hatte Tanja noch nie jemanden geschlagen. Was, wenn sie Ramona so heftig verletzte, dass sie ernsthafte Schäden davontrug? Einige Male atmete sie tief durch, dann gab sie sich einen Ruck. »Also gut, aber vielleicht solltest du vorher etwas Stärkeres trinken als Kaffee.«

»Auf keinen Fall. Es kommt nicht so gut, wenn du mich ins Krankenhaus bringst und ich mitten am Tag nach Alkohol stinke. Die Glaubwürdigkeit würde es vermutlich auch nicht unbedingt fördern.«

»Okay, wie du meinst. Und du bist dir wirklich sicher?«

»Aber ja doch. Mach schon.«

»Dann wollen wir mal. Bereit?«

»So was von bereit. Also los, schlag so fest zu, wie du nur kannst. Wir machen Mitch Dalton jetzt richtig fertig, dass er sich noch wünschen wird, wir würden ihn einfach umbringen.«

KAPITEL **13**

Während Mario nichts ahnend an seinen Schreibtisch zurückgekehrt war, hatten Ramona und Tanja bereits den nächsten Teil ihres perfiden Plans in die Tat umgesetzt.

Nachdem Tanja Ramonas Auge mit ihrer Faust lediglich einen zartblauen Anstrich verpasst hatte, war es letztendlich Ramona selbst, die sich die Platzwunde am Jochbein zugefügt hatte. Für ihr Vorhaben musste eine Schrankkante herhalten, doch das Ergebnis war größer und schmerzhafter als ursprünglich geplant. Sterne hatten vor ihren Augen gefunkelt und fast hätte sie die Besinnung verloren. Die Blutung war kaum zu stoppen und schlussendlich musste die Wunde in der Notaufnahme des Elisabeth-Krankenhauses mit vier Stichen genäht werden. Schon dort war sie in die überzeugende Rolle des armen Opfers geschlüpft, das von einem gewalttätigen Mann geschlagen wurde, nur weil er von ihr eine Abfuhr erhalten hatte. Dass der behandelnde Arzt eine Frau war, spielte ihr dabei gut zu, denn Frauen reagierten bei diesem Thema in der Regel deutlich empfindlicher und empathischer als Männer es taten.

»Sie sollten auf jeden Fall Anzeige erstatten. Wer weiß, wozu dieser Mensch noch fähig ist«, hatte die behandelnde Ärztin, Frau Doktor Vogt, ihr ans Herz gelegt.

Ramona presste sich tatsächlich wie auf Kommando ein paar Tränen heraus. *Großes Kino*, dachte Tanja. »Das werde ich tun, Frau Doktor.«

Als sie die Klinik verließen, zuckte es um Ramonas Mundwinkel. Nur aufgrund der starken Schmerzen gelang es ihr, das emporsteigende Kichern zu unterdrücken. Bevor sie die Polizeiwache in Herten betraten, hielt Tanja ihre Freundin zurück. »Wenn du lachen musst, dann war es das. Reiß dich bloß zusammen.«

»Keine Sorge. Sobald ich lache, tut mir das ganze Gesicht weh, also sollte diese Gefahr kaum bestehen.«

Wenig später saßen die beiden vor dem Beamten, der die Anzeige aufnahm. Er notierte zunächst ihre persönlichen Daten und kam schließlich zum Punkt. »Na, dann erzählen Sie mal genau, was vorgefallen war.«

Ramona atmete tief durch, quälte sich erneut ein Tränchen heraus und legte los: »Da ist dieser Thriller-Autor, Mitch Dalton. Eigentlich heißt er Mario Drechsler. Wir haben ihn und seinen Kumpel vor drei Wochen zufällig auf der Straße getroffen. Zu dem Zeitpunkt war ich noch ein Riesenfan von ihm. Da wusste ich ja auch nicht, was für ein Monster er in Wirklichkeit ist. Nun ja, es kam irgendwie so, dass wir vier den Abend zusammen verbracht und ein wenig gefeiert hatten. Anfangs fand ich es toll und war geschmeichelt, dass er Interesse an mir zeigte. Ich hatte schließlich lange davon geträumt, ihn mal in der Realität kennenzulernen, fernab der sozialen Netzwerke. Und ja, ich muss gestehen, es hat mir auch sehr gefallen, in dieser Nacht mit meinem Idol zu schlafen. Sie könnten mich jetzt verurteilen, aber ich bin Single und niemandem verpflichtet, daher sah ich darin kein Problem. Dass er verheiratet ist, wusste ich zu dem Zeitpunkt nicht. Erst später hatten wir darüber gesprochen, als er mir in dieser Nacht seine ewige Liebe schwor und beteuerte, seine Frau umgehend zu verlassen, um mit mir zusammen zu sein. Verdammt, der Verrückte machte mir sogar einen Antrag. Ich sagte ihm, dass der Schritt nicht nötig wäre. Da er weiter darauf bestand, gestand ich ihm, in der Hoffnung, es würde ihn abhalten, dass es mir nur um ein Abenteuer ging. Ich gab ihm zu verstehen, dass mehr als ein One-Night-Stand nicht denkbar wäre. Aber das konnte und wollte er nicht akzeptieren.«

Tanja legte beruhigend ihre Hand auf die der Freundin, als diese aufschluchzte. Tränen kullerten über Ramonas Wangen. Als sie sich etwas beruhigt hatte, nahm sie dankbar das Taschentuch an, welches Tanja ihr reichte, und schnäuzte sich die Nase, während der Beamte ihr ein Glas Wasser anbot.

Nach einer kleinen Pause fuhr sie mit der Erzählung fort: »Seit der Nacht bedrängte er mich ständig. Ich wäre doch seine Traumfrau und er würde mir die Sterne vom Himmel holen. Er sprach von Liebe auf den ersten Blick und all dieser ganzen Kacke. Wieder und wieder versuchte ich, ihm klar zu machen, dass ich keine Beziehung mit ihm eingehen will. Dass da, abgesehen von der Bewunderung für seine Arbeit, von meiner Seite keine Gefühle im Spiel sind. Doch er hörte einfach nicht auf. Er behauptete sogar, dass er wegen der Scheidung bereits beim Anwalt gewesen wäre.«

Ramona seufzte und sah den Beamten geknickt an. »Was ich danach getan habe, war nicht in Ordnung, das weiß ich jetzt auch. Sie müssen mir glauben, dass es mir furchtbar leidtut. Ich wusste mir nicht mehr zu helfen und habe seiner fünfzehnjährigen Tochter Emily nach der Schule aufgelauert. Über sie wollte ich an seine Frau rankommen und ihr alles erzählen, damit er endlich aufhört, mich zu belästigen. Sie müssen das verstehen, der Typ ist absolut krank vor eingebildeter Liebe. Mario Drechsler hat sich total in die Vorstellung verrannt, wir könnten ein Paar werden. Vermutlich auch, weil ich ihm in dieser einen Nacht das gegeben habe, was seine Frau niemals tun würde. Ich möchte da jetzt nicht ins Detail gehen, aber der Mann ist sexuell schon ziemlich schräg drauf. Sie würden es vermutlich pervers nennen.

Dass er vor nichts zurückschrecken würde, um seine Ziele zu erreichen, davon bin ich mittlerweile fest überzeugt. Drechsler wusste ja gar nicht, wo ich wohne. Mit seinem Freund zusammen hat er meine Freundin hier«, sie deutete auf Tanja, »bedroht, damit sie ihnen meinen vollen Namen und meine Adresse verrät. Na ja … dann standen alle drei schließlich vor meiner Tür und er gestand mir erneut seine Liebe. Sein Leben wäre ohne mich sinnlos und nicht lebenswert, beteuerte er. Als ich ihm noch einmal klar und unmissverständlich sagte, dass ich nichts weiter mit ihm zu tun haben will, ist er ausgeflippt. Wenn er mich nicht haben könnte, sollte mich niemand bekommen. Er würde die Vorstellung nicht ertragen, dass ein anderer Mann mich anfasst, oder noch schlimmer, meine Zuneigung erfährt. Ich glaube, er hatte einen Siegelring am Finger, aber ich bin mir nicht mehr ganz sicher. Die Faust kam so schnell angeflogen, dass ich mich auch täuschen kann. Allerdings würde das wohl die Platzwunde erklären.«

Der Beamte sah sie mitfühlend an, dann tippte er wieder emsig ihre Aussage in den Computer. Als er fertig war, wandte er sich an Tanja. »Und Sie können bezeugen, was Frau Schumann mir gerade berichtet hat?«

»Ja, ich war dabei. Ich wollte auch eingreifen, aber ich war wie gelähmt und hatte Angst vor diesem großen und kräftigen Mann. Er wirkte äußerst aggressiv und zu allem entschlossen.«

»War der Freund des Beschuldigten Mario Drechsler ebenfalls in die Tat involviert? Hat er sich an dem Gewaltausbruch beteiligt?«

»Nein, er war zu dem Zeitpunkt längst fort. Er und Mario waren zunächst gegangen und wir dachten, dass alles gut werden würde. Aber kurz darauf kam Mario alleine zurück. Vermutlich war es gut, dass ich selbst nicht reagieren konnte. Wer weiß schon, ob dann nicht alles eskaliert wäre?« Tanja hätte ihren Worten auch gerne ein paar Tränen folgen lassen, doch sie bekam es nicht so hin wie Ramona.

Der Beamte sah die beiden verständnisvoll durch seine altmodische Hornbrille an, hinter der seine Augen unheimlich groß wirkten. »Also, wenn Sie mich fragen«, sein Blick wanderte zu Ramonas Gesicht, »dann war das schon Eskalation genug. Solche Menschen sind mir wirklich zuwider. Ich bin Polizist geworden, um meinen Beitrag zu Recht und Ordnung zu leisten und so brutalen Typen Einhalt zu gebieten. Ursprünglich wollte ich gewaltbereite Ungeheuer, die sich wie Tiere aufführen, von der Straße holen … Und nun, sehen Sie mich an. Eine schwere Knieverletzung während einer Demonstration und seitdem darf ich hinter diesem Schreibtisch sitzen.«

Anscheinend hatten Ramona und Tanja für ihre Pläne genau den richtigen Beamten am Wickel. Es wurden noch einige Fotos von Ramonas Verletzungen gemacht und dann entließ man die beiden Freundinnen mit der Information, dass die Zeugen gesondert vorgeladen werden. Der Beamte bestellte ihnen ein Taxi und versicherte, dass sie keine Angst mehr zu haben bräuchten. Man würde sich um den Fall kümmern.

Als die beiden die Wache verließen, interessierten Ramona die Schmerzen nicht mehr. Sie waren noch da, keine Frage, aber sie verloren ihre Intensität im Angesicht des Triumphes. Ramona lächelte glücklich und zufrieden. Phase zwei war erfolgreich angelaufen.

KAPITEL 14

Das war endlich mal wieder ein entspanntes Wochenende, dachte Mario am Montagmorgen. Und auch
dieser Tag hatte keine neuen schlechten Nachrichten im
Gepäck. Sogar die Sonne schien und flutete das Arbeitszimmer mit ihrem freundlichen, warmen Licht. Zum
wiederholten Male gab er sich der trügerischen Hoffnung hin, dass das Thema Ramona Schumann endlich
abgehakt sei. Dass der Albtraum ein Ende hatte.

Er schaffte es sogar, drei Kapitel seines neuen Buches
zu schreiben, die deutlich länger als üblich waren. Normalerweise bevorzugte er eher kürzere Kapitel, da er von
mehreren Lesern erfahren hatte, sie würden diese vor-
ziehen. In der Regel ging er auf solche Dinge immer ein,
denn die Leser waren schließlich seine Kunden und der
Kunde war König. Mario maß konstruktiven Kritiken

stets viel Bedeutung bei, nur so konnte er seine Arbeit optimieren und sich stetig weiterentwickeln.

Es zeichnete sich bereits ab, dass sein aktueller Thriller erheblich umfangreicher wurde als die letzten. Mario schrieb bis spät in den Abend hinein und war auch am nächsten Morgen hoch motiviert, wieder an die Arbeit zu gehen. Doch er musste noch einiges in der Stadt erledigen, was ihn zunächst ausbremste.

Voller Elan kam er gegen Mittag zurück und öffnete gedankenverloren den Briefkasten. »Oha, was ist das denn? Wurde ich etwa geblitzt?« Eigentlich wusste er genau, dass in diesem Falle die Post nicht direkt von der Polizei kommen würde. »Am Wilhelmsplatz 3, 45699 Herten … Was zum Geier …?« Der ominöse Brief, den er in seinen zittrigen Händen hielt, verursachte ihm schon Magenschmerzen, bevor er ihn geöffnet hatte.

Mario ging zunächst in die Wohnung, setzte sich auf den Sessel im Wohnzimmer und drehte unschlüssig den Briefumschlag zwischen den Fingern hin und her. Schweißperlen sammelten sich auf seiner Stirn. Er atmete noch einmal tief ein und aus und öffnete, von einem unguten Gefühl geplagt, den Umschlag. Das erste Wort, welches ihm fett gedruckt entgegensprang und seine Eingeweide zusammenziehen ließ, war die Überschrift: *Vorladung.* Dann sah er den angegebenen Grund und dachte, die ganze Welt würde sich wie ein verfluchtes Kettenkarussell um ihn herum drehen. Seine Hände zitterten. *In der Ermittlungssache Körperverletzung ist Ihre Vernehmung/Anhörung als Beschuldigter erforderlich.* »Das kann ja wohl nicht wahr sein. Jetzt dreht sie endgültig durch«, flüsterte er vor sich hin, als ob er fürchtete, ihn könne jemand hören, obwohl er allein zu Hause war. Dass Ramona Schumann hinter alldem steckte, stand für ihn außer Frage. Er ließ den Brief fallen, erhob sich und lief unruhig durch das Zimmer, nicht in der Lage, auch nur einen klaren Gedanken zu fassen. Immer wieder schüttelte er fassungslos den Kopf. Seine Hände waren zu Fäusten geballt und die Fingernägel drückten sich schmerzhaft in sein Fleisch. Was dann folgte, war ein animalischer Schrei, in dem der Zorn eines ganzen Lebens steckte.

»Dieses Miststück, diese verdammte Hure.« Er schlug mit der Faust mehrfach gegen die Wand. »Damit kommst du niemals durch, du gestörtes Stück Scheiße.« Seine Fingerknöchel schmerzten und bluteten. Er ließ sich zurück in den Sessel fallen und nahm den Brief erneut zur Hand. »Das kann doch alles nur ein verdammter Albtraum sein.«

Im selben Moment klingelte das Telefon. Es war Johann, der ziemlich aufgebracht in den Hörer brüllte: »Alter, das geht mir jetzt langsam eine Nummer zu weit. Ich habe eine Vorladung von den Bullen bekommen – als Zeuge. Körperverletzung? Warst du etwa noch mal bei der Verrückten?«

»Spinnst du? Du glaubst diesen Schwachsinn doch wohl nicht?«

Johanns Zögern war im Grunde Bestätigung genug. »N-nein, natürlich nicht. Es sei denn … Du warst nicht noch mal bei ihr?«

»Jetzt hör aber auf. Selbstverständlich nicht. Hätte ich dieses Miststück wirklich geschlagen, würde sie nicht mehr frisch-fröhlich durch die Gegend laufen können, um so eine Scheiße von sich zu geben. Als ob die wieder aufstehen würde, wenn ich ihr eine zimmere.« Mario schäumte über vor Wut und Verzweiflung. Das hörte man mehr als deutlich aus seinem Tonfall und der ungewohnt hektischen Art zu reden heraus.

»Mach dir mal keine Sorgen, Alter. Selbst wenn ihre nicht weniger irre Freundin diesen Schwachsinn bestätigt, stehen immer noch zwei Aussagen gegen zwei. Damit kommen die niemals durch. Vermutlich wird es nicht einmal zur Anklage kommen.«

Mario schrie fast in den Telefonhörer: »Ach, soll mich das jetzt beruhigen? Guckst du dir vielleicht mal an, zu was diese Fotzen fähig sind? Die werden mich nie in Ruhe lassen. Weiß der Henker, wer denen ins Hirn geschissen hat und was sie damit bezwecken.«

Johann dachte kurz nach. »Du hast recht. Was soll das Ganze eigentlich? Es gibt meiner Ansicht nach nur eine logische Antwort darauf.«

»Und die wäre?«

»Dass sie bei dir nicht landen konnte, hat sie sauer gemacht. Also ich meine … so richtig sauer. Und jetzt wird aus Liebe der Hass einer abgewiesenen Frau.«

Mario fühlte sich verarscht. »Wow, brillant, Holmes, absolut brillant. Sie sind ein verkanntes Genie. Warum bin ich da nicht gleich draufgekommen?« Das war der Moment, in dem nicht nur das Gespräch kippte. Mario war angezickt und Johann verstand nicht, weshalb.

»Oh, tut mir leid, dass ich versuche zu helfen. Aber man sieht ja, was dabei rauskommt, wenn man einem Mitch Dalton hilft. Man wird bei den Bullen vorgeladen und außerdem bedroht, dass man um sein Leben fürchten muss.«

»Du wirst was?«

»Scheiße, das wollte ich dir eigentlich gar nicht erzählen.«

»*Was* wolltest du mir nicht …?«

Johann ließ ihn nicht aussprechen. »Ja, Alter, dieser Juri stand heute vor meiner Tür und hat mir nahegelegt, die Aussage von Tanja und Ramona zu bestätigen. Falls nicht, würde ich mich den Rest meines Lebens aus einer Schnabeltasse ernähren können.«

Mario, der zuvor erneut mit schweren Schritten das Zimmer durchmaß, musste sich setzen und erst einmal tief durchatmen. »Das wird ja immer besser. Meine Fresse, als Gehirne verteilt wurden, standen die noch für Titten an. Lass dich von diesem Testosteron-Bunker bloß nicht einschüchtern. Das war sicher nur ein Bluff, um dich mundtot zu machen. Erzähl aber den Bullen bei der Befragung in jedem Fall davon.«

Johann fasste es kaum, dass Mario die Sache so runterspielen wollte. »Du dämliches Arschloch. Seit wir uns wiedergetroffen haben, gerate ich nur noch in Schwierigkeiten. Mit meiner Frau habe ich deshalb auch schon Stress. Sie sagt, du bist kein guter Umgang, und weißt du was? Langsam aber sicher muss ich ihr recht geben.«

»Was kann *ich* denn für diesen ganzen Mist? Bin ich hier der Irre, oder sind es die beiden Schlampen? Zu denen *du* im Übrigen unbedingt mitgehen wolltest, wenn ich deiner Erinnerung mal auf die Sprünge helfen darf, du verdammter Heuchler.« Mario konnte Johann am anderen Ende der Leitung schnaufen hören.

Als dieser antwortete, war er spürbar bemüht, seine

Stimme unter Kontrolle zu bekommen. »So ist es bei dir immer, oder? Ewig sind andere für die Dinge schuld, die in deinem Leben geschehen.«

»Sag mal, drehst du nun vollkommen durch? Hat dieses Miststück Tanja dir dein Gehirn rausgefickt? Weiß deine Frau eigentlich davon? Vielleicht sollte ich mal mit deinem dummen Barbie-Püppchen reden, was meinst du?«

Für Johann war der Punkt erreicht, an dem er sich nicht mehr bremsen konnte. Er schrie in den Telefonhörer: »Fick dich, du Idiot! Wir hätten uns besser nie wiedergetroffen. Ich bin fertig mit dir. Aber mach dir keine Sorgen über die verdammte Vernehmung, ich werde schon die Wahrheit sagen. Doch danach will ich nichts mehr mit dir zu tun haben, du Spinner.« Nachdem er die unmissverständlichen Worte durch die Leitung gebrüllt hatte, gab er Mario keine Chance mehr, darauf einzugehen, sondern legte sofort auf.

»FUCK«, rief Mario und knallte den Telefonhörer ebenfalls auf. Dann lief er nervös im Wohnzimmer auf und ab. Seine Gedanken schwirrten in so viele Richtungen, dass sie nicht greifbar waren. Das Wort *Verwirrung* wurde für Mario gerade ganz neu definiert. Er konnte nicht begreifen, was um ihn herum geschah und schon gar nicht warum. Früher, als er jung war, so Anfang zwanzig, hatte er oft mit seinem Jähzorn zu kämpfen gehabt, der das eine oder andere Mal auch aus ihm herausgebrochen war. Jedes Mal hatte er eine Schneise der Verwüstung hinterlassen. Während des Grundwehrdienstes hatte er eines schönen Tages die Stube in ihre Einzelteile zerlegt. In einem unbändigen Wutrausch hatte er Stühle und Tische gegen die Wände geworfen und hatte zum Schluss auf sie eingetreten. Mit viel Glück und Geschick hatte er sich einigermaßen aus der Geschichte herausreden können. Zu viel Alkohol bei der Abschiedsfeier, die Freundin, die ihm den Laufpass gegeben hatte, und ein außer Kontrolle geratenes Jiu-Jitsu-Training. Er kam mit einem blauen Auge davon, musste lediglich der Stube einen neuen Anstrich verpassen, als alle anderen bereits die Kaserne am letzten Tag verlassen hatten.

Aus der Geschichte mit Ramona und Tanja würde er sich nicht herausreden können. Er hatte es versucht, doch sie musste als Kind mehrfach vom Wickeltisch gefallen sein, anders waren ihre Handlungsweisen nicht zu erklären.

Hätte Mario an Gott geglaubt, hätte dieser Tag sicher im stillen Gebet geendet, so aber mündete er in einem Wodka-Rausch, der die Dinge in seinem Kopf nur schlimmer machte. Zudem provozierte er einen Streit mit Julia, die nicht verstand, was mit ihrem Mann los war. Wie sollte sie auch? In all den Jahren ihrer Ehe hatte sie ihn noch nie in so einer Stimmung erlebt und dass er sich alleine in seinem Arbeitszimmer betrank, gehörte ebenfalls nicht zu dem, was sie von ihrem Mann kannte. Doch eine Erklärung bekam sie nicht.

Mario hatte sich mit einem beträchtlichen Alkoholpegel in sein kleines Reich zurückgezogen und machte den Fehler, die Facebook-Seite aufzurufen. Der Absender der persönlichen Nachricht war ihm nur flüchtig bekannt. Mario konnte sich dunkel erinnern, dass er diese Freundschaftsanfrage vor einiger Zeit mal angenommen hatte. Nichts ahnend öffnete er sie.

Du verdammter Wichser hast doch wohl nicht geglaubt, mit dem Blockieren meines anderen Accounts wäre die Sache für dich erledigt, oder? Überraschung, Arschloch: Ich habe noch jede Menge Profile und du müsstest schon deine gesamte Freundesliste löschen, weil du dir nie sicher sein kannst, ob nicht in Wirklichkeit Tanja oder ich hinter den ganzen Namen stecken. Vielleicht unterlässt du einfach so etwas Dummes künftig und hörst mir stattdessen zu.

Ich wollte nicht, dass es so weit kommt, aber du lässt mir keine andere Wahl. Niemand schlägt mich ungestraft. Du wolltest den Krieg und nun wirst du ihn bekommen. Und du wirst ihn verlieren.

KAPITEL 15

Es gab durchaus schon zuvor die eine oder andere Krise in Marios Leben, doch was nun wie eine unaufhaltsame Lawine auf ihn zu rollte und ihn unter sich zu begraben drohte, konnte er nicht mehr in Worte fassen, geschweige denn richtig verarbeiten. Wie oft hatte er in Rezensionen seiner Bücher den Spruch gelesen: Das Werk ist eine Achterbahnfahrt der Gefühle. Nun saß er höchstpersönlich in jenem Gefährt, welches mit gefühlten hundertachtzig Sachen um seinen Verstand raste. Dabei nahm es Kurven, die Mario nicht kommen sah. Die Wirklichkeit war zu einem verzerrten Spiegelbild des Irrsinns geworden.

Wie um alles in der Welt sollte es nur weitergehen? Was konnte er noch tun? Sollte er sie ebenfalls bei der Polizei anzeigen? Aber was konnten die schon tun? Aufgrund vieler Recherchen wusste Mario genau, dass von dieser Seite aus erst gehandelt wurde, nachdem etwas passiert war. Präventivmaßnahmen einzuleiten, zeichnete die Ordnungshüter hingegen weniger aus. Die nächste Frage war, ob sie ihm überhaupt glauben würden. Sähe es nicht einfach nur nach einem Racheakt seinerseits aus? Eine Quittung für die von Ramona gestellte Anzeige? Mario goss sich den, weiß der Teufel wievielten, Wodka ein. Die Flasche war nur noch zu einem Drittel gefüllt, es mussten also schon einige gewesen sein, die seine Leber zu verarbeiten hatte. Seinen seelischen Zustand vermochte der Alkohol natürlich nicht aufzuhellen. Ganz im Gegenteil, er steigerte sich immer mehr in die Situation hinein. Es schien keinen Ausweg zu geben.

»Ich kann die Schlampe ja nicht einfach umlegen«, nuschelte er vor sich hin und verschüttete ein wenig der klaren Flüssigkeit auf dem Schreibtisch. »Oder doch? Ich bin Schriftsteller, ich bin doch sonst so scheißkreativ.«

Er lallte schon erheblich, dachte aber nicht im Traum daran, es gut sein zu lassen und die Flasche wegzustellen. Einige Drinks später fasste er den Entschluss, dass er Julia alles erzählen musste. Es führte einfach kein Weg an einem Geständnis vorbei. All das länger für sich zu behalten, wäre ein fataler Fehler, falls es dafür nicht schon zu spät war. Des Weiteren ging er davon aus, dass er Ramona viel Wind aus den Segeln nehmen würde, wenn er seine Frau in alles einweihte. »Sie wird mir sicher glauben, dass da nichts passiert ist. Sie kennt mich«, lallte er vor sich hin, bevor er mit dem Kopf auf die Tastatur knallte und einschlief.

Nicht die Sonnenstrahlen, die ins Arbeitszimmer drangen, waren es, die Mario wieder aufweckten. Nicht der Sabber, der aus seinem Mundwinkel auf die Tastatur lief und auch nicht die erbärmlichen Kopfschmerzen aufgrund des exzessiven Alkoholkonsums. Julia stand mit hochrotem Kopf neben ihm und schrie ihn an. Er öffnete seine Augen und das helle Licht bescherte ihm weitere stechende Schmerzen hinter der Stirn. Mario war noch zu benebelt, um zu verstehen, was sie von ihm wollte. Er fragte sich, warum ihre Stimme so ungewohnt schrill und dermaßen laut war.

Dann warf Julia ihm ihr Tablet auf den Schreibtisch. »Kannst du mir das bitte mal erklären?«

Er rieb sich die verklebten, geröteten Augen und schaute schließlich auf die geöffnete Facebook-Seite, die Julia ihm zeigte. Der Nebel lichtete sich und wie ein Boxer, der kurz vor dem Auszählen auf die Beine kam, war auch Mario schlagartig wieder da. Voller Abscheu und Entsetzen sah er sich die Fotos an. Nicht nur das eine, welches er bereits kannte, sondern fünf an der Zahl. Eines verfänglicher und schlimmer als das andere. Ramona hatte sie für jedermann sichtbar auf ihrer Seite gepostet. Der Boden unter Mario tat sich auf und ein schwarzes Nichts drohte ihn zu verschlingen. Auf einem der Bilder saß diese Verrückte auf ihm, auf einem anderen war er splitternackt mit allen vieren ans Bett gefesselt. Seine Augen waren verbunden und sein Mund geknebelt. Ramona Schumann stand mit einer Peitsche neben ihm und schaute lüstern in die Kamera, während sie sich mit der anderen Hand in den Schritt fasste. Auf einem Weiteren, und das war das allerschlimmste Foto, lag Mario auf dem Bauch und Ramona näherte sich mit einem langen, schwarzen Dildo seinem Hintern. Ihre Kommentare waren nicht minder katastrophal.

Mitch Dalton ging bei unseren Analspielchen so ab, dass ich mich frage, ob er nicht in Wirklichkeit schwul ist und seine Frau nur als Alibi geheiratet hat.

Ich liebe es, wenn sie um Schmerzen betteln.

Marios Blick wanderte zu den Kommentaren. Über fünfhundert waren es bereits und schon die ersten, die ihm regelrecht ins Gesicht sprangen, ließen kein gutes Haar mehr an dem Autor.

»Ich warte. Was hast du dazu zu sagen?« Fast hätte er Julia vergessen, die zornig auf seine Antworten wartete.

Der Schock saß tief. Tiefer als alles, was er je erlebt hatte, und das ganz gewiss nicht im positiven Sinne. »Schatz, beruhige dich und schrei um Himmels willen nicht so. Die Kinder ...«

»Sag du mir nicht, was ich zu tun habe. Und schau mal auf die Uhr, die Kinder sind seit Stunden aus dem Haus, du verdammtes Schwein. Hast du dich deswegen so volllaufen lassen? Wie lange geht das schon? Seit wann hast du was mit dieser blonden Schlampe?«

Ihm wurde heiß und kalt zugleich. Sein Kopf drohte

zu explodieren. »Ich habe nichts mit ihr. Weder mit ihr noch mit irgendeiner anderen, verdammt noch mal.«

»Diese abartigen Fotos und die Kommentare behaupten etwas anderes. Und wenn du mich fragst, sind sie ziemlich eindeutig.«

»Ja, das ist genau das, was sie allen weismachen will. Die Frau ist geisteskrank. Sie will mich fertigmachen, weil ich eben *nichts* von ihr will.« Mario fühlte sich wie der König in einem aussichtslosen Schachspiel. Wie viele Züge würde seine Gegnerin noch brauchen, um ihn endgültig Schachmatt zu setzen?

»Aber du hast mit ihr geschlafen?!« Julias Tonfall ließ nicht erkennen, ob es sich um eine Frage oder um eine Feststellung handelte. Vermutlich wusste sie es selbst nicht genau. Sie war verwirrt und geschockt zugleich, hatte sie Mario doch bisher für den ehrlichsten Menschen der Welt gehalten. Zu keinem Zeitpunkt ihrer Beziehung hatte sie je ihr Vertrauen zu ihm infrage gestellt. Jedenfalls nicht bis zum heutigen Tag. Alles, woran sie geglaubt hatte, schien sich an diesem Morgen in Rauch aufzulösen.

»Nein, das habe ich nicht …« Mario kratzte sich an der Schläfe. »Zumindest glaube ich das. Nein, ich bin mir sicher. Sie hat irgendwas mit mir gemacht. Vielleicht K.-o.-Tropfen oder irgendwelche anderen Drogen. Ich kann mich an diese verfluchte Nacht nicht erinnern, egal, wie sehr ich mich auch anstrenge.«

»Sie hingegen umso besser, wie man sieht.«

»Ich sage doch, die will mein Leben ruinieren. Angeblich hatte sie sich in mich verliebt, aber ich habe sie immer wieder abgewiesen. Da begann sie durchzudrehen.

Ich muss dir, glaube ich, noch mehr erzählen.«

Julia setzte sich auf den zweiten Schreibtischstuhl und fuhr sich gestresst mit den Fingern durch die frisch gefärbten, schwarzen Haare. Tränen standen ihr in den Augen, als sie ihm gestikulierte, er solle weiterreden.

Mario begann direkt am Anfang. Er berichtete von dem ersten, scheinbar zufälligen Treffen, über die schicksalhafte Nacht und Ramonas Annäherung an Emily. Zum Schluss zeigte er Julia die Vorladung der Polizei. Julia unterbrach ihn nicht, sondern hörte einfach nur aufmerksam zu. Den Tränenfluss konnte sie allerdings nicht länger zurückhalten. Sie starrte ihn entsetzt an, unfähig, nur ein Wort herauszubringen. Das war auch gar nicht nötig, denn Mario konnte die Frage in ihren Augen lesen. »Nein, ich habe sie natürlich *nicht* geschlagen. Wie lange kennst du mich jetzt?«

Sie stand auf, wischte sich die Tränen ab und sagte mit zittriger Stimme, die ihrer Verletzung Ausdruck verlieh: »Ich weiß nicht mehr, wen ich da zu kennen geglaubt habe.« Dann wandte sie sich von ihm ab und ging ins Wohnzimmer.

»Aber, Schatz …«, rief Mario ihr hinterher.

»Lass mich bitte für eine Weile in Ruhe, ja? Ich muss nachdenken.«

Er wusste genau, dass jetzt jedes weitere Wort ein Fehler gewesen wäre. Er schloss die Tür des Arbeitszimmers und überlegte, was er nun tun sollte. Die Emotionen wirbelten wie ein Tornado in seinem Inneren. Hass und Wut, Schmerz und Leid und vieles mehr, das sich zu einem undefinierbaren Cocktail mischte, der seinem Verstand einen Platzverweis erteilte und ihn auf die Ersatzbank beförderte. Er musste etwas gegen die Bilder im Netz tun, das war der einzig klare Gedanke, den Mario fassen konnte. Also rief er zunächst seine Facebook-Seite auf. Der Shitstorm war bereits in vollem Gange. Ramona hatte die Fotos nicht nur auf ihren Seiten veröffentlicht, sondern auch auf seiner. Tanja ebenfalls. Hunderte von Kommentaren befanden sich unter den Bildern. Mario gab sich alle Mühe, sie nicht zu beachten. Er wollte die Reaktionen gar nicht erst lesen. Die Eiseskälte hatte ohnehin schon seinen gesamten Körper erfasst und ihm war richtig übel. Ein Gefühl der Hilflosigkeit und der Beklemmung gesellte sich zu dem emotionalen Chaos.

Er löschte die Fotos, ohne auch nur eine der Kommentarzeilen zu lesen. Was ihm allerdings nicht erspart blieb, waren die Zahlen. Jene, die ihm zu verstehen gaben, wie oft diese Bilder bisher geteilt wurden. Sie war dreistellig. Eine Katastrophe. Er konnte das Verderben von seiner Facebook-Seite löschen, nicht jedoch bei all den Usern, die auf den Zug aufgesprungen waren und diesen Horror auf ihren Seiten weiterverbreiteten. Aber nicht nur auf Facebook gingen die Fotos des perversen, verlogenen Autors viral und verbreiteten sich wie ein Lauffeuer, auch auf Twitter und Instagram.

Dutzende von privaten Nachrichten waren eingegangen. Alle mit übelsten Beschimpfungen von Lesern, die deutlich machten, dass sie nie wieder ein Buch von solch einem *kranken Arschloch* lesen werden. Mario überflog die Nachrichten nur, trotzdem versetzte ihm jedes einzelne Wort einen Stich ins Herz.

Schließlich kam eine von einer RamOSIna, ganz offensichtlich ein weiterer Account von Ramona.

Hallo Mitch, glaubst du wirklich, es bringt dir etwas, unsere schönen Fotos von deinem Profil zu löschen? Du hast ja keine Ahnung, wie die sich gerade im Netz verbreiten. Warum leugnest du noch immer, was zwischen uns war? Steh einfach dazu, was du getan hast. Oder soll ich die Bilder von deiner anderen »Behandlung« als Nächstes veröffentlichen? Männer, die Frauen schlagen, bekommen sicher noch viel mehr Aufmerksamkeit in den sozialen Netzwerken als Ehebrecher und Lügner. Es ist deine Entscheidung.

Unter Umständen könnte mich eine öffentliche Entschuldigung milde stimmen. Gib zu, dass du mich ausgenutzt hast, dass du mir das Blaue vom Himmel versprochen hast, nur um mich nach unserer gemeinsamen Nacht wieder fallen zu lassen. Du bist eine miese Ratte, und alle Welt soll es erfahren. Alle Welt WIRD es erfahren. Ich gebe dir für deine Entschuldigung einen Tag Zeit. Ist sie bis morgen früh nicht online, wird es keine weiteren Chancen für dich geben, du Schwachkopf.

KAPITEL 16

Auf Ramonas irrwitzige Forderung einzugehen, kam für Mario unter keinen Umständen in Betracht. Anstatt in irgendeiner Weise auf ihre Worte zu reagieren, stellte er seine Facebook-Seite offline, damit niemand mehr auf sein Profil gehen konnte und er selbst gar nichts mehr von dem ganzen Wahnsinn mitbekam. Seinen Twitter-Account löschte er komplett, da er dort ohnehin so gut wie nie etwas machte. Das Gleiche tat er mit seinem Instagram-Profil. Er löschte es vollständig. »Nur bis Gras darüber gewachsen ist«, murmelte er dabei.

Doch er machte sich etwas vor. Im Grunde wusste er genau, dass das Internet niemals vergisst. Diese Sache mit den Fotos würde ihm auf alle Zeiten nachhängen. Und dennoch klappte er den Laptop zu, als würde das seine sämtlichen Probleme aus der virtuellen Welt entfernen.

Mario ging ins Wohnzimmer, wo seine Frau noch immer tränenüberströmt auf der Couch saß und auf ihrem Smartphone etwas las. »Hast du gesehen, wie sie dich nennen? Selbst die, welche dich bisher unterstützt haben, zerreißen sich das Maul über den *rückgratlosen Fremdficker*. Sie haben die Bilder sogar auf meiner Seite gepostet, weißt du? Sie sind einfach überall. Was, wenn die Kinder das sehen? Meine Eltern? Mario, was immer da zwischen euch passiert ist, oder auch nicht, du *musst* das in Ordnung bringen, bevor diese Frau unser aller Leben zerstört.«

Er nickte und wollte Julia in den Arm nehmen, doch sie wich seinen Berührungen angewidert aus. »Okay, Schatz«, sagte er stattdessen, erhob sich, nahm seine Geldbörse mit den Fahrzeugpapieren und anschließend seinen Schlüsselbund aus der Schale, die auf dem weißen Schuhschrank im Flur stand. »Du hast vollkommen recht. Ich muss das in Ordnung bringen.« Dann trat er aus der Wohnung und zog die Tür von außen zu. Mario hatte entschieden, ein letztes Mal nach Herten zu fahren. Ein letzter, verzweifelter Versuch, vernünftig mit Ramona zu reden. Und sollte das nicht funktionieren, würde er direkt im Anschluss die Polizei aufsuchen und die ganze Geschichte dort erzählen.

Julia saß unterdessen wie gelähmt mit ihrem Handy da und scrollte durch die unzähligen Kommentare, in denen viele ihr Mitgefühl für die Frau des Monsters bekundeten. Ihre Welt fiel in sich zusammen, schien von einem Moment zum anderen nur noch ein Scherbenhaufen zu sein. Ihre Liebe und ihre Ehe gingen mit Pauken und Trompeten unter.

Julia nutzte die Funktion von Facebook, um die Bilder zu melden, versprach sich allerdings nicht viel davon. Wie konnte Mario ihr das nur antun? Spielte es eine Rolle, ob er mit dieser Frau geschlafen hatte? Sie zeigten ihn splitternackt in ihrem Bett. Ganz gleich, was er behauptete, allein die Tatsache reichte im Grunde schon aus. Warum war er überhaupt mitgegangen? Mario hatte versichert, dass sein alter Schulfreund Johann die treibende Kraft an diesem Abend gewesen war. Doch auch das änderte nichts. »Warum gehen Männer mit fremden Frauen mit, wenn sie nicht die Absicht hegen, dass da etwas laufen könnte?«, flüsterte sie schwermütig vor sich hin. So verharrte sie in einer Schockstarre, bis es eine halbe Stunde später an der Tür klingelte. Sie wischte sich abermals die Tränen weg und trottete wie ein verletztes, angefahrenes Tier zur Sprechanlage. »Ja, hallo?«

»Frau Drechsler? Hier ist Ramona. Ramona Schumann. Wir sollten uns vielleicht mal unterhalten.«

KAPITEL 17

Und? Liebst du ihn?«

»Wen?«

»Na, deinen Muskelheini.«

Johann und Tanja gingen Hand in Hand durch den Hertener Schlosspark wie ein ganz normales Paar. Und doch waren sie so weit entfernt von jeglicher Normalität, wie man es nur sein konnte.

»Was ist mit dir? Liebst du deine Frau?«

Johann trat vor sie und schüttelte den Kopf. »So haben wir nicht gewettet. Ich habe zuerst gefragt.«

Ihre dunklen Rehaugen wirkten mit einem Male sehr nachdenklich. »Ach, weißt du … Liebe ist so ein großes Wort.«

Johann grinste, als hätte er genau das zu hören bekommen, was er sich erhofft hatte. »Das deute ich mal als klares Nein.«

»Es ist nicht so einfach«, sagte sie mit ernster, fast etwas trauriger Miene und strich sich eine der schwarzen Strähnen aus dem Gesicht. »Juri war immer ein guter Freund und er war für mich da, als ich in einer Nacht- und Nebelaktion meinen Mann verlassen habe. Er hat mich, ohne auch nur eine Sekunde zu zögern, bei sich aufgenommen.«

»Was war passiert, mit deinem Mann?«

»Ach, ich will nicht darüber reden, das ist Vergangenheit. Als wir uns an dem Tag an der Haltestelle trafen, hatte ich gerade das Scheidungsurteil bekommen und es muss reichen, wenn ich dir sage, dass das wirklich ein Grund zum Feiern war.«

Johann bohrte weiter, denn die Antworten reichten ihm noch nicht aus. »Also, was ist das jetzt mit diesem Juri?«

»Er ist mein Freund und mein Schutzschild. Abgesehen von dir hat sich, durch diesen Muskelberg an meiner Seite, niemand an mich herangetraut. Ich lebte bereits ein halbes Jahr in seinem Haus, kam jedoch finanziell einfach nicht auf die Beine. Irgendwann öffnete er sein Herz und gestand mir seine Liebe. Was hätte ich tun sollen? Ich schuldete ihm so viel, ich konnte ihn nicht enttäuschen, ihm nicht das Herz brechen.«

Johann begann zu verstehen und sah eine neue Seite an Tanja, die er bisher für eine ähnlich große Psychopathin wie ihre Freundin Ramona gehalten hatte. Allerdings eine Psychopathin, die ihn vom ersten Augenblick an fast um den Verstand gebracht hatte. Auf die er so scharf war, wie seit ewigen Zeiten auf keine andere Frau mehr. Er hatte Mario nicht sagen können, dass er sich tatsächlich verliebt hatte, er wollte es sich ja selbst kaum eingestehen. Doch seit diesem verhängnisvollen Abend drehten sich seine Gedanken nur noch um die dunkelhaarige Schönheit mit der goldbraunen Sonnenstudio-Haut. Ihr Schauspiel war perfekt, denn sowohl Ramona als auch Mario hatten ohne Weiteres geglaubt, dass zwischen ihnen nichts oder nur wenig gelaufen war. Eine faustdicke Lüge.

»Warum darf deine Freundin nichts davon wissen?«, hatte Johann in der Nacht verständnislos gefragt.

»Ach, das ist auch wieder so kompliziert. Ich möchte sie derzeit nicht damit belasten. Sie soll nicht glauben, ich wäre auf deiner Seite, oder noch schlimmer, auf der deines blöden Freundes.«

»Meiner Seite? Ich …«

»Glaub mir, du wirst es irgendwann verstehen. Und ich sage dir, du wirst dich schneller von deinem ach so tollen Schulfreund wieder lösen, als du gucken kannst. Der Typ ist ein ziemliches Arschloch. Es ist vielleicht etwas viel verlangt, aber vertrau mir, du wirst es erkennen und dann wirst du an meine Worte denken. Spiel einfach mit. Das ist wichtig.«

Johann war ihr in dieser Nacht schon so weit verfallen gewesen, dass er sich, wenn Tanja es verlangt hätte, eine volle Flasche Bier gegen die Stirn geknallt hätte. Heute verstand er noch immer nicht alles, aber wenigstens mehr als in jener Nacht. Zumindest glaubte er das.

Sie gingen ein Stück weiter, ohne dass einer von ihnen etwas sagte. Sie hielt sich an seinem Arm fest, den Kopf an seine Schulter gelehnt. Es war Johann, der das

Schweigen schließlich brach. »Ramona ist schon ziemlich durchgeknallt, oder?«

»So sieht es aus, nicht wahr? Aber weißt du, manchmal sind die Dinge nicht so offensichtlich wie sie zunächst erscheinen. Ich finde es gut, dass du dich von deinem Arschloch-Freund zurückgezogen hast. Denn auf dem Weg, den er noch vor sich hat, willst du ihn ganz sicher nicht begleiten.«

»Aber helfen konnte ich auch nicht.«

»Na, zumindest hast du versucht, ihn dazu zu bringen, seiner Frau von der Nacht zu erzählen.«

»Ja, ohne Erfolg.«

»Das macht nichts, Ramona hat das selbst in die Hand genommen. Sie müsste just in dem Moment mit Julia Drechsler reden, während dieser Idiot auf dem Weg zu Ramonas Wohnung ist.«

Johann sah sie an, als hätte sie gerade den unwiderlegbaren Beweis für außerirdisches Leben erbracht. »Woher weißt du das alles?«

Sie holte ihr Smartphone aus der Jackentasche und öffnete eine App, bevor sie ihm das Display unter die Nase hielt. »Wir tracken sein Handy. Cool, was heutzutage alles möglich ist, oder?«

Johann kannte sich mit technischen Dingen ziemlich gut aus und er hatte auch schon von solchen Apps gehört, sah so etwas aber tatsächlich zum ersten Mal in der Realität. »Warum erzählst du mir nicht endlich, was das mit Mario alles wirklich auf sich hat?«

Tanja löste sich von ihm und sah ihn ernst an. »Das würde ich gerne, doch es geht nicht. Ramona hat mich ebenfalls nicht in alles eingeweiht, aber ich vertraue ihr und bin mir sicher, dass sie verdammt gute Gründe hat. Ich kann mich trotzdem darauf verlassen, dass du bei dem Verhör keinen Mist baust, oder? Denn sonst müsste ich das mit uns ganz schnell wieder beenden, so sehr ich dich auch mag.«

In Johanns Kopf schienen Filter aktiv zu sein, die nur das herausfilterten, was er gerne hören wollte. »Du magst mich also?«

Sie gab ihm einen Kuss. »Selbstverständlich mag ich dich, Dummerchen. Würde ich sonst mit dir schlafen?«

Johann wurde tatsächlich ein wenig rot um die Wangen. »Mehr als deinen Muskelmann?«

»Ja, natürlich. Mit ihm schlafe ich ja auch kaum.«

Die Überraschung war Johanns Gesicht deutlich anzusehen. »Tust du nicht? Ich dachte …«

»Gut, pass auf, aber das habe ich dir nie erzählt, okay? Juri war Europameister im Bodybuilding, bevor er Model wurde. Um dieses Ziel zu erreichen, hatte er sich über einen ziemlich langen Zeitraum mit Steroiden vollgepumpt. Ich weiß, was du jetzt denkst. Ja, er ist ein wandelndes Klischee, ganz ohne Frage. Jedenfalls kämpft er seitdem mit Erektionsproblemen. Da läuft fast nie etwas zwischen uns.«

War es eine klassische Art von Schadenfreude oder die Gewissheit, dass manche Klischees gar keine waren? Auf jeden Fall musste Johann lachen, was Tanja sauer aufstieß.

»Lach nicht über ihn, er ist trotz allem ein wundervoller Mensch, der sein Herz am rechten Fleck trägt. Er hat einfach ein paar falsche Entscheidungen getroffen. Und wer hat das in seinem Leben bisher nicht getan?«

»Als ihr beide vor meiner Tür standet, dachte ich ja wirklich, er würde mich in Grund und Boden stampfen«, sagte Johann, dem seine Angst in der damaligen Situation wieder bewusst wurde. Er war nie ein Held, hatte nie einer sein wollen, und die Aussicht, von diesem Koloss niedergestreckt zu werden, hatte ihm nicht behagt.

»Das kann ich mir vorstellen, aber ich musste den Schein wahren. Er hatte ein Gespräch zwischen mir und Ramona mitbekommen und ich konnte es nur mit Mühe und Not so drehen, dass sein Fokus auf dem Verhör lag.«

Johann wischte sich demonstrativ mit dem Unterarm den imaginären Schweiß von der Stirn. »Und hättest du mir nicht den Brief so clever zugesteckt, hätte ich mich auch garantiert nie wieder bei dir gemeldet.«

Sie kamen an einer Bank vorbei und setzten sich einen Moment lang hin. Tanja nahm seine Hand. »Es tut mir leid, dass das mit uns beiden alles so kompliziert anfängt. Aber bei dir ist es ja nicht anders. Du bist sogar verheiratet.«

»Ein Umstand, den man ändern kann. Lass uns zusammen neu anfangen. Was sagst du?«

»Nichts lieber als das. Aber gib uns noch ein bisschen Zeit, ja? Ich kann nicht von heute auf morgen meine Zelte abbrechen und von vorn beginnen. Und du musst deine Angelegenheiten ebenfalls regeln. Lass uns nichts überstürzen.«

»Es fällt mir zwar schwer, aber ich werde mich in Geduld üben. Das hier, wir beide, das ist es einfach wert. Ich habe noch nie eine Frau wie dich getroffen.«

In den Bäumen zwitscherten die Vögel, als wollten sie

seine Aussage musikalisch untermalen, wie in einer kitschigen, romantischen Komödie. Ob das Drama noch eine Komödie wurde, musste sich erst zeigen.

KAPITEL **18**

Nach anfänglichem Zögern hatte Julia die Frau hinein-gebeten, die dafür verantwortlich war, dass ihr Leben gerade einem Trümmerhaufen glich. Endlose Minuten unbehaglichen Schweigens vergingen, bevor Ramona Schumann das Wort ergriff. Sie sprach ruhig und war sichtlich darauf bedacht, Julia nicht zu sehr aufzuregen. »Ich kann mir vorstellen, wie unangenehm Ihnen diese Situation ist, aber ich war der Ansicht, dass es dringend von Nöten ist, einmal von Frau zu Frau über Ihren Ehemann zu …«

Julia fiel ihr ins Wort: »Einen verfluchten Scheiß können Sie sich vorstellen. Sonst würden Sie die Dinge unterlassen, die Sie uns antun.«

Ramona gab sich Mühe, die Ruhe zu bewahren. »Würden Sie mir glauben, dass mir nichts fernerliegt, als

Ihnen oder Ihren Kindern wehzutun? Auch wenn Sie es sich nicht vorstellen können, wir haben einiges gemeinsam. Wir sind beide auf einen Mann reingefallen, der nicht das ist, was er vorgibt zu sein. Einen abgrundtief perversen Mann, der lügt, sobald er den Mund aufmacht.«

Julia wollte protestieren. Hätte am liebsten die schwere Porzellanschale mit dem Obst vom Tisch genommen und sie der Fremden über den Kopf gezogen. Nur damit sie nie wieder so über ihren Mann sprechen konnte und endlich aus dem Leben der Familie Drechsler verschwand. Sie kannte Mario. Und so sehr sie die ganzen Ereignisse und Geständnisse auch verletzten, der Funke der Hoffnung war dennoch eine Symbiose mit dem Vertrauen eingegangen, das sie in all den Jahren zu ihrem Ehemann aufgebaut hatte. Es gab nie einen Grund, an seiner Loyalität und Liebe zu zweifeln. Na ja, zumindest bis vor Kurzem nicht. Sie schluckte die Antwort, die ihr auf der Zunge lag, herunter und ließ Ramona fortfahren.

»Wie viel wissen Sie? Was hat Mario Ihnen erzählt?« Sie schlug die Beine übereinander und beugte sich etwas vor, wodurch sie wie eine Therapeutin wirkte, die mit ihrer Patientin an deren psychischen Problemen arbeiten wollte.

»Ich weiß alles. Er hat mir von Ihnen berichtet. Von Ihrer Besessenheit, davon, wie Sie sich in die irrwitzige Annahme verrannt haben, er könne Gefühle für Sie haben.«

Ramona lachte. »Frau Drechsler, es tut mir wirklich leid, Ihnen das sagen zu müssen, aber Sie wissen *gar nichts*. Sie gehen noch immer davon aus, dass Ihr Mann

Ihnen die Wahrheit sagt. Ich garantiere Ihnen, das tut er nicht. Und das ist das Erste, was Sie verinnerlichen müssen.«

Was wirst du Schlampe wohl verinnerlichen, wenn ich dir die hinterhältigen Augen auskratze? Auch diesen Gedanken verdrängte Julia und sagte stattdessen mit bemüht abgeklärtem Tonfall: »Ich glaube, das hier war keine gute Idee. Vielleicht gehen Sie jetzt besser.«

Doch Ramona machte keine Anstalten, ihrer Aufforderung Folge zu leisten. »Ich verstehe Sie. Ja, wirklich, das tue ich. Ich wette, Sie würden mir am liebsten den Hals umdrehen.«

Julia sah sich erneut die Obstschale schwingen. »Derartige Gedanken kamen mir kurzfristig, das kann ich nicht abstreiten.«

»Und dennoch sollte sich Ihr Zorn nicht gegen mich, sondern gegen Mario richten. Glauben Sie wirklich, ich war die Erste, die er benutzt und dann weggeworfen hat? Er ist ein absolutes Schwein. Ich halte jede Wette, dass er Sie schon mal zu Sexpraktiken drängen wollte, denen Sie ablehnend gegenüberstehen, oder? Und Sie glauben jetzt sicher, dass Ihre Weigerung, gewisse Dinge zu tun, die Akte bei Ihrem Mann einfach wieder geschlossen hat. Ich sage Ihnen, er holt sich seine Erfüllung bei anderen. So wie bei mir. Wollen Sie wissen, was ich alles mit ihm gemacht habe und wie er es genossen hat? Er war wie ein ausgehungertes Tier.«

Julia stand auf und schlug mit den Handflächen so fest auf den Tisch, dass ein Apfel aus der Obstschale kullerte. »Gehen Sie jetzt endlich!«

»Nein. Sie werden sich das anhören! Sie müssen wissen, mit was für einem Menschen Sie da wirklich verheiratet sind, bevor es zu spät ist und er auch Sie gebrochen am Wegesrand zurücklässt. Ich sehe es einfach als meine Pflicht an, Sie zu warnen.«

Just in diesem Moment hörte man einen Schlüssel ins Schloss gleiten und einen Wimpernschlag später betrat Emily die Wohnung. »Hey, Ramona. Was machst du denn hier bei uns?«

Julias Verstand arbeitete erschreckend langsam. Dass ihre Tochter diese Frau bereits kannte, hatte sie für einen Moment verdrängt. »Wie …? Woher …?«, stammelte sie.

Ramona stand auf und umarmte Emily herzlich. »Hallo, Süße, wie geht es dir? Was ich hier mache? Ja, das ist eine lange Geschichte.« Sie zwinkerte Emily mit einem kecken Lächeln zu. »Leider eine für Erwachsene, wenn du verstehst?«

»Okay, schon begriffen. Aber es ist trotzdem schön, dich wiederzusehen.« Emily zwinkerte zurück und die beiden schlugen leicht die Fäuste gegeneinander, wie zwei alte Kumpel, die gerade etwas ausgeheckt hatten.

Emily verschwand in ihrem Zimmer, während Julia, zu perplex, um angemessen zu reagieren, einfach nur dasaß. Den Blick auf Ramona gerichtet, die ihr in diesem Moment wie ein Eroberer vorkam, der sich geschickt und hinterhältig ihrer Familie bemächtigt hatte.

»Sie hat Ihnen nicht erzählt, dass wir uns am Busbahnhof kennengelernt haben? Und dass ich sie nach Hause gefahren habe? Hmmm … Geheimnisse spielen offenbar eine tragende Rolle in Ihrer Familie. Das ist nicht gesund für eine Beziehung. Und Sie haben wirklich eine tolle Familie. Ich beneide Sie ein bisschen darum.«

Julia Drechsler hatte sich seit dem Auftauchen dieser Frau zusammengerissen, versuchte, sowohl den Schein als auch die Ruhe zu bewahren. Doch es war von der ersten Sekunde an in ihr am Brodeln. Und nun war der Moment gekommen, an dem das Fass überlief. Sie trat einen Schritt auf Ramona zu und erhob drohend den Finger. Ihre Augen verengten sich zu zornigen, schmalen Schlitzen. »Sie impertinente Person verlassen jetzt augenblicklich meine Wohnung. Und wagen Sie es nie wieder, sich meinen Kindern oder meinem Mann zu nähern.«

Ramona wich keinen Millimeter zurück und zeigte sich wenig beeindruckt von der Drohung. »Vielleicht sagen Sie das lieber Ihrem Mann. Schließlich ist er es, der mich einfach nicht in Ruhe lässt. Aber wenn ich Sie mir so anschaue, ist mir auch klar warum. Bei mir hat er es so bekommen, wie er es braucht. Ich musste mir dafür nicht erst einen Stock aus dem Arsch ziehen.«

»Es reicht jetzt endgültig. Raus mit dir, du verkommenes Flittchen«, schrie Julia sie an.

Ramona lachte, aber wirkte dabei eher beängstigend als amüsiert. »Okay, Sie wollen die Wahrheit nicht hören, aber sagen Sie nicht, ich hätte Sie nicht gewarnt.« Sie drehte sich um, ging auf die Wohnungstür zu und drückte die Klinke hinunter. Ein letztes Mal hielt sie inne. »Eine Sache noch. Ich wollte es Mario eigentlich selber sagen, aber …«

»RAUS«, schrie Julia aus voller Kehle. Sie war außer sich und griff nach der Obstschale, um sie nun tatsächlich zu werfen.

Ramona grinste die aufgebrachte Frau diabolisch an und ließ die Bombe platzen: »Ich bin schwanger.«

KAPITEL 19

Ist dieses Miststück nun wirklich nicht zu Hause oder hat sie mich kommen sehen und öffnet einfach nicht? In Marios Gedanken war der aufgezogene Sturm kaum noch zu bändigen. Er war wütend. Nicht nur wegen all dem, was geschehen war, sondern auch, weil er nun wie bestellt und nicht abgeholt in seinem Wagen vor Ramonas Haus saß und hoffte, sie würde gleich um die nächste Ecke kommen. Oder wenigstens aus dem Fenster sehen, irgendetwas, das der Fahrt nach Herten einen Sinn gegeben hätte. Doch dieser ersehnte Sinn blieb aus. Wie oft hatte er mittlerweile an Ramona Schumanns Tür geklingelt? Zehnmal? Fünfzehnmal? Zwanzigmal? Es war zwecklos. Entweder konnte oder wollte sie nicht öffnen.

Fast eine Stunde lang hatte er vor dem Haus gewartet,

es immer wieder probiert, doch nun gab Mario auf. *Aber wenn ich schon in der Nähe bin* ..., dachte er und beschloss, noch einmal den Versuch zu unternehmen, mit Johann zu reden. Er startete den Wagen und fuhr die Beethovenstraße zurück, bis er rechts auf Über den Knöchel abbiegen konnte. Mario musste an Johanns Haus vorbeifahren, um schließlich in der Parallelstraße, der Elsa-Brändström-Straße, praktisch hinter dem Haus, einen Parkplatz zu finden. Da es aber keinen direkten Zugang gab, blieb ihm nichts anderes übrig, als den ganzen Weg wieder zu Fuß zurückzugehen.

Er bog gerade um die Ecke, als er Johann mit seiner Frau auf das Haus zugehen sah. Fast hätte er laut nach ihm gerufen, doch im letzten Moment erkannte er sie. Es war nicht Johanns Barbie-Girl, was da an seinem Arm hing, sondern Tanja, die gestörte Freundin seines wahr gewordenen Albtraums.

Das kann ja wohl nicht wahr sein. Ich glaube, ich spinne. Mario musste erst einmal verdauen, was er da zu sehen bekam. Seine Hirnwindungen ratterten unkontrolliert drauflos und knüpften Verbindungen, deren Ergebnisse allesamt unglaubwürdig und schockierend zugleich erschienen. Hatte sein alter Schulfreund sich mit dem Feind verbündet? Oder schlimmer noch: Hatte er vielleicht von Anfang an mit den beiden unter einer Decke gesteckt? Fragen, die Mario fast in den Wahnsinn trieben. Fragen, die nicht unbeantwortet bleiben durften. Und dennoch fehlte der rechte Antrieb, um auf Johann zuzugehen und ihn zur Rede zu stellen. Oder war es der Mut, der ihn verlassen hatte? Die Angst vor Antworten, die ihm nicht gefallen könnten? Denn egal, welche es wären, allein die Tatsache, Johann und Tanja Arm in Arm zu sehen, machte ihm bewusst, dass es für ihn nichts Gutes bedeuten konnte. Möglicherweise wäre es ja auch besser, wenn sein ach so toller Kumpel gar nicht erfahren würde, dass er von dieser Verbindung Wind bekommen hatte. Und schon tauchten die nächsten Fragen in seinem Kopf auf. Wie konnte er diese Ziege in seine Wohnung bringen? Er war verheiratet. Was würde Barbie dazu sagen und was der russische Hulk? Sollte er diesem vielleicht einen Besuch abstatten und ihn darüber informieren, dass seine Freundin ihn gerade betrog? Zu viele Fragen.

Johann und Tanja waren mittlerweile im Haus verschwunden und Mario stand weiterhin wie angewurzelt an der Straßenecke. Unfähig, eine rationale Entscheidung zu treffen. Schlimmer noch, er war davon überzeugt, dass jedwede Entscheidung, die er hätte treffen können, falsch wäre und seine Situation verschlimmerte. Eine Pattsituation im eigenen Kopf. Eine Sackgasse. Mario machte auf dem Absatz kehrt und ging langsam und gedankenverloren zurück zu seinem Audi. Fünf Zigaretten und tausend wirre Gedanken später startete er den Wagen und fuhr in Richtung des Autobahnzubringers.

Er hatte schon immer das Problem, dass er nicht lange Auto fahren konnte, ohne radikal zu ermüden. Nicht selten musste er einen Rastplatz anfahren, weil er einfach die Augen nicht mehr aufhalten konnte. Mittlerweile hatte er ein kleines Geheimrezept: Scharfe Hustenbonbons und harte Metalmusik waren die Kombination, die ihn länger wach hielt. Hätte er die Musik nicht auch diesmal so weit aufgedreht, bis die Lautsprecher zu schnarren anfingen, hätte er vielleicht den Nachrichteneingang auf seinem Smartphone mitbekommen. Doch vermutlich war es in diesem Moment sogar besser, dass er nicht wusste, was zu Hause auf ihn wartete. Seine Konzentration litt ohnehin schon sehr unter den aktuellen Ereignissen. Mario konnte einfach nicht abschalten.

Zu allem Übel geriet er, nicht untypisch für die A43, von einem Stau in den nächsten. Er brauchte nur bis zum Autobahnkreuz Bochum/Witten zu gelangen, um schließlich auf die A45 zu wechseln, doch genau der Teil zwischen Herten/Recklinghausen und Bochum war die Stressmeile, wie er es nannte. So auch an diesem Tag. »Problemzone zwei: Herne«, fluchte er und ließ das Fenster komplett nach unten fahren. Es war warm, doch der eigentliche Grund dafür war, dass er sich in dem nervtötenden Stop-and-go-Verkehr eine Zigarette anzünden wollte. Rauchen war etwas, das er normalerweise im Auto nicht tat, aber seine Nerven lagen blank und in diesem Moment war es ihm gleichgültig, ob der Wagen nach Nikotin stank. »Das Gas ist rechts, ihr Idioten«, rief er laut genug, damit andere Fahrer, die ebenfalls ihr Fenster geöffnet hatten, es vielleicht verstehen konnten. Auch das war ihm egal. Sein Leben befand sich an einem Scheideweg. Einer Gabelung, die zu allen Seiten hin ins Verderben zu führen schien.

Er drehte die Musik wieder lauter, die er, als der Verkehr ins Stocken geraten war, leiser gestellt hatte. *Am I evil* von Metallica dröhnte aus seinem Wagen und er grölte die Antwort des Refrains lauthals mit: »Yes I am.« Er wippte mit dem Kopf, was im Ansatz das Headbangen der Metaller darstellen sollte. Für einen Augenblick vergaß er die ganzen Dramen, die sich um ihn herum abspielten. Er war im Hier und Jetzt. Nur einen Atemzug lang, bis der Stau sich genau so schnell auflöste, wie er sich gebildet hatte. Und das, wie so oft, ohne ersichtlichen Grund. Als Mario wieder das Gaspedal durchtreten konnte, brauchte er nicht mehr lange, um Hagen zu erreichen. Das Haus, in dem sich die Wohnung der Drechslers befand, grenzte ans Zentrum, was bei einer so großen Stadt nicht zwangsläufig eine wirkliche Nähe zur Innenstadt bedeutete. Emily lag ihren Eltern schon seit drei Jahren in den Ohren, ob die Familie nicht in den kleineren Nachbarort Gevelsberg ziehen könnte.

»Du willst ja nur näher an deinem Lieblingschinesen sein«, flachste Mario immer.

»Machst du Witze, Dad? Ich möchte am liebsten im Lotusgarten wohnen.«

In seinen Gedanken spielten sich gerade unendlich viele solcher Momente ab, wie eine Retrospektive seines Lebens. Aber die harte Musik wollte nicht mehr dazu passen. Auf der Autobahn war sie gut und hilfreich, nun jedoch verlangte es ihn nach etwas Ruhigerem. Er fischte eine CD von Coldplay aus dem Handschuhfach und ließ sie fallen. Mario bog in eine Seitenstraße ein und versuchte, die Disc auf dem Boden zu erreichen, doch der Sicherheitsgurt stoppte ihn immer wieder. Er sah sich um. »Keine Bullen, wenig Verkehr. Okay …« Kurzerhand öffnete er den Gurt, beugte sich hinüber zum Fußraum der Beifahrerseite und löste damit die nächste Katastrophe seines Lebens aus.

Es ging alles furchtbar schnell. Eine Bodenwelle, auf die er nicht vorbereitet war, sein Kopf im Fußraum vergraben, ein viel zu intensiver Druck aufs Gaspedal und ein Baum am Straßenrand. Alles geschah im selben Augenblick. Er hatte versehentlich das Lenkrad nach rechts gerissen. War mit dem Kopf wieder nach oben geschnellt und sah noch für den Bruchteil einer Sekunde den Baum auf sich zukommen. Ein ohrenbetäubender Knall. Der ausgelöste Airbag, der ihn wie ein Boxhandschuh traf, bevor sein Kopf nach hinten geschleudert wurde und brachial gegen den Sitz donnerte. Ein helles Licht und dann … Dunkelheit.

KAPITEL 20

Aus der Bewusstlosigkeit aufzuwachen, war seltsam für Mario. Wenngleich es auch nur ein winziger Moment gewesen sein mochte. Vielleicht zwei Minuten oder drei. Es kam ihm dennoch so vor, als hätte man ihm ein Stück seines Lebens und seiner Erinnerung herausgeschnitten. Eben hatte er noch gesehen, wie der Baum sich rasant näherte, im nächsten Moment öffnete er die Augen wieder und erkannte, was geschehen war. Der eisenhaltige Geschmack von Blut lag ihm auf der Zunge. Kurzzeitig wurde ihm schwindelig, doch das Gefühl verschwand genauso schnell, wie es gekommen war.

Die wenigen Augenblicke seiner Besinnungslosigkeit hatten offenbar ausgereicht, um eine ganze Armada an tuschelnden Gaffern aus ihren Löchern zu locken. Einige hielten ihr Smartphone in der Hand und machten sogar Fotos von seinem Wagen, der sich um den wuchtigen Stamm des Ahornbaums gewickelt hatte, als wolle er ihn umarmen.

Der Schleier vor Marios Augen lichtete sich und er bemerkte nun auch den etwa fünfundzwanzigjährigen, dunkelhäutigen Mann, der neben ihm an der Fahrerseite stand und ihn zum wiederholten Male fragte, ob es ihm gut ginge. Mario sah ihn verständnislos an und nickte behäbig.

»Der Krankenwagen ist unterwegs. Besser Sie bewegen sich erst mal nicht, falls Sie sich etwas gebrochen haben«, sagte der aufgrund des Akzentes vermutlich aus Indien stammende Mann.

Bewegen. Mario Drechsler stand viel zu sehr unter Schock, um auch nur den Gedanken daran fassen zu können. Von Weitem waren bereits die Sirenen zu hören. Unterschiedliche. Vermutlich Rettungsdienst und Polizei. Zum ersten Mal fiel Mario auf, dass die Sirenentöne dieser beiden Helferfahrzeuge ungleich waren. Schon merkwürdig, was für belanglose Gedanken einem in solchen Momenten durch den Kopf gehen konnten. Fast wie damals, als er sieben Jahre alt gewesen und von einem Auto angefahren worden war. Als der Krankenwagen anrauschte, hatte er keine andere Sorge, als sein verlorenes Geld, mit dem er gerade auf die gegenüberliegende Straßenseite flitzen wollte, um sich am Eiswagen zwei Kugeln Erdbeere zu gönnen.

Er ließ seinen Blick umherschweifen. Der ausgelöste Airbag war wieder in sich zusammengefallen und zeigte einige rote Spuren. Er tastete nach seiner Lippe, die etwas brannte, und fand die Erklärung für den Geschmack und die Blutspuren in seinem Mund. Vermutlich hatte er sich auf die Lippe gebissen, als sein Kopf gegen das Luftkissen geknallt war. Nichts Dramatisches. Er versuchte, seinen anderen Arm zu bewegen und stellte erleichtert fest, dass es auch damit keine Probleme gab. Den rechten Fuß, den linken Fuß. *Gott sei Dank, alles noch dran.* Trotz der Bedenken des besorgten Passanten öffnete er mit einiger Mühe die verzogene Fahrertür.

Zur gleichen Zeit, als der Krankenwagen um die Ecke bog, fiel Mario ungelenk aus dem, was einmal sein Auto gewesen war. Die Sanitäter hielten auf der anderen Straßenseite und noch bevor er sich auf die Beine rappeln konnte, war der Notarzt bei ihm. Er redete mit ähnlichen Engelszungen auf ihn ein wie zuvor der Mann neben seinem Wagen. Aber die Worte drangen nur wie aus weiter Ferne zu ihm durch. Mario fühlte sich umnebelt, noch immer unter Schock. Die Ärzte (es war ein zweiter hinzugekommen) brachten ihn zum Rettungswagen und untersuchten ihn.

Nur langsam lichtete sich der Schleier der Benommenheit und er sah das Ausmaß dessen, was passiert war. Die Polizisten, die direkt nach den Rettungskräften eingetroffen waren, inspizierten inzwischen die Unfallstelle.

»Mir geht es gut«, sagte Mario, als ihm einer der Männer mit einer Art Taschenlampe in die Augen leuchtete. Allerdings klang er wenig überzeugend.

»Ich denke, wir sollten Sie trotzdem ins Krankenhaus bringen, nur um sicherzugehen«, antwortete ihm einer der Ärzte, auf dessen Jacke der Name *Perchert* zu lesen war.

»Nein, das ist nicht nötig. Es geht mir wirklich gut, es ist nur der Schock. Außerdem wohne ich nur zwei Straßen weiter.«

Ein Polizist gesellte sich dazu und musterte Mario mit ernster Miene. Er wandte sich direkt an einen der Ärzte: »Ist er ansprechbar?«

»Er steht unter Schock, ist aber offenbar nur leicht verletzt.«

»Na, da haben Sie ja einen fleißigen Schutzengel gehabt, Herr ...?«

»Drechsler. Mario Drechsler.«

Der Polizist zog eine Art Notizbuch aus der Tasche. »In Ordnung, Herr Drechsler. Sie sind der Fahrer des Audi? Können Sie mir schon etwas über den Unfallhergang sagen?«

Mario überlegte kurz. »Da war ein Tier. Ich glaube eine Katze. Ich wollte ausweichen und sah nur noch den Baum auf mich zukommen«, log er.

Der Beamte sah ihn prüfend an. »Eine Katze?«

»Ja, vielleicht auch ein kleiner Hund, ich weiß es nicht mehr. Es ging alles wahnsinnig schnell.«

»Wenn ich mir Ihren Wagen so ansehe ... Sie müssen sehr tierlieb sein, Herr Drechsler.«

Marios Augen folgten dem Blick des Polizisten. Er hatte recht. Was da eine regelrechte Symbiose mit dem Baumstamm eingegangen war, konnte man nur noch als einen großen Klumpen Schrott bezeichnen. »Was für eine verdammte Scheiße«, entfuhr es Mario.

Nachdem seine Personalien aufgenommen, die Überreste seines Autos abgeschleppt waren und er wiederholt

deutlich gemacht hatte, dass er nicht mit ins Krankenhaus kommen würde, machte Mario sich zu Fuß auf den
Weg nach Hause. Sein Kopf dröhnte. Eine Tatsache, die
er den Ärzten verschwiegen hatte. Aber an einer kleinen
Gehirnerschütterung war schließlich noch niemand gestorben und auch die Wunde an seiner Lippe hatte längst
aufgehört zu bluten. Trotzdem stellte Mario einen be-
mitleidenswerten Anblick dar.

Er schleppte sich mit gesenktem Kopf durch die
Straßen und musste sich mit finsteren Gedanken ausei-
nandersetzen. Das Schicksal schien ihn auf dem Kieker
zu haben. Alles hatte sich gegen ihn verschworen. Er
hatte immer über Menschen mit angeborener Opferhal-
tung gelästert, doch mittlerweile fühlte er sich selbst wie
diese armen Seelen, die früher seinem Spott ausgesetzt
waren.

Schließlich erreichte er sein Haus und ging langsam
und schwerfällig, als wöge er zweihundert Kilo, das
Treppenhaus hinauf. Mario schloss die Wohnungstür
auf, machte einen Schritt in den Flur und stolperte direkt
über einen Koffer. Er ruderte hilflos mit den Armen und
bekam gerade noch die Seite des Schrankes zu fassen,
um nicht das Gleichgewicht vollends zu verlieren. »Was
ist denn hier …?«

Emily kam aus ihrem Zimmer und als sie ihren Vater
sah, wurde ihre Mimik augenblicklich finster und ihr
Blick hasserfüllt. »Dad, wie konntest du uns das nur antun?« Tränen bahnten sich ihren Weg aus den Augenwinkeln.

»Ich … Was …?«, stammelte er, ohne auch nur im
Ansatz zu begreifen, was hier vor sich ging.

Dann stand Julia plötzlich neben ihm und gab ihm eine schallende Ohrfeige, die den Schmerz in seinem Kopf um ein Vielfaches verstärkte. »Du Schwein. Du elendiges Dreckschwein.«

Mario sah ihr verdutzt in die Augen. Unter dem Hass, den sie ausstrahlte, erkannte er eine tiefe Verletztheit. »Schatz, was ist denn los?«

»Was los ist? Deine Schlampe war hier. Diese Ramona.«

»Was?«

»Ach, das überrascht dich, ja? Wie groß wird erst die Überraschung sein, wenn euer gemeinsames Kind auf die Welt kommt?«

Mario verschlug es die Sprache. Der ganze Flur drehte sich um ihn herum. Ramona, Kind, Unfall, die Begriffe schwirrten an seinem inneren Auge wie Filmfetzen längst vergangener Erinnerungen vorbei.

»Aber vielleicht ist es ja auch eine unbefleckte Empfängnis gewesen, denn du hast ja nichts mit ihr gehabt. Richtig, Mario? Verdammt, wie kannst du mir eigentlich noch ins Gesicht sehen, du verlogener Bastard?«

»Was? Das ist doch völliger Bullshit. Du glaubst diesen Schwachsinn nicht wirklich, oder?«, fragte er und fasste sich an den Kopf. Der Schwindel ließ wieder ein wenig nach, aber das Hämmern unter seiner Schädeldecke erreichte eine neue Höchstmarke. Gleich so, als wolle sich jemand mit einer Spitzhacke durch seine Stirn nach außen vorarbeiten.

»Sag mal, hast du eigentlich begriffen, was ich gerade gesagt habe?« Sie spuckte ihm die Worte hart ins Gesicht. »Deine Schlampe ist schwanger, *Daddy!*« Sie betonte das letzte Wort theatralisch.

»Und ich hatte gerade einen Unfall, aber danke der Nachfrage, mir geht es super, nachdem ich meinen Wagen um einen Baum gewickelt habe.«

Julia kam mit ihrem Gesicht ganz nah an das seine heran. »Das nennt man wohl Karma, du Lügner. Vielleicht hättest du dich gleich mit um den Baum wickeln sollen.«

»Mama!«, protestierte Emily, die nach wie vor im Flur stand und alles mitbekommen hatte.

»Äh, ja. Entschuldige, das ging wohl ein bisschen zu weit, Schatz. Los komm, sag deinem Bruder Bescheid, wir fahren.«

Mario fasste Julia an die Schulter. »Wie? Ihr fahrt? Wohin denn? Hast du nicht verstanden? Ich hatte gerade einen Unfall.«

Sie wischte seine Hand wie ein lästiges Insekt von sich. »Die Kinder und ich fahren zu Gabi.«

»Zu deiner Schwester? Nach Münster? Was ist mit deinem Job! Was mit der Schule?«

»Du bekommst echt gar nichts mehr mit, oder? Hat sie dir mittlerweile dein verdammtes Hirn rausgefickt? Heute war letzter Schultag, ab nächster Woche sind Ferien.«

Emily klopfte an Maurice Tür und kurz darauf kam dieser herausgetrottet. Er sah seinen Stiefvater mit einer Mischung aus Verachtung und Gleichgültigkeit an. »Ganz schwache Nummer, Dad.« Mehr hatte er dazu nicht zu sagen. Aber so war Maurice schon immer gewesen. Kein Freund vieler Worte und Familie bedeutete für ihn allenfalls, dass jemand da war, der für ihn kochte, seine schmutzige Wäsche wusch und den Haushalt sauber hielt. Emotionale Verbundenheit suchte man bei dem Achtzehnjährigen vergebens. Es hätte Mario überrascht, wenn es in diesem Moment anders gewesen wäre.

»Haben sich jetzt alle gegen mich verschworen? Was soll diese verdammte Scheiße hier?« Seine Nerven waren zum Zerreißen gespannt und die Emotionen, die in ihm tobten, drohten überzuschäumen.

Julia nahm ihren Koffer in die Hand und öffnete die Wohnungstür. »Mit dieser … *Scheiße* wirst du ab sofort nichts mehr zu tun haben.« Sie ging hinaus, gefolgt von Maurice, der seinen Stiefvater keines weiteren Blickes würdigte.

Nur Emily sah ihn noch einmal traurig und vorwurfsvoll an. »Du hast alles kaputtgemacht. Ich hasse dich.« Ihre Worte brachen Mario das Herz und sie klangen lange, nachdem sie die Tür hinter sich geschlossen hatte, schmerzhaft in seinem Kopf nach.

KAPITEL 21

Der winzig kleine Hoffnungsschimmer, dass der letzte Tag nur ein furchtbarer Albtraum gewesen sein mochte, erstarb in dem Moment, als Mario wach wurde und den Namen seiner Frau rief. Die Stille in der Wohnung war erdrückend, ganz so, als würde ein riesiges Wesen Mario in seine Arme schließen und ihm den Rest Leben aus dem Körper quetschen. Er fühlte sich um Jahrzehnte gealtert, schlurfte wie ein Zombie ins Bad und sah in den Spiegel. *Was siehst du?*, dachte er und sprach fast zeitgleich die Antwort aus. »Einen alten, gebrochenen Sack ohne weitere Existenzberechtigung.« Zähne putzen? Waschen? Rasieren? »Ach, wozu. Es ist ja niemand da, den mein Anblick stören könnte.«

Er ging aus dem Bad, machte sich einen Kaffee und setzte sich anschließend vor seinen Laptop. Gedankenlos schaltete er das Gerät ein und rief seine Facebook-Seite auf. Die geschrumpfte Freundesliste von fast dreieinhalbtausend auf knapp neunhundert entlockte ihm nur ein freudloses Lachen. Die siebenundneunzig persönlichen Nachrichten musste er sich gar nicht erst anschauen, um zu wissen, dass es sich ausnahmslos um Beleidigungen und Beschimpfungen handelte. Alles lief aus dem Ruder, jeder wandte sich von ihm ab.

Er sah sich im Zimmer um. Obwohl sich nichts verändert hatte, wirkte es kalt und unpersönlich – irgendwie fremd. Die Ruhe, die er sonst um diese Tageszeit genoss, legte sich bleischwer über ihn und sein Herz zog sich vor lauter Schmerz zusammen. Tränen sammelten sich in seinen Augen und vernebelten seine Sicht. Mario Drechsler hatte seit Jahren nicht geweint. Es fühlte sich befremdlich an. Er klappte den Laptop wieder zu und tauschte seine Kaffeetasse gegen eine Wodkaflasche. Im Normalfall mischte er sich seine Drinks mit Orangensaft, doch nun setzte er die Flasche an und ließ den hochprozentigen Alkohol einfach die Kehle hinablaufen. »Auf das Ende meiner Karriere, meiner Ehe und auf dicke Titten.«

Das Telefon klingelte und riss ihn aus dem Anfall von Selbstmitleid heraus. Sicher war es seine Frau, die sich für ihr Verhalten entschuldigen und mitteilen wollte, dass sie nach Hause kam. Er nahm den Hörer mit einem Hauch aufkeimender Euphorie ab. »Julia?«

»Nein, Mario. Ich bin es, Karl.« Der Tonfall seines Literaturagenten ließ keinen Zweifel über die Dringlichkeit des Anrufes aufkommen.

»Ach, du bist es. Hey, alles klar bei dir? Hast du neue

Zahlen für mich?«

Wiesner zögerte, es fiel ihm nicht leicht, das Notwendige auszusprechen. Er atmete schwer und seufzte. »Mario, es tut mir wirklich leid, dir das sagen zu müssen, aber, was immer da gegen dich im Gange ist … es hat den Verlagschef erreicht. Schwandke teilte mir heute Morgen mit, dass der Verlag die Verträge mit dir kündigt. Er sagte, die Pressestelle hätte Hunderte Zuschriften von verärgerten und entsetzten Lesern bekommen, die deinen Kopf am liebsten auf einem Silbertablett serviert bekämen. Vor allem Frauen und Frauenrechtler gehen auf die Barrikaden, wollen wegen dir den ganzen Verlag boykottieren.«

Mario nahm einen weiteren kräftigen Schluck aus der Flasche. »Okay. Sonst noch was?«

»Was heißt, sonst noch was? Hast du mir überhaupt zugehört, Mitch Dalton? Du bist raus! Ich hoffe, das, was immer du getan hast, war diesen Preis wert.«

»Tja. Das wars dann wohl. Danke, Karl. Machs gut.« Mario legte den Telefonhörer einfach auf, denn die Antwort interessierte ihn gerade so viel wie ein in China umgefallener Sack Reis. Alles zerbrach und die Scherben bohrten sich durch ihn hindurch, mitten durch sein Herz und seine Seele, hinterließen Wunden, die vermutlich nie aufhören würden, zu bluten. Es fühlte sich wie ein langsamer, qualvoller Tod auf mehreren Ebenen an. Jede Perspektive, alle Pläne und jedwede Hoffnung wurden in Stücke gerissen. Zu viele und zu klein, um sie wieder zusammenzusetzen.

Und es war noch nicht vorbei. In zwei Tagen würde die Anhörung bei der Hertener Polizei ihm den letzten

Rest geben. Dessen war er sich nun gewiss. Nachdem Mario seinen Freund Johann eng umschlungen mit dieser Tanja gesehen hatte, war ihm aufgegangen, dass er wirklich alleine dastand. Auf Johanns Unterstützung konnte er nicht länger bauen. Vermutlich hatte diese kleine Schlampe ihn einzig und allein deshalb um den Finger gewickelt, damit er zu Gunsten von Ramona Schumann aussagen würde. Drei Zeugen gegen einen. Man musste kein Mathegenie sein, um auf das Ergebnis dieser Gleichung zu kommen. Er, Mario Drechsler, würde am Montag derjenige sein, den man an den Pranger stellte, den man fertigmachen würde. Daran bestand kein Zweifel.

Was konnte er tun? Einfach nicht hingehen? Das würde wohl kaum etwas bringen, im Zweifelsfalle stünden die Beamten bei ihm vor der Tür und würden ihn holen. Ihn, der praktisch ein Schuldgeständnis durch seine Abwesenheit machen würde. Nein, das war keine Option. Im Gegenteil, er würde der Polizei endlich alles erzählen und Ramona Schumann anzeigen. Aber zunächst brauchte er einen fahrbaren Untersatz, denn mit Bus und Bahn nach Herten zu fahren, war keine Möglichkeit, die er in Betracht zog, zu umständlich war die Verbindung dorthin. Ein Mietwagen musste her.

Mario beschloss, sich zusammenzureißen und das umgehend in die Hand zu nehmen. Noch war da ein winziger Funken Kampfgeist in ihm, der glaubte, er könne das Ruder des Bootes kurz vor dem Wasserfall herumreißen.

Ramona Schumann saß vor ihrem Computer und lächelte zufrieden. Die Bilder, auch die neuen, die sie ins Internet gestellt hatten, verfehlten ihre Wirkung nicht. Auf einem zweiten Bildschirm hatte sie ständig Mitch Daltons Facebook-Seite geöffnet und freute sich teuflisch über die stetig sinkende Anzahl an Freunden. Gerade an diesem Sonntag waren viele Nutzer online. Draußen regnete es in Strömen und im TV gab es wie immer nur Schwachsinn zu sehen. Ein guter Tag für die nächste Offensive. Vermutlich würden weitere auch gar nicht mehr vonnöten sein, denn das Eis, auf dem die Karriere von Mitch Dalton stand, war nahezu geschmolzen und der Fall ins Bodenlose kaum mehr aufzuhalten.

Die letzten drei Fotos hatte sie bis jetzt zurückgehalten – die schlimmsten, die eindeutigsten. Sie musste die Bilder zuvor bearbeiten, da die Betreiber von Facebook bekanntermaßen wenig Toleranz bei zu viel nackter Haut zeigten. Ein Sternchen hier, ein schwarzer Balken dort und es blieb noch immer genug zu erkennen, um Mitch Dalton den endgültigen Stoß in den Abgrund zu verpassen. Ramona betrachtete den Upload-Balken und wollte gerade den entsprechenden Beitrag dazu verfassen, als es an der Tür klingelte. Es war Tanja, die nass bis auf die Knochen, aber freudestrahlend, die Wohnung betrat.

»Was grinst du denn wie ein Honigkuchenpferd?«, fragte Ramona, ließ sich dennoch schnell von ihrer so offensichtlich guten Laune anstecken. »Ist es wegen Johann?«

»Ich weiß nicht, vielleicht«, antwortete sie mit einem frechen Grinsen.

»Wird er die Aussage machen?«

»Na ja, zumindest wird er nicht für Mario Drechsler aussagen.«

»Yes! Das hast du gut gemacht. Aber da ist doch noch mehr, oder? Er gefällt dir wirklich, habe ich recht?«

Tanja trat nervös von einem Bein aufs andere, knibbelte an ihren Fingernägeln, wurde etwas rot um die Wangen und zögerte mit ihrer Antwort. »Hast du vielleicht erst mal ein Handtuch für mich?«

Ramona eilte ins Badezimmer und kam mit einem großen, roten Badehandtuch zurück. »Na los, sag schon.«

»Na ja ... er ist ...«

»Na, was denn?«

»Süß«, antwortete sie verlegen.

Ramona lachte laut auf und kniff ihrer Freundin in die Wange, wie eine Oma, die ihrem Enkel sagte, wie groß er doch geworden war. »Uh, da hat sich aber jemand mächtig verliebt.«

Tanjas Gesicht bekam noch mehr Farbe. »Unsinn. Das habe ich nicht gesagt.«

»Das brauchst du auch gar nicht, Kleines. Das ist offensichtlich. Es ist doch okay. Ich hege keinen Groll gegen Johann Kruse. Nur gegen seinen Schulfreund.«

»Wann willst du mir eigentlich mal den wahren

Grund für diesen ganzen Krieg erzählen?«

Ramonas Lächeln verschwand hinter einer nachdenklichen Miene. »In naher Zukunft, Süße. Es ist bald vorbei, dann werde ich dir alles erzählen. Vertrau mir einfach, noch ein kleines bisschen, ja?«

Tanja umarmte ihre Freundin. »Das tue ich immer, das weißt du doch.« Ihr Blick fiel auf die Monitore. »Oha, sind das die letzten Bilder?«

»Ja, und zusammen mit dem Beitrag, den ich dazu schreibe, wird ihm öffentlich der Gnadenstoß gegeben. Den Rest wird die Polizei dann für uns erledigen. Danach gibt es für uns nur noch zwei Dinge zu tun.«

Tanja hatte sich aus der Umarmung gelöst und trocknete gerade ihre Haare ab. »Die da wären?«

»Na ja, zum einen müssen wir bei der Gerichtsverhandlung, die auf jeden Fall kommen wird, noch einmal gewaltig auf der Opferschiene fahren, zum anderen ...« Ramona ging zu ihrem Schreibtisch und öffnete eine Schublade.

Tanja blieb fast das Herz stehen, als sie sah, was ihre Freundin dort herausnahm. »Bist du wahnsinnig? Du willst ihn umbringen?« Ihr Blick klebte regelrecht an der schweren Pistole, die Ramona in den Händen hielt.

»Quatsch, bist du irre? Ich bringe doch niemanden um. Das hier ist kein Ethan-Kink-Roman.« Sie schüttelte erbost den Kopf. »Aber wir werden sie ihm irgendwie unterjubeln und behaupten, *er* wollte *mich* damit umbringen. Gründe hat er mehr als genug dafür. Motive en masse. Das kauft uns jeder ab.«

»Meine Güte. Wo hast du das Ding her? Ich bin gerade echt schockiert.«

»Ein Cousin von mir war in den Neunzigern bei der Bundeswehr in der Waffenkammer. Er hatte einen erstaunlich simplen Weg gefunden, die P1 zu klauen. Über einen Zeitraum von einem Jahr sonderte er immer wieder ein Bauteil als defekt aus. Die ausgesonderten Sachen landeten wohl in einer Schrottkiste. Kurz bevor diese abgeholt wurde, hat er sich die Teile eingesackt. Stück für Stück, bis er alle zusammen hatte. Wie er allerdings an das volle Magazin gekommen war, hat er mir nicht verraten. Er meinte nur, es gäbe immer Mittel und Wege, die er jedoch zu meinem und seinem Schutz für sich behielt.«

Tanja zeigte sich beeindruckt und verängstigt zugleich. »Ich bin etwas fassungslos, dass dein Cousin sie dir einfach so überlassen hat. Und du meinst, wenn man das Ding bei Drechsler findet, glauben die Bullen, dass er es auf dich abgesehen hatte?«

Ramona wirkte plötzlich etwas verlegen. »Er hat sie mir eigentlich nicht so richtig überlassen. Also, wie soll ich sagen? Ich … ich habe sie ihm geklaut. Und ja, sogar Julia Drechsler wird es glauben, nachdem ich jetzt bei ihr war. Außerdem war auch Mario in den Neunzigern bei der Bundeswehr. Er könnte sie also gut selbst gestohlen haben.«

Tanja riss die Augen erstaunt auf. »Was du alles weißt, Respekt. Wie war es bei Julia Drechsler? Darüber haben wir noch gar nicht gesprochen.«

»Och, ich habe ihr ein paar Dinge über ihren tollen Ehemann erzählt und dann habe ich ihr mitgeteilt, dass ich schwanger bin.«

Einen Moment zögerte Tanja und sah ihre Freundin

ungläubig an. »Du ... du bist ein wahrer Teufel, weißt du das, Ramona? Und? Hat sie dir diesen Schwachsinn geglaubt?«

»Wieso Schwachsinn? Es ist die Wahrheit. Ich bin wirklich schwanger.«

KAPITEL 22

E r wusste nicht, was er erwartet hatte, doch er hatte fest damit gerechnet, dass Johann, Tanja und Ramona an diesem Morgen ebenfalls vor der Hertener Polizeiwache auftauchen würden. Dem war aber nicht so. Er war allein. Ebenso allein wie an dem vergangenen Wochenende, an dem er sich, von allen verlassen, permanent betrunken hatte. Allerdings ließen sich die Probleme nicht ertränken.

Mario fühlte sich an dem Tag noch elender als an den beiden Tagen zuvor. Und dieses Elend stand ihm auch ins Gesicht geschrieben. Zwar hatte er sich endlich durchgerungen, sich zu duschen und zu rasieren, dennoch wirkte er, als hätte man ihn direkt in der Gosse aufgelesen. Die Selbsteinschätzung, die er vor dem Spiegel getroffen hatte, traf zu keinem Zeitpunkt mehr ins

Schwarze als an diesem Morgen.

Er parkte seinen Leihwagen, einen Opel Astra (nicht gerade Marios Lieblingsauto), in der Nähe der Feuerwehr, die sich unweit der Polizeidienststelle befand. Parkplätze zu finden war offensichtlich nicht nur in Hagen schwieriger geworden. Es kam ihm ganz gelegen, dass er ein paar Meter laufen musste, so konnte er sich in Ruhe eine Zigarette anstecken und noch einmal im Kopf durchgehen, was er der Polizei alles zu berichten gedachte. Und das war nicht wenig. Jetzt, da er ohnehin verloren hatte, stand der Wahrheit auch nichts mehr im Wege. Mario hoffte inständig, dass dieser Gang endlich das Ende des Albtraums Ramona Schumann einläuten würde. Ansonsten wusste er nicht, was er tun würde.

Schon am Vortag, als Mario gegen Mittag die zweite Flasche Wodka geöffnet hatte, kam ihm der Gedanke, dieses Miststück, das systematisch sein ganzes Leben zerstört hatte, einfach umzubringen. Wäre das dann ein Mord aus Leidenschaft? Er hatte es sich schon in allen Einzelheiten zurechtgelegt. Vor zwei Jahren hatte er ein Buch gelesen, das seiner Meinung nach den perfekten Weg aufzeigte, eine Leiche verschwinden zu lassen. Der Autor von *Antiquariat de Sade* warf die Frage auf, ob jemand am offensichtlichsten Ort der Welt, einem Friedhof, eine Leiche suchen würde. Die Idee grenzte für Mario an Genialität. Er könnte die Hexe einfach erdrosseln oder erstechen. Dann würde er ein frisches Grab in einer Nacht- und Nebelaktion wieder ausheben, den Sarg öffnen und Ramonas toten Körper zusätzlich hineinlegen, bevor er alles in seinen Urzustand brachte. Niemand würde sie je finden, weil unter Garantie kein noch so schlauer Ermittler auf die Idee käme, im Grab eines Verstorbenen zu suchen, der in keinerlei Beziehung zum mutmaßlichen Opfer stand. Als sein Pegel weiter angestiegen war, kam er bereits auf den Gedanken, sie nicht vorher umzubringen, sondern einfach lebendig zu verbuddeln, ähnlich wie in diesem Buch. Als er völlig verkatert erwachte, waren die nächtlichen Fantasien zunächst vergessen, doch nach und nach traten sie wie kleine Puzzleteilchen wieder an die Oberfläche.

Er warf seine Zigarette fort und betrat das Polizeirevier. Der Beamte, dem Mario kurz darauf gegenübersaß, stellte sich als Oberwachtmeister Staniak vor. Er wirkte wie ein Mann, der zum Lachen in den Keller ging. Dabei schien er noch relativ jung zu sein, vielleicht Ende zwanzig. Aber sein Gesicht strahlte die eisige Härte von Granit aus und der rötliche Vollbart kaschierte sein wahres Alter.

Mario erzählte ihm einfach alles. Angefangen vom ersten Treffen mit Ramona und ihrer Freundin, bis hin zum Besuch Ramonas bei seiner Frau und der Behauptung, dass sie von ihm schwanger sei. Er beteuerte nach jedem Punkt, den er ansprach, dass er nicht wisse, was Frau Schumann geritten habe und warum sie so einen Hass auf ihn entwickelt hatte. Sicher, er hatte sie mehrfach abgewiesen und ihre Gefühle verletzt, aber er wäre sich trotz allem keiner wirklichen Schuld bewusst, die diesen Albtraum auch nur im Ansatz rechtfertigen würde.

Wachtmeister Staniak nahm alles, was Mario ihm erzählte, wertungsfrei im Protokoll auf. Er agierte wie eine

Maschine. Emotionslos und kalt wie der Ausdruck in seinen grauen Augen. *Ein unheimlicher Typ*, dachte Mario. Er konnte sich den Mann eher als Serienmörder vorstellen, doch hier, in seiner Uniform, fand er ihn irgendwie deplatziert.

Fast eine Stunde lang berichtete Mario Drechsler von den letzten Wochen, die sein Leben aus den Fugen gebracht hatten. Als er damit fertig war, las Staniak ihm die Aussage noch einmal vor und ließ sie dann von ihm unterschreiben. »Ja, wir sind dann so weit durch, Herr Drechsler.«

»Wie geht es jetzt weiter?«, wollte Mario wissen.

»Nun ja, die Strafanträge und die Aussagen gehen nun zur Staatsanwaltschaft und die wird darüber entscheiden, ob Anklage erhoben wird. Wenn dem so ist, kommt es zur Verhandlung.« Die Stimme von Staniak klang tiefer, als man es erwartet hätte, und unterstrich das unterkühlte Gesamtbild.

»Und wie lange wird das dauern? Ich meine … bis ich es erfahre.«

»Das kann ich Ihnen nicht sagen. Hängt davon ab, wie viel die Kollegen zu tun haben. Tage, Wochen. Unter Umständen sogar Monate.«

Marios Gedanken liefen Amok. Wenn er Ramona jetzt ebenfalls anzeigen würde und es noch Monate dauern könnte, bis etwas gegen sie unternommen würde … unvorstellbar. Er brauchte sofort eine Lösung.

»Wenn ich Sie richtig verstanden habe, möchten Sie Frau Schumann ebenfalls anzeigen?«

Mario reagierte nicht auf die Frage. Er hatte sich im Labyrinth seiner Synapsen verlaufen.

»Herr Drechsler?«

»Was? Äh, nein ... ja ... also, ich weiß es nicht. Ich glaube, ich muss noch einmal darüber nachdenken. Nicht, dass es mir wie ein verzweifelter Racheakt ausgelegt wird.«

Der Gesichtsausdruck des Beamten ließ keinerlei Rückschlüsse auf seine Meinung zu. »Das liegt bei Ihnen, es ist einzig Ihre Entscheidung.«

Fast hätte er Staniak nach seiner Ansicht gefragt, aber er biss sich auf die Zunge. Vermutlich hätte diese Frage ohnehin wenig Sinn gemacht. »Ich schlafe noch mal eine Nacht drüber.«

»Wie Sie meinen. Sie wissen ja, wo Sie uns finden.«

Mario Drechsler verließ die Polizeiwache. Er dachte unentwegt an Ramona Schuman, seine Familie und seine Karriere als Schriftsteller. Grübelte über seine Gegenwart und rätselte über seine Zukunft. Würde er überhaupt noch eine haben?

Aus irgendeinem unerfindlichen Grund blickte Mario zurück zur Polizeiwache und sah Johann das Gebäude betreten. »Dieses miese Arschloch«, fauchte er zwischen zusammengepressten Zähnen hindurch. Er eilte zu seinem Wagen und fuhr ihn näher an die Wache heran. Zufällig war ein Parkplatz frei geworden, von dem aus er den Eingang gut im Blick hatte. Er stellte den Motor ab und wartete. Was genau er tun wollte, wenn sein alter Schulfreund wieder aus der Dienststelle kam, das wusste er zu dem Zeitpunkt noch nicht. Und selbst in dem Moment, als es so weit war, hatte er nicht den blassesten Schimmer, was er eigentlich beabsichtigte.

Im Gegensatz zu seiner eigenen Vernehmung war

diese hier erstaunlich schnell beendet. Keine zwanzig Minuten hatte es gedauert und Johann Kruse kam wieder herausgeschlendert. Er ging über die Straße auf den gegenüberliegenden Parkplatz, stieg in seinen Wagen und fuhr davon. Mario folgte ihm. Sein Kumpel kannte den Leihwagen nicht, also war die Gefahr, von ihm entdeckt zu werden, verschwindend gering. Schnell war klar, dass der Weg schlicht und einfach zu Johanns Wohnung führte. Mario fuhr ihm in die Parallelstraße hinterher und parkte seinen Wagen etwa achtzig bis hundert Meter vor dem seines Freundes, sodass er an ihm vorbeimusste, wenn er nach Hause wollte.

Mario stieg aus und ging hinter dem Fahrzeug in Deckung. Noch zwei Meter, noch einen. Im selben Augenblick, als Johann auf gleicher Höhe mit ihm war, hechtete er hinter dem Wagen hervor und schlug ohne Vorwarnung zu. Johann hatte weder ihn noch seine Faust kommen sehen. Sie traf ihn direkt an der Schläfe und er sah sofort die Sterne vor seinen Augen aufblitzen.

»Na, du Wichser? Hast du mich bei den Bullen schön in die Scheiße geritten?« Er wartete keine Antwort ab, sondern schlug erneut zu. Diesmal mitten ins Gesicht. Johann gab einen Schmerzensschrei von sich, taumelte und fing den Sturz im letzten Moment ab. Dann traf ihn der Fuß von Mario in die Magengrube. »Du verdammter Penner.«

»Alter …«, röchelte Johann, hustete und japste nach Luft. »Wie kommst du denn auf den Trichter? Drehst du jetzt komplett am Rad?« Ein weiterer Hieb traf Johanns Gesicht. Er spuckte dickflüssige, rotgefärbte Speichelfäden auf die Straße.

»Verarsch mich nicht. Ich habe dich mit ihr gesehen.« Marios Kopf schien vor Wut zu glühen. Er war der wildgewordene Stier und Johann das rote Tuch.

»Was? Mit wem?« Johann wischte sich das Blut von der aufgeplatzten Lippe.

»Jetzt tue nicht so unschuldig, du verlogenes Arschloch. Mit dieser Tanja natürlich. Und es war nicht zu übersehen, dass du die Seiten gewechselt hast.«

Johann hielt sich mit der einen Hand den Magen und mit der anderen zog er ein Taschentuch aus der Hosentasche. Er machte keine Anstalten, sich zu wehren. »Oh, Shit. Okay, Mann. Ja, ich habe mich in Tanja verknallt. Ist das jetzt ein Verbrechen, oder was? Aber ich habe den Bullen nichts gesagt. Alter, es gibt keine verdammte Seite. Es gibt nur einen Typen, dessen Verstand sich zunehmend in Zuckerwatte verwandelt. Einen Typen, der Tag für Tag mehr durchdreht. Der nicht dazu steht, wenn er andere Frauen fickt und der seine Freunde aufgrund von Vermutungen zusammenschlägt. Sieh dich nur an ... du bist doch komplett durchgeknallt.«

Mario hob drohend die Faust und packte ihn mit der anderen Hand an der Kehle. »Was hast du ausgesagt?«

»Scheiße, Mann. Ich habe gesagt, dass ich von nichts weiß. Dass du nichts getan hast, solange ich dabei war. Es spielt aber keine Rolle, denn Ramona behauptet, du wärst noch mal alleine zurückgekommen, nachdem ich weg war.«

Mario ließ die Faust sinken und dachte nach. Oder zumindest versuchte er es, denn sein Kopf glich einer Großbaustelle, auf die eine Hand nicht wusste, was die andere zu tun hatte.

Johann warf das Taschentuch weg. »Weißt du, ich habe dir gesagt, dass ich mit dir nichts mehr zu tun haben will, weil du das Chaos anziehst wie Scheiße die Fliegen. Mein Leben ist aber schon verworren genug. Ich kann diesen ganzen Mist nicht gebrauchen. Es wird zur Verhandlung kommen, Mario. Und ich fürchte, deine Chancen, aus der Nummer heil rauszukommen, stehen ziemlich schlecht. Wie konntest du sie nur schlagen?«

Mario wurde zunehmend bewusst, dass dieser Typ, der ihm gegenüberstand, schon lange kein Freund mehr war. Die Freundschaft war bereits Anfang der Neunziger zerbrochen, als sie sich aus den Augen verloren hatten. Damals hatten beide das Gefühl gehabt, sich in zu unterschiedliche Richtungen entwickelt zu haben. Wie konnten sie nur davon ausgehen, dass es über zwanzig Jahre später anders sein würde? »Ich habe sie nicht geschlagen. Und allein die Tatsache, dass du ihr mehr glaubst als mir, sagt alles über diese längst vergangene Freundschaft aus. Du hast recht, ich will mit dir auch nichts mehr zu tun haben. Machs gut, Verräter. Schätze, wir sehen uns vor Gericht.«

Mario setzte sich ins Auto und dachte kurz nach. Dann nahm er kurzerhand sein Handy und wählte Johanns Festnetznummer aus dem Adressbuch aus, während dieser langsam zu seiner Wohnung trottete. »Eine Sache bin ich dir noch schuldig, du Arsch.« Er wollte Barbie darüber informieren, dass ihr Mann sie betrog, doch sie nahm nicht ab. Mario konnte nicht wissen, dass sie schon seit über einer Woche in Berlin war, um ihre Eltern zu besuchen. Das hätte ihm natürlich auch die Erklärung geliefert, warum Johann mit Tanja in seine

Wohnung gegangen war. Mario legte wieder auf, beschloss aber, diesen Anruf bald nachzuholen. »Wenn ich falle, dann fällst auch du. Das garantiere ich dir.«

KAPITEL 23

Seit einer Stunde saß Mario in dem Mietwagen und überlegte, was er tun konnte. Die Emotionen kochten immer mehr hoch. Sollte er einfach nach Hause fahren und sich wieder volllaufen lassen? In der momentanen Situation schien das die weitaus bessere Wahl zu sein. Die Alternative, zu Ramona zu fahren und ihr die Scheiße aus dem verkommenen Leib zu prügeln, wäre vermutlich nicht die beste Idee. Konnte man in Deutschland eigentlich zweimal für dasselbe Verbrechen angeklagt werden? Wenn er wegen der angeblichen Körperverletzung sowieso bald vor Gericht stehen würde, könnte er es doch auch gleich richtig machen. Vielleicht würde sie das überzeugen, ihn in Ruhe zu lassen. Sein Handy klingelte und riss ihn aus seinen pechschwarzen Gedanken. »Hey, Schatz. Wie ...«

»Du bist so ein Schwein und so ein gottverdammter Lügner. Mir fehlen wirklich langsam die Worte.« Julia klang mehr als aufgebracht.

»Na toll, und ich dachte, du rufst mich an, weil du erkannt hast, was diese Verrückte für einen Blödsinn von sich gibt.«

Julia atmete schwer und schluchzte. »Offenbar hast du heute noch nicht auf deine Facebook-Seite geschaut.«

Mario spürte förmlich, wie weiteres Unheil über ihn hereinbrach. »Nein, ich habe seit Samstag nicht mehr in den Scheiß reingeschaut.«

Einen kurzen Augenblick herrschte Schweigen. Julia holte tief Luft. »Dann solltest du das vielleicht mal tun. Und was uns angeht: Ich war gerade beim Anwalt. Ich will die Scheidung.« Dann legte sie auf und ließ Mario vollkommen perplex und sprachlos zurück.

Sein Verstand verweigerte die Wiederaufnahme der Arbeit, zu mächtig war das, was unaufhörlich auf ihn einprasselte. Er wollte die unheilvollen Worte noch nicht realisieren, die er soeben gehört hatte. Wie automatisiert zündete sich Mario eine Zigarette an. Minuten saß er einfach nur da und starrte vor sich hin, ohne die Umgebung auch nur annähernd wahrzunehmen. Erst nachdem er die heiße Glut zwischen seinen Fingern spürte, löste er sich aus der Schockstarre, warf die Kippe aus dem Fenster und öffnete seine Facebook-Seite. Hatte er angenommen, ihn könne nichts mehr schockieren, musste er sich eingestehen, sich gründlich getäuscht zu haben. Seine Augen wanderten von den fatalen neuen Fotos zu Ramons Beitrag:

Kleines Update, Leute. Ich muss mir das alles von der Seele schreiben, sonst werde ich noch verrückt. Ich habe euch bereits gezeigt und berichtet, wie der tolle Autor Mitch Dalton wirklich ist, oder sagen wir lieber: Wer er wirklich ist. Aber es ist nun noch so viel passiert, dass ich euch die ganze Wahrheit erzählen muss. Ich habe sonst niemanden, der es hören will. Es tut mir leid, dass ich die folgenden Ereignisse öffentlich breittrete, aber ich sehe es als meine Pflicht an, andere davor zu warnen, sich mit diesem Monster abzugeben.

Ich fange am besten noch einmal ganz von vorne an. Meine Freundin Tanja und ich trafen Mitch und seinen Freund Johann zufällig auf der Straße. Schon dort hat sich gezeigt, wie viel ihm seine Fans wirklich wert sind. Er veranstaltete ein Riesentheater, weil wir Fotos machen und ein Autogramm haben wollten. Er sagte, es wäre Wochenende und er hätte frei und wolle feiern gehen. Wir boten den beiden an, mit uns zu feiern. Was wir schließlich auch in dem Haus von Tanja taten. Der Alkohol floss in Strömen, aber das reichte Mitch nicht. Er hat uns dazu verführt, Ecstasy zu nehmen. Unter der Wirkung der Droge löste sich seine Zunge und er erzählte mir von seinen sexuellen Neigungen und Fantasien. Und er betonte immer wieder, dass er sich zu Hause, bei seiner Frau, dahingehend nicht ausleben konnte.

Nun, zum damaligen Zeitpunkt war Mitch Dalton so etwas wie mein Idol. In meiner Naivität bot ich ihm an, alles zu machen, wovon er träumte. Es dauerte nicht lange und wir landeten in Tanjas Schlafzimmer. Anfangs wollte er, dass ich ihn fessele und auspeitsche. Besonders stand er darauf, dass man ihm die Eier stramm abband. Er wollte sogar, dass ich ihm ins Gesicht pinkle, aber das musste ich ablehnen, es war schließlich nicht mein Schlafzimmer und ich konnte doch nicht einfach Tanjas Bett einsauen. So weit hatte ich mich dann trotz der Drogen noch unter Kontrolle.

Mitch schlug daraufhin vor, die Rollen zu tauschen. Wäre ich bei klarem Verstand gewesen, hätte ich mich darauf vermutlich nie eingelassen. Er fesselte mir die Arme hinter den Rücken und band die Beine so eng zusammen, dass es schmerzte. Ich sagte: »Mitch, nicht so fest, du tust mir weh.« Doch er lachte nur und meinte: »Weißt du eigentlich, wie nahe das Lustzentrum im Gehirn neben dem Schmerzzentrum liegt? Vertrau mir, Baby.«
Dann schlug er mich. Zuerst mit der Peitsche, dann mit der Hand. Ich wollte das Ganze abbrechen, aber er ließ nicht locker und knebelte mich sogar, damit Tanja und Johann im Nachbarzimmer nichts mitbekamen. Ich versuchte, mich zu wehren, als er in mich eindrang, aber ich hatte keine Chance. Er nahm mich von vorne, von hinten und schlug immer wieder zu, um, wie er meinte, meinen Orgasmus hinauszuzögern.

Ich denke, es ist den Drogen zuzuschreiben, dass er sogar recht behalten sollte und ich wirklich mehrmals kam. Dennoch war das eindeutig gegen meinen Willen geschehen. Als ich wieder klarer im Kopf wurde, fasste ich den Entschluss, es diesem Vergewaltiger, der sich angeblich am nächsten Morgen an nichts mehr erinnerte, heimzuzahlen. Ich spielte ihm die große Liebe vor, brachte ihn in Bedrängnis, sodass *er Angst haben musste, dass seine Frau von all dem Wind bekommen könnte.*

Aber ich hatte es mit meinen Psycho-Spielchen wohl zu weit getrieben, denn eines schönen Tages stand er mit seinem Freund und Tanja vor meiner Tür und war ziemlich ausgeflippt. Er hat mich bedroht und aufs Übelste beschimpft. Dann, nachdem sie wieder gegangen waren, klingelte es erneut. Mitch Dalton war noch einmal alleine zurückgekommen, um mir unmissverständlich klarzumachen, was passieren würde, wenn ich ihn nicht endlich in Ruhe ließe. Im Krankenhaus riet man mir, ihn auf jeden Fall anzuzeigen, was ich dann auch getan habe.

Und nun, tja, und nun muss ich zu allem Unglück erfahren, dass diese Nacht nicht ohne weitere Folgen geblieben ist, denn ich trage seine Saat in mir. Dieses miese Vergewaltigerschwein hat mich geschwängert. Ich fühle mich schmutzig und benutzt. Weiß nicht, wie ich mit der Schwangerschaft umgehen soll. Das Kind ... es ist des Teufels Brut und dennoch ist es doch auch unschuldig.

Ich habe alles der Polizei erzählt und hoffe, Mitch Dalton wird seine gerechte Strafe bekommen. Aber was wird nun aus mir, und vor allem, was aus dem Kind? Was soll ich tun? Was würdet ihr tun? Ich bin verzweifelt und dankbar für jede Hilfe.

In den Kommentaren fand sich schließlich noch ein Nachtrag von Ramona:

Ich kann euch sagen, dass sich mittlerweile drei weitere Frauen bei mir gemeldet haben, die ähnliche Erfahrungen mit diesem Schwein Mitch Dalton gemacht haben.

Danke, dass ihr euer Schweigen brecht. Es ist wichtig, dass dieses Monster aus dem Verkehr gezogen wird, damit keine weitere Frau die Dinge ertragen muss, die wir erlitten haben. Danke für eure Unterstützung.

Das Smartphone fiel ihm aus der Hand in den Fußraum. Er bekam keine Luft mehr und ihm wurde kurzzeitig schwarz vor Augen. Für einen Moment blieb auf dem Display des Handys eines der Bilder sichtbar, bevor die Energiesparfunktion den Monitor ausschaltete. Das Bild zeigte Mitch Dalton beziehungsweise Mario Drechsler.

Er war nackt, schwarze Balken verdeckten prekäre Stellen ausreichend, damit das Bild nicht von den Seitenbetreibern gelöscht wurde. Vor ihm auf dem Bett lag Ramona. Gefesselt und geknebelt. Auch von ihr sah man gerade genug, um zu erkennen, um wen es sich handelte und was mit ihr geschah. Mitch hielt eine Peitsche in der Hand, deren unzählige Lederriemen Ramonas Rücken streiften. Er selbst grinste wie der leibhaftige Teufel in die Kamera eines Handys, das er mit der anderen Hand in die Höhe hielt. Seine Pupillen hatten sich so erweitert, dass man die Iris kaum noch erkennen konnte. Eine Folge des Ecstasy, unter dessen Wirkung er offenbar alle Hemmungen verloren und mit Ramonas Handy ein paar Fotos zum *Andenken* geschossen hatte.

Mario schlug mit den Händen gegen das Lenkrad. Sein Gesicht war von kreidebleich auf Zornesrot umgesprungen. Der Blick war der eines Irren und während er schrie, spuckte er unkontrolliert Speichel. »Du mieses Stück Scheiße! Jetzt reicht es mir, ich mache dich fertig!«

KAPITEL 24

Mit quietschenden Reifen jagte er den Astra vom Parkplatz. Nach Hause zu fahren stand nun nicht mehr zur Debatte. Sein Ziel lag klar definiert in der Beethovenstraße. Ramonas Wohnung. Marios Denkfähigkeit erlitt einen regelrechten Kurzschluss. Wer mochten die anderen drei sein, die sich auf einmal zu Wort gemeldet hatten? Oder war es nur ein weiterer Bluff der Frau, die ihn so bloßgestellt hatte? Er begann, mit sich selbst zu reden. »Vielleicht Carola, diese hinterhältige Fotze? Oder Vera, die alte Nebelkrähe, eventuell auch Doppelkinn-Doreen? Scheiße, was weiß ich, wie die ganzen Schlampen hießen.« Für einen Außenstehenden musste Mario hinter dem Steuer völlig verrückt gewirkt haben. Er gestikulierte und redete, als ob der Wagen voller Leute wäre, doch abgesehen von ihm selbst war niemand da.

»Oh, der große Mitch Dalton. Wow, ja klar können wir zu mir gehen. Ja natürlich bin ich interessiert, mach mit mir, was immer du willst. Ihr verlogenen, feigen Huren. Man sollte euch alle als Hexen auf dem Scheiterhaufen verbrennen.« Er schlug auf das Armaturenbrett und boxte gegen die Fahrertür bis ihm die Hand schmerzte. »Oh, ja, Mitch, fick mich in den Arsch. Ja, Mitch, das ist so geil, du bist der Größte für mich.«

Er überfuhr eine rote Ampel, als er in die Beethovenstraße abbog, aber das interessierte ihn herzlich wenig. Ein kleines Verkehrsdelikt würde in seinen Anklagepunkten wohl kaum mehr ins Gewicht fallen.

»Erst wollen sie ihr Idol ficken und dann bezichtigen sie dich als Vergewaltiger. Aber nicht mit mir, jetzt reicht es, ich habe die Schnauze voll von euch dummen Schlampen! Ich mache euch alle fertig!«

Er brachte den Wagen unsanft vor Ramonas Haus zum Stehen und schaute hinauf zu ihrem Küchenfenster. »Und mit dir fange ich an, du dreckiges Miststück!«

Mario Drechsler stieg aus dem Auto. Seine Fäuste waren so sehr geballt, dass sich seine Fingernägel in die Haut bohrten, doch er spürte keinen Schmerz. Das Adrenalin, welches gerade durch seinen Körper gepumpt wurde, hätte ihn vermutlich auch Berge versetzen lassen. Aber es war kein Gestein, das seinen Zorn zu spüren bekommen sollte, sondern das sündige Fleisch der Frau, die sein Leben zur Hölle gemacht hatte. Der Frau, die ihn öffentlich demontiert und damit alles ruiniert hatte, was er sich so mühsam aufgebaut hatte. Mario Drechsler war außer Kontrolle. Er drückte ohne zu zögern auf die Klingel mit der Aufschrift: Schumann.

»Ist er das?«, fragte Tanja.

»Sieht so aus. Am besten, ihr versteckt euch. Das spielt uns jetzt alles perfekt in die Hände.« Ramona hätte sich vielleicht fürchten sollen, doch sie lächelte zufrieden und erwartungsvoll. Es kam ihr nur gelegen, dass Mario Drechsler gerade an der Tür klingelte. Damit würde er nun sein Schicksal endgültig besiegeln.

»Aber sobald er handgreiflich wird, schreiten wir ein.« Juri machte sich ernsthaft Sorgen um Ramona, obwohl sie mehr Tanjas Freundin als die seine war.

»Ich bin auf jeden Fall froh, dass ihr zufällig hier seid. So kann jetzt eigentlich nichts mehr schiefgehen.«

Tanja und Juri gingen nach nebenan. Ramona atmete einmal tief durch und betätigte dann den Türöffner. Ihre Wohnung lag im dritten Stockwerk, aber sie konnte seine schnellen Schritte schon im Erdgeschoss laut und deutlich hören. In Rekordzeit hatte er ihre Etage erreicht. »Das ist ja eine Überraschung. Na? Wie war dein Termin bei den Bullen?«

Mario kam den letzten Treppenabsatz herauf und stürmte auf sie zu, nichts hätte ihn in der Verfassung bremsen können. Wie ein tollwütiges Tier hatte er nur ein Ziel: Sie war seine Beute, die es zu reißen galt. »Du verdammte Fotze«, schrie er ihr entgegen und spuckte dabei durch die Gegend.

Noch ehe sie in irgendeiner Form auf seinen Angriff reagieren konnte, war er direkt vor ihr und schlug Ramona mit der Faust ins Gesicht. Sie strauchelte und wurde ein Stück weit nach hinten in den Raum geschleudert. Mario knallte die Tür hinter sich zu.

»Was bildest du dir eigentlich ein, du dumme Sau? Meinst du, ich gucke tatenlos zu, wie du mein Leben zerstörst?«

Ramona hielt sich die Wange. Wie durch ein Wunder hatte sein Schlag keinen großen Schaden angerichtet. Es schmerzte, aber weder floss Blut noch hatte irgendetwas verdächtig geknackt oder geknirscht. »Ja, komm schon, schlag mich. Trete mir doch gleich in den Bauch und töte unser Kind.«

»Es reicht jetzt ein für alle Mal mit deinen psychopathischen Lügen. Diese Scheiße kannst du vielleicht meiner naiven Frau erzählen, aber du glaubst doch nicht, dass ich dir die Schwangerschaft abkaufe?«

Ramona lachte hysterisch. Sie lachte so laut, dass Mario davon ausging, sie würde nun vollständig den Verstand verlieren. »Du glaubst, das ist eine Lüge? Ich muss dich enttäuschen, mein Lieber. Hättest vielleicht auf mich hören und ein Kondom benutzen sollen. Aber du meintest ja, dann spürst du nichts und es würde dich abturnen. Nun denn. Da hast du deinen Hauptgewinn. Das war der goldene Schuss.«

Mario schlug mit der Faust an den Schrank zu seiner Rechten. »Du tickst doch nicht ganz richtig. Ich glaube dir kein Wort. Bist du aus einer Anstalt entlaufen, oder was stimmt nicht mit dir?«

Ramona streichelte ihren noch flachen Bauch. »Es

spielt keine Rolle, was du glaubst oder nicht glaubst, Daddy.«

Mario erhob seine Faust erneut, bereit zuzuschlagen. Doch blitzschnell tauchte Juri neben ihm auf und hielt seinen Arm wie eine stählerne Schraubzwinge fest. Für einen Moment dachte Mario, Dwayne »The Rock« Johnson stünde neben ihm, um mal wieder in letzter Sekunde den Helden zu spielen. Und abgesehen von Juris deutlich hellerer Hautfarbe und den grünen Augen war die Ähnlichkeit nicht von der Hand zu weisen. »Hä? Wieso? Was macht …?« Mario war sichtlich überrascht und stammelte nur noch Halbsätze.

Ramona lachte lauter. Sie zog ihr Handy aus der Hosentasche und öffnete eine App, bevor sie es Mario unter die Nase hielt. »Wir haben dich erwartet, Mitch Dalton. Überraschung: Ich tracke dein Handy schon von Anfang an. Ich sehe jederzeit, wo du dich gerade befindest. Man könnte sagen, ich bin dir näher, als du denkst, Arschloch.«

Mario war entsetzt. Sie hatte ihn reingelegt und er war bereitwillig in die Falle getappt. »Du bist doch total geisteskrank, du verrückte Fotze.«

»Wenn es dir damit besser geht.«

Sie nickte Juri zu, der mit der Faust auf Marios Kopf schlug, genau wie Bud Spencer in seinen Filmen. Mario sackte zu Boden und verlor sofort das Bewusstsein.

»Danke, Juri.«

»Nicht dafür, Ramona. Wie geht es jetzt weiter?«

»Zunächst müssen wir die Tracking-App von seinem Handy entfernen. Soll ja keiner wissen, dass wir ihn überwacht haben.« Sie zwinkerte Tanja zu.

Juri winkte gelassen ab. »Das sollte kein Problem sein.«
Er kramte in Marios Taschen, hielt schließlich das Handy in die Höhe und entnahm die SIM- sowie die SD-
Karte. Danach warf er es auf den Boden und trat mit
dem Absatz darauf. Man hörte ein lautes Knirschen und
Knacken, welches davon zeugte, dass das Handy nun
unbrauchbar war.

Ramona reckte ihren Daumen nach oben. »Prima.
Könntest du es an dich nehmen und irgendwo entsorgen? Am besten getrennt.«

Juri nickte und steckte alles in seine Jackentasche.
Ihnen den folgenden Teil ihres Plans zu verkaufen, fiel
Ramona deutlich schwerer, denn weder Juri noch Tanja
wussten bisher, was sie sich überlegt hatte. In ihrem
Kopf hatte sich das Puzzle bereits zusammengesetzt, als
sie in der Tracking-App erkannt hatte, dass Mario auf
dem Weg zu ihr war. Nun musste sie lediglich ihre
Freunde von der genialen Idee überzeugen. Sicher würden sie sich dagegen sträuben, das war ihr von vornherein klargewesen, aber sie würde sie überreden können,
das Spiel bis zum Ende mitzuspielen.

»Juri ... ich fürchte, ich muss dich beziehungsweise
euch um noch einen Gefallen bitten. Einen sehr großen
Gefallen. Ihr werdet davon vermutlich nicht begeistert
sein, allerdings beenden wir so das Ganze und Mitch
Dalton ist für immer Geschichte.« Sie ging zu der
Schublade mit der Waffe.

Tanja meinte zu wissen, was jetzt auf sie zu kam.
»Wir sollen aussagen, dass er dich mit der Pistole bedroht hat?«

Ramona holte die P1 aus dem Schreibtisch und lud

die Waffe durch. »Nicht ganz. Ihr sollt …«

»Ja? Was denn?« Tanja wurde blass im Gesicht. Diese böse Vorahnung kroch schon wieder ihren Nacken hinauf.

»Ihr sollt auf mich schießen.«

KAPITEL 25

Drehst du jetzt vollkommen durch?« Tanja war, gelinde gesagt, entsetzt, angesichts dieser haarsträubenden Bitte ihrer Freundin. Sie fragte sich zum ersten Mal, ob sie Ramona vielleicht doch nicht so gut kannte, wie sie immer geglaubt hatte.

»Süße, vertrau mir. Ihr sollt mich ja nicht über den Haufen schießen. Ich denke, ein Streifschuss am Bein reicht völlig aus. Ich werde daran nicht sterben, aber dieses Stück Scheiße da«, sie zeigte auf den bewusstlosen Mario, »werden sie sofort wegsperren und es ist vorbei.«

Juris Blick wanderte immer wieder zwischen der Waffe und Mario hin und her. Hilflos stand er da, unfähig, Ramonas Bitte, die ihm offenbar die Sprache verschlagen hatte, als real einzustufen. Tanja boxte ihm leicht gegen den Oberarm. »Sag du doch auch mal was.«

Er räusperte sich und wandte seinen Blick Ramona zu. »Also, jetzt mal ehrlich. Meinst du nicht, das geht langsam alles ein bisschen zu weit?«

»Keineswegs. Ich erkläre euch, wie wir es machen werden. Wir müssen uns nur beeilen, bevor der Idiot wieder zu sich kommt.« Sie nahm sich ein Küchentuch und wischte damit die Pistole ab. Dann ging sie in die Hocke und legte die Waffe in Marios Hand. »Einer von euch muss einfach nur noch mit seinem Finger den Abzug drücken. Danach rufen wir sofort die Bullen. Wir erzählen ihnen, dass der Typ mich umbringen wollte, ihr aber gerade zufällig vorbeikamt und mich gerettet habt, indem Juri ihn ausgeknockt hat.«

Juri kratzte sich am Kinn. »Hast du schon mal CSI oder so was gesehen? Einschusswinkel und so? Die werden herausfinden, dass …«

»Die werden gar nichts. Der Schuss hat sich gelöst, als du ihn bewusstlos geschlagen hast. Das passt alles zusammen. Er hat mich niedergeschlagen, stand mit der Waffe in der Hand vor mir und als er zusammensackte: Peng. Ja, ich habe auch hin und wieder Krimis und CSI und diesen ganzen Quatsch gesehen und ich habe mir das alles sehr gründlich überlegt. Achte nur darauf, dass du nicht in die Nähe der Beinschlagader zielst«, Ramona zeigte auf die entsprechende Stelle, »und sieh zu, dass die Kugel nicht durch den Knochen geht.«

Tanja nahm Juri zur Seite. Sie drehten Ramona den Rücken zu, während sie leise miteinander diskutierten.

Ramona wurde ungeduldig. »Leute, wirklich, die Zeit drängt. Es wird funktionieren, macht euch keine Sorgen.«

Tanja sah sie ziemlich verärgert an und konnte nicht länger schweigen. Schon seit einer Weile war sie der Ansicht, dass ihre Freundin den persönlichen Rachefeldzug mehr als übertrieb. »Nein, Ramona. Jetzt ist Schluss. Ich habe dich die ganze Zeit unterstützt und du hast mir immer noch nicht erzählt, warum du das alles eigentlich tust. Ja, ich finde auch, dass er ein Arschloch ist, aber das geht mir echt mal eine Spur zu weit. Der Mann ist am Ende. Seine Familie hasst ihn, seine Karriere ist im Eimer und er ist komplett verzweifelt. Es reicht, Ramona! Lass uns einfach die Polizei rufen. Auf der Pistole sind seine Fingerabdrücke, das wird völlig reichen.«

»Nein, es wird niemals reichen! Ich will, dass das Schwein leidet. So wie ich gelitten habe, so wie meine Mutter gelitten hat.«

»Was hat deine Mutter damit zu tun?«

Ramona überging Tanjas Frage, indem sie nur antwortete: »Nicht jetzt, dafür ist keine Zeit. Los, ziehen wir es durch. Bitte!«

Kaum hatte sie ausgesprochen, öffnete Mario die Augen. Er war zwar benommen, kam aber erstaunlich schnell wieder zu sich und bemerkte die Waffe in seiner Hand. »Was zum ...? Was soll diese Scheiße? Ihr wollt mir was anhängen, oder? Vergesst es, nicht mit mir!« Mario warf die P1 einfach zur Seite und kämpfte sich mühselig auf die Beine. Als er stand, stützte er sich für einen Moment an einem Schränkchen ab, dann wandte er sich an Juri: »Hast einen ordentlichen Bums, Dwayne. Ob mein Freund Johann wohl auch so viel Bums hat, wenn er deine Freundin in ihren süßen Arsch fickt?«

Juri drehte sich ruckartig zu ihm um und hob seine

Faust, bereit zum nächsten Schlag. Seine Mimik sah bedrohlich aus, die Augen zusammengekniffen zu Schlitzen, fixierte er Mario. »Was sagst du da? Tanja, stimmt das, was dieser kleine Wichser da behauptet?«

Tanja war nahezu erstarrt, wusste im ersten Augenblick nicht, was sie tun sollte. Erschrocken sah sie Juri an, dann ging sie zu ihm und legte ihre Hand auf seinen Unterarm. »Nein, natürlich nicht, Schatz. Er ist ein verdammter Lügner, will nur seinen Kopf aus der Schlinge ziehen.«

Mario lachte. »Kumpel, ich bin hier garantiert nicht der Lügner. Sie hatte Johann schon an ihr Allerheiligstes gelassen, als wir in eurer Bude gefeiert hatten. Du warst vermutlich geschäftlich unterwegs. Mein Freund sagte, sie wäre ziemlich eng. Scheinst also nicht überall so gut gebaut zu sein, Mr. Anabolika. Ist es wahr, dass von dem Zeug die Schwänze schrumpfen?« Bevor Mario weitere Beleidigungen aussprechen konnte, traf ihn ein erneuter Schlag von Juri und ließ es wieder dunkel um ihn herum werden.

Juri sah seine Freundin hasserfüllt an. »Wir unterhalten uns später!« Seine Stimme war beängstigend ruhig. Zu Ramona sagte er: »Ich mache es!« Juri bückte sich, griff nach der Pistole und legte sie Mario erneut in die Hand. Er krümmte den Finger von Mario Drechsler. Ramona war nicht darauf vorbereitet, dass es nun doch so schnell ging. Dem Knall, der die Ohren klingeln ließ, folgte ein glühend heißer, stechender Schmerz. Ihre Jeans färbte sich rot und Ramona schrie laut auf, bevor auch sie das Bewusstsein verlor.

KAPITEL 26

Als Ramona Schumann wieder zu sich kam, war bereits die Polizei in ihrer Wohnung und sie hörte die Sirenen eines Krankenwagens näher kommen. Sie sah sich mit schmerzverzerrtem Gesicht um. Zwei Beamte waren über Mario gebeugt, der lautstark protestierte. Einer von ihnen drückte ihn zu Boden, der andere legte ihm gerade Handschellen an.

»So glauben Sie mir doch, ich habe nichts getan. Die wollen mir das anhängen. Ich bin unschuldig.« Mario klang verzweifelt und wenn es Ramona richtig sah, liefen sogar Tränen seine Wangen hinunter.

»Jaja, das kennen wir. Alle, die wir verhaften, behaupten, unschuldig zu sein. Das können Sie dann dem Richter erzählen.«

Mario wehrte sich gegen die beiden Beamten. Trat

um sich und versuchte, sich aus deren Griff zu winden. Doch es war zwecklos.

»Herr Drechsler, kommen Sie einfach mit uns mit. Das hier hat doch keinen Zweck. Muss ich Ihnen erst erklären, dass Widerstand gegen die Staatsgewalt ebenfalls eine Straftat darstellt?«

Mario sah vom Boden aus hasserfüllt zu Juri und Tanja hinauf. »Los, sagt Harry und Toto, was wirklich passiert ist. Sagt den Gehirnathleten, dass Ramona schon seit Wochen systematisch mein Leben zerstört.«

Der Polizeibeamte über ihm behielt die Ruhe. »Herr Drechsler, das bringt doch nichts. An Ihrer Stelle würde ich jetzt lieber den Mund halten, sonst kommt Beamtenbeleidigung noch zu der Liste hinzu.«

»Fick dich, Bullenschwein!« Mario war außer Kontrolle, konnte nicht mehr klar denken. Er rotzte seine Flüche geradezu hinaus. Speichelfäden hingen aus seinem Mund, das Gesicht vor Wut dunkelrot. Die Angst vor dem, was ihm geschah, was ihn erwartete, hatte seine Synapsen bisher nicht erreicht. Er realisierte noch nicht, dass das Leben, wie er es kannte, an einem Punkt angelangt war, von dem es kein Zurück mehr gab.

Mittlerweile waren die Rettungskräfte in der Wohnung und widmeten sich sofort Ramonas blutüberströmten Bein. Einer der Ärzte schnitt behutsam ihre Jeans oberhalb der Wunde auf und trennte anschließend das Hosenbein komplett ab.

Ramona saß mit dem Rücken gegen den Küchenschrank gelehnt da und verzog ihr Gesicht vor Schmerzen. »Ehrlich, die spinnen doch in den Actionfilmen, oder?«

Der Arzt sah sie fragend an. »Was meinen Sie, Frau?«

»Schumann, Ramona Schumann. Na, ich meine diese Rambos, die ein Dutzend Mal angeschossen werden und weiterhin durch die Gegend rennen und ihre Feinde bekämpfen, als hätte sie lediglich eine verdammte Mücke gestochen. Oder noch besser, sie flicken sich gleich selbst zusammen.« Sie redete ohne Unterlass. Eine Folge des Schocks.

»Ja, da haben Sie wohl recht. Das darf man alles nicht so ernst nehmen. Nun lassen Sie mich mal sehen, was wir hier haben …« Der Arzt sah sich die Wunde genauer an. »Sie haben Glück gehabt. Die Kugel ging glatt durch. Keine verletzten Knochen und wie es aussieht, wurde auch keine Arterie getroffen.«

»Hm, fühlt sich aber gar nicht so harmlos an, Doc.« Der Mann lächelte ihr zu, was ihn, wie Ramona fand, sehr attraktiv machte. Um die Dreißig, blonde Haare und leuchtend blaue Augen, die Vertrauen vermittelten. Sie definierte den Rettungsarzt als typischen Surfer-Typen.

»Sie werden uns dennoch begleiten müssen, Frau Schumann.« Sie nickte bestätigend. »Es sei denn, Sie wollen sich in altbewährter Rambo-Manier selbst zusammenflicken.«

Seine Ausstrahlung ließ Ramona die Verletzung vergessen, zumindest bis zu dem Moment, als man sie auf die Trage hob. Sie schrie kurz auf und kniff vor Schmerzen die Augen zusammen, dann wandte sie sich an Tanja. »Packst du mir ein paar Sachen fürs Krankenhaus? Und …«

Tanja sah sie vorwurfsvoll an, aber sie nickte. »Ich

kümmere mich um alles, mach dir keine Sorgen. Wir kommen dann nach.« Sie wandte sich an einen der Rettungsärzte. »Wohin wird sie denn gebracht?«

»In diesem Fall, denke ich, ist das Knappschaftskrankenhaus in Recklinghausen die bessere Wahl«, antwortete der Surfer freundlich, bevor sie Ramona in den Krankenwagen trugen.

Ramona warf Mario noch einen letzten Blick zu, der ihn zum Schweigen brachte. Er sagte ganz klar aus: Ich habe gewonnen und du bist erledigt.

Möglicherweise war es erst jener Blick gewesen, der Mario Drechsler deutlich machte, in welcher katastrophalen Lage er sich befand. Als man ihn schließlich in den Streifenwagen brachte, war ihm instinktiv klar, dass dieser Tag sein letzter in Freiheit war. Was hatte die Frau nur dazu gebracht, ihn dermaßen zu hassen? Konnte eine simple Zurückweisung tatsächlich dafür ausschlaggebend sein, das Leben eines Menschen in dem Maße zu zerstören? Rechtfertigte das, ihm alles zu nehmen, aber auch wirklich alles, was ihm auf der Welt etwas bedeutet hatte? Er würde ab jetzt viel Zeit haben, darüber nachzudenken und den Hass auf Ramona Schumann ins Unermessliche wachsen zu lassen, dessen war er sich sicher. *Wenn ich rauskomme, bringe ich dieses Miststück um.*

Die Schmerzen in ihrem Bein waren ein Preis, den Ramona Schumann gerne bezahlte. *Das war es wert.* Ihr Plan war durch Marios Kurzschlussreaktion schneller aufgegangen, als sie gedacht hatte. Was war schon ein Loch im Bein, gegen die Genugtuung, dass Mitch Dalton endlich von der Bildfläche verschwand? Keine Frau würde jemals wieder auf ihn hereinfallen und er würde niemandem mehr wehtun können.

Ramona blickte aus dem Fenster ihres Krankenzimmers. Die Sonne schien. Ein freundlicher Tag. Der erste Tag ohne den perversen Autor, der Frauen wie ein Stück Papier benutzte, auf das er Stichpunkte für seine schlechten Geschichten schrieb. Ja, sie hatte seine Bücher tatsächlich gelesen, dennoch war sie alles andere als ein Fan von Mitch Dalton. Es ging ihr mehr um die Recherche, als um sein zweifelhaftes Talent. Den Storys konnte sie nie viel abgewinnen. Nullachtfünfzehn-Thriller, die obendrein (zumindest für sie) stets vorhersehbar waren. *Eigentlich erstaunlich, dass er damit bei einem Verlag untergekommen war.*

Ramonas Plan war fast abgeschlossen. Er beinhaltete jedoch noch etwas, an dem sie schon arbeitete, seit sie auf Johann getroffen war. Die Menschen vergaßen einfach zu schnell, darum hatte sie von Anfang an geplant, die ganze Geschichte aufzuschreiben. *Nachhaltigkeit des Untergangs* nannte sie den Punkt auf ihrer Liste, auf der nun nahezu alle Punkte abgestrichen waren.

Sie fühlte sich ein wenig wie Edmond Dantés, die als Graf von Monte Christo bekannt gewordene Romanfigur. Er hatte sich nach und nach an allen gerächt, die ihm übel mitgespielt und sein Schicksal mitverantwortet hatten. Für Ramona war dieses Buch von Alexandre Dumas von jeher die Mutter aller Rachegeschichten, weil sie nicht auf Gewalt, sondern auf Raffinesse gesetzt hatte. Genau wie sie es auch getan hatte – ganz nach ihrem großen Vorbild.

Ramona stellte sich vor, wie Mario Drechsler in seiner Gefängniszelle saß und sich das Hirn zermarterte, womit er das alles verdient hatte. Sie lächelte. Es machte sie glücklich, sich seinen Seelenschmerz vorzustellen. Zwar gehörte es ebenso zu ihrem Plan, ihm reinen Wein einzuschenken, doch damit würde sie sich Zeit lassen. Einen Monat, vielleicht auch ein Jahr oder zwei. Sie hatte sich noch nicht entschieden.

Das Schlimmste lag nun hinter und das Schönste vor ihr. Zärtlich legte sie ihre Hände auf den Bauch. Sie hatte sich immer ein Kind gewünscht und es störte sie wenig, dass das neue Leben, welches in ihr heranwuchs, keinen Vater haben würde. Ebenso wenig störte es sie, dass ihr Kind die Gene des Menschen in sich tragen würde, den sie am meisten verachtete. Und das nicht einmal für das, was er ihr selbst angetan hatte. Ihr Hass hatte viel tiefere Wurzeln.

Es klopfte an der Tür und Tanja und Juri betraten das Patientenzimmer auf der chirurgischen Abteilung im Recklinghausener Knappschaftskrankenhaus. Bis jetzt hatte Ramona das Glück, dieses Zimmer für sich zu haben, aber am nächsten Tag sollte eine weitere Patientin hierher verlegt werden.

Juri begrüßte Ramona mit einem freundlichen Hallo. Tanja jedoch stellte wortlos eine kleine Reisetasche neben Ramonas Bett.

»Es tut mir leid«, sagte Ramona schuldbewusst.

»Ach, wirklich? Was genau tut dir denn leid?« Tanja war ganz offensichtlich ziemlich sauer auf ihre Freundin.

Ramonas Augen bettelten um Vergebung. »Es tut mir leid, dass ich euch in all das mit reinziehen musste. Ihr habt echt was gut bei mir.«

Juri, der im Grunde mehr Anlass gehabt hätte, verärgert zu sein, lächelte Ramona an und sagte: »Ach, ist schon gut. Der Typ hat es verdient.«

Tanja verstand nicht, dass Juri nicht ebenso wütend auf Ramona war, schließlich hatten sie wegen ihr eine Straftat begangen. Am liebsten hätte sie ihm ihren Unmut entgegengeschleudert, aber sie war froh, dass sie ihn erst kurz zuvor hatte milde stimmen können. Während sie Ramonas Sachen gepackt hatte, konnte sie ihn nur mit viel Mühe davon überzeugen, dass Mario Unsinn geredet hatte. Sie hatte Juri wortreich erklärt, dass sie ihn niemals betrügen würde und es auch nie getan hatte. Selbst auf der Fahrt zum Krankenhaus hatten sie heftig diskutiert. »Dieses Arschloch wollte uns doch nur gegeneinander aufhetzen, um seinen Kopf aus der Schlinge zu ziehen. Das ist so offensichtlich«, hatte sie ihm weismachen wollen.

»Aber die Party hat wirklich stattgefunden, als ich nicht da war?«

»Ja, Schatz. Ich sagte dir doch schon, dass an dem Tag mein Scheidungsurteil kam und das wollten wir einfach ein bisschen feiern. Ich war zu dem Zeitpunkt noch fest davon überzeugt, Ramona würde wirklich so von Mitch Dalton schwärmen, deshalb hatte ich vorgeschlagen, dass die beiden mitkommen können. Ich wusste ja nicht, dass selbst dieses Treffen schon zu Ramonas Plan gehörte. Sie hatte Johann ein paar Tage davor zufällig in der Stadt gesehen und er hatte ihr erzählt, dass er mit Mario am Wochenende durch Herten ziehen wollte.«

Juri war weiterhin aufgebracht gewesen und hatte Probleme gehabt, sich auf den Verkehr zu konzentrieren, während Tanja unruhig auf dem Beifahrersitz hin und her gerutscht war. »Und du hast nichts mit diesem Typen gehabt?«

»Wie oft denn noch? Das würde ich dir niemals antun, ich liebe dich doch. Mal ganz davon abgesehen, war der Typ dermaßen besoffen, dass er über seine eigenen Füße gestolpert ist«, hatte sie entgegnet.

Letztendlich hatte Juri seiner Freundin geglaubt. Ein Umstand, für den Tanja überaus dankbar war, denn es wäre kein guter Zeitpunkt, von ihm vor die Tür gesetzt zu werden. Ebenso wollte sie natürlich nicht, dass er ihren neuen Lover dem Erdboden gleichmachte. Ohne Frage hätte er das getan, denn Juri gehörte nicht zu der Art von Männern, die sich so etwas gefallen ließen. Anstatt ihm also jetzt ins Wort zu fallen oder seine Reaktion zu kritisieren, riss sich Tanja zusammen und wandte sich an Ramona: »Das war es aber endlich, oder?«

»Abgesehen von der Verhandlung irgendwann, ja.«

Tanja zog sich einen Stuhl an Ramonas Bett. »Du sagst, wir haben was bei dir gut. Also dann möchte ich es direkt einfordern. Was steckt hinter all dem? Woher kommt dieser unfassbare Hass auf Mario Drechsler? Was hat er dir getan?«

Ramona setzte sich in ihrem Bett auf. Der Schmerz bohrte sich durch ihren Körper, aber sie biss die Zähne zusammen. »Mir? Gar nichts.«

»Aber …« Tanja starrte ihre Freundin fassungslos an, wusste nichts darauf zu erwidern.

»Also gut. Du willst die ganze Wahrheit? Dann müssen wir zunächst ein paar Jahre in der Zeit zurückgehen.«

KAPITEL 27

Leipzig, Dezember 2017

E s tut uns leid, Ihnen mitteilen zu müssen, dass Ihre Mutter, Irmgard Schumann, heute um einundzwanzig Uhr verschieden ist.« Ramona fiel der Telefonhörer aus der Hand. Sie presste ihren Rücken fest gegen die Wand und ließ sich hinunter auf den Boden gleiten. *Verschieden.* Die Wortwahl des Arztes sollte vermutlich einfühlsam sein, doch sie änderte nichts an deren Aussage. Ihre Mutter war tot. Sicher, es war abzusehen, dass dieser Tag in nicht allzu weiter Ferne lag, und dennoch traf es Ramona wie ein Blitzschlag.

Der Tod war in ihrer Familie seit Jahren allgegenwärtig. Schon mit zwölf Jahren musste sie der ersten Beerdigung beiwohnen, als ihre über alles geliebte Oma starb.

Doch das sollte erst der Anfang einer Reihe sein. Ramonas Vater war selten zu Hause gewesen. Er hatte auf einer Ölbohrinsel gearbeitet. Ein Knochenjob, den er nicht mehr lange ausüben wollte, aber er wurde gut bezahlt. Jeder Pfennig, der übrig blieb, wurde eisern gespart, denn die Schumanns hatten einen Traum: ein eigenes kleines Häuschen am Stadtrand. Kein ungewöhnliches Ziel, eher der Standardwunsch vieler Deutscher. Sobald das Geld ausreichte (Manfred Schumann hielt nichts von Krediten), wollte sich der gelernte Schlosser eine Arbeit in der Nähe suchen, um endlich für seine Familie da zu sein.

Das Haus, ein wenig außerhalb von Leipzig, hatten sie sich irgendwann leisten können, doch kurz nachdem sich der Traum erfüllt hatte, war ihr Vater Opfer eines furchtbaren Unfalls geworden. Irgendwelche Ventile hatten nicht richtig geschlossen. Irmgard hatte die genauen Zusammenhänge nie verstanden. Was sie aber verstanden hatte, war, dass es eine Explosion gegeben hatte und dass nichts von ihrem Ehemann übrig geblieben war, das man hätte beerdigen können.

Damals hatte sich Ramonas Schwester zum ersten Mal geritzt. Anfangs unbemerkt, heimlich. Sicher, ihre Mutter hatte sich gewundert, warum ihr Kind auch bei sommerlichen Temperaturen mit langen Sweatshirts herumlief, aber heranwachsende Teenager taten bekanntlich viele Dinge, die für ihre Eltern nicht nachvollziehbar waren. Genau wie das ständige Schwarz, das sie getragen und die merkwürdige Musik, die sie gehört hatte. Doch wie jede Wahrheit kam auch diese ans Licht und bei Ramonas kleiner Schwester wurde eine Depression mit Tendenz zur Borderline-Persönlichkeitsstörung diagnostiziert. Der Kummer über den Tod ihres Ehemanns war für Irmgard Schumann kaum zu ertragen und nun musste sie sich noch permanent Sorgen um ihr Kind machen, das ebenso wie sie selbst den Tod des Vaters nicht verkraftet hatte.

2004 kam dann der Schock. Ihre Jüngste hatte sich an einem schönen Herbstwochenende die Pulsadern aufgeschnitten. Es gab keine Erklärungen, keinen Abschiedsbrief, nur Fragen und Schmerz. Irmgard machte sich schwere Vorwürfe, dass sie die Zeichen nicht richtig gedeutet hatte, dass sie im entscheidenden Moment nicht für ihr Kind da war.

Ramona war kurz zuvor aus dem Haus der Familie ausgezogen. Die alte Geschichte von der großen Liebe. Man zog zusammen in eine kleine Wohnung, die man sich kaum leisten konnte, und ließ die Schmetterlinge im Bauch alsbald vom Alltag vertreiben. Thomas hatte sich schnell als der Falsche herausgestellt. Nach nicht mal einem Jahr lebte Ramona allein in ihrer winzigen Dreieinhalb-Zimmer-Wohnung im Leipziger Stadtkern und Thomas zog zu Ulf, dem er sein spätes Coming-out verdankte. Ramona hatte es irgendwie geahnt, es gab so einiges, was darauf hingedeutet hatte. Als dann ihre Schwester starb, überlegte Ramona, ob sie wieder ins Haus ihrer Mutter ziehen sollte. Sie entschied sich letztendlich dagegen, wollte ihre Selbstständigkeit nicht aufgeben, aber so oft es ging, war sie für ihre Mutter da.

Nun war auch sie tot. »Tief sitzender Kummer kann Krebs auslösen«, hatten die Ärzte ihr gesagt. Kummer, ja, den hatte ihre Mutter reichlich gehabt. Der ganze

Schmerz und die Trauer, die Irmgard Schumann mit sich herumgetragen hatte, wucherten unbemerkt zu einem Tumor. Die Diagnose *Unterleibskrebs* hatte sie erstaunlich nüchtern aufgenommen. Ramona ahnte, dass der Lebenswille ihrer Mutter schon lange gebrochen war. Sie hatte nie wirklich über ihre Gefühle gesprochen, hatte alles in sich hineingefressen und somit den Tumor genährt. Für eine Operation war es zu spät gewesen, da der Krebs bereits gestreut hatte.

Als ihre Mutter Ende 2016 ins Krankenhaus kam, war Ramona in einem Handyshop tätig. Ihr Chef hatte viel Mitgefühl, da seine eigene Mutter ebenfalls vor nicht allzu langer Zeit dem Krebs zum Opfer gefallen war. Er ließ Ramona immer wieder eher gehen oder gab ihr den gesamten Tag frei, damit sie sich um ihre Mutter kümmern konnte.

»… heute um einundzwanzig Uhr verschieden ist.« Die Worte wollten sich einfach nicht mehr aus ihrem Kopf verbannen lassen. Nun war Ramona ganz allein. Die letzte Schumann. Sie hatte keine Familie, keinen Mann, keine Kinder. Sie hatte nie einen labilen Charakter besessen, sah sich selbst eher als *harte Socke*, wie sie immer betonte, doch im Moment dieses Anrufes brach auch ihre Fassade zusammen. Ja, sie war stark, aber sie war nicht wie ihre Mutter, sie konnte den Schmerz nicht in sich hineinfressen.

Sie hatte sich aufgerafft und war ins Haus ihrer Mom gefahren. Es war alles so erdrückend still und leer. Das war es schon, als ihre Mutter noch alleine hier gewohnt hatte, aber nun glich das Haus einem seelenlosen Friedhof. Leblos. Die Wände schienen auf Ramona zuzukommen, sie zerquetschen zu wollen. Gleichzeitig bekam sie den Eindruck, dass das Haus ächzte und stöhnte, bar des Verlustes jeglichen Lebens in ihm.

Ramona wischte sich die Tränen fort, doch es war nutzlos, denn die sich ergießenden Bäche aus ihren Augen gaben nicht nach. Schwermütig stieg sie die Treppen hinauf. In der oberen Etage hatten sich das Schlafzimmer der Mutter, ihr eigenes und das Zimmer ihrer Schwester befunden. Letzteres war für Irmgard Schumann zu einer Art Heiligtum geworden. Sie hatte es all die Jahre nicht verändert. Alles sah noch so aus, als ob Ramonas kleine Schwester gleich wieder nach Hause kommen würde. Als ob sie nur in der Schule wäre, oder bei ihren Freunden. *Ach, nein,* dachte Ramona und öffnete die Tür zu ihrem Zimmer*, sie hatte ja keine Freunde.* Ihr Blick war verschwommen von den Tränen, dennoch erkannte sie alles wieder, als wäre es erst gestern gewesen. Dabei hatte sie diesen Raum seit Jahren nicht betreten. Warum tat sie es jetzt? Sie hatte keine Antwort darauf.

Das Zimmer ihrer Schwester war kein freundlicher Ort. Es war düster und sogar etwas unheimlich. Ramona hatte diese Vorliebe für das Dunkle nie nachvollziehen können. Im Grunde spiegelte der Raum den allgegenwärtigen Tod in der Familie Schumann wider. Abgesehen vom Laminatboden war praktisch alles schwarz. Die Schränke, das Bett, ja sogar ein Großteil der Wände, der unter den unzähligen Postern irgendwelcher Gothic- und Metalbands noch hervorlugte. Selbst am Bettgestell waren künstliche Spinnenweben angebracht und von der Decke baumelten Fledermäuse aus Plastik, die nicht minder gruselig wirkten, so, als wären es lebendige Exemplare.

Ramona erinnerte sich an die vielen Gespräche mit ihrer Schwester. Sie war immer ihre größte Bezugsperson gewesen, die Einzige, der sie vertraut hatte. Nicht selten hatte sie Ramona vorgeschickt, wenn es mal wieder etwas zu beichten gab. In gewisser Weise war Ramona mehr ihre Mutter gewesen als Irmgard. Im Gegensatz zu ihr hatte sie Verständnis und stets ein offenes Ohr. »Vielleicht ein Generationskonflikt«, hatte Ramona gerne gesagt, um ihre Mutter in Schutz zu nehmen und deren Unverständnis für manche Dinge zu erklären.

»Nein, ich glaube, du liebst mich einfach mehr. Du machst mir keine Vorwürfe, akzeptierst mich, wie ich bin. Mom kann das nicht.«

»Natürlich kann sie das nicht. Sie will dich beschützen, dich von allem Bösen und Dunklen fernhalten. Und hey, sieh dich an, du bist das Dunkle. Aber das ist okay. Jeder macht mal schräge Phasen durch.«

»Ich liebe dich, du bist die beste Schwester der Welt.«

Ramona hörte die Worte, als würden sie für alle Zeiten durch dieses Zimmer hallen. Aus der Trauer wurde plötzlich Zorn. Warum musste sie ihre ganze Familie beerdigen? Wenn es einen Gott gab, hatte er einen fragwürdigen Humor. Sie trat voller Wut gegen das Bett. »So eine Scheiße.« Was folgte, war ein Schreikrampf, der sicher noch im Nachbarhaus zu hören war. Und in dem daneben.

Dann ließ Ramona ihrer Wut freien Lauf. Sie riss die Fledermäuse von der Decke, schlug gegen die Schränke und zerstörte die düsteren CDs ihrer Schwester. Wie eine Abrissbirne fegte sie durch das Zimmer, hämmerte und trat einfach auf alles ein. Sie zog die Schubladen heraus und warf sie gegen die Wand, wo sie krachend und knirschend zu Boden fielen.

»Was ist das denn?« Sie stutzte. Eine der Schubladen offenbarte etwas Unerwartetes, als die Wand ihren Flug unsanft beendet hatte. Ramona ging hinüber und sah mit erstaunten Blicken, dass es einen doppelten Boden gab. Beim Zerbrechen der Schublade enthüllte diese ein kleines, in schwarzes Leder gebundenes Buch. Mit zittrigen Händen las Ramona, was auf der ersten Seite in der feinsäuberlichen und verschnörkelten Handschrift ihrer Schwester geschrieben stand: *Tagebuch von Bianca Schumann.*

KAPITEL 28

Leipzig, Dezember 2017

Ramona blätterte um und las den ersten Eintrag im Tagebuch ihrer Schwester.

02.02.2002

Ich habe heute beschlossen, dieses Tagebuch zu führen. Vielleicht hilft es mir irgendwie. Da ich keine Freunde habe, werde ich einfach mit dir reden, liebes Tagebuch. Das habe ich mal in einem Film gesehen. Nein, ich habe wirklich niemanden, den ich als Freund bezeichne. Die meisten anderen in der Schule beachten mich nicht. Ich glaube, sie haben Angst vor mir, weil ich so anders bin. Meine Mom versteht mich auch nicht. Vielleicht hat auch sie Angst vor mir. Und mein Vater ... na ja, er war selten für uns da, aber wenn er an einigen Wochenenden mal zu Hause war, dann hatten wir immer richtig viel Spaß. Er hat mich immer zum Lachen gebracht. Mama bringt mich nie zum Lachen. Nur Ramona kann das jetzt noch, nachdem Dad gestorben ist. Aber hey, welches Kind kann schon erzählen, dass sein Vater explodiert ist? Ja, ich weiß, das ist rabenschwarzer Humor, aber ich weiß einfach nicht, wie ich anders damit klarkommen soll, dass er nicht mehr da ist. Dass es kein Wochenende mehr geben wird, an dem er ins Haus gestürmt kommt, mich auf den Arm nimmt und herumwirbelt. Ich glaube, das ist ihm in den letzten Jahren immer schwerer gefallen, schließlich bin ich gewachsen. Aber es war so eine Art Ritual, wenn er nach Hause kam. Jetzt gibt es keine Rituale mehr und keinen Dad.

Manchmal, wenn es so wehtut, dass ich es einfach nicht mehr aushalte, schneide ich mir mit Rasierklingen in die Haut. Der Schmerz lenkt mich von allem anderen ab und mein Kopf wird ganz ruhig. Vor einer Weile hat Mama das aber herausgefunden und mich zu einem dieser Psychospinner geschleift. Jetzt ist sie noch komischer zu mir. Behandelt mich wie ein rohes Ei, dabei will ich das gar nicht. Erwachsenwerden scheint eine ziemlich blöde Angelegenheit zu sein. Wobei ... Ramona ist auch erwachsen und die ist zu mir wie immer. Manchmal wünschte ich mir, sie wäre meine Mutter und nicht meine Schwester.

Ramonas Tränenkanäle öffneten erneut ihre Schleusen. Sie versuchte, den Kloß in ihrem Hals hinunter zu schlucken, aber vergebens. Er wuchs mit jeder Seite des

Tagebuchs, die sie sich anschaute, weiter an. In jedem Eintrag ging es um Schmerz, Einsamkeit und den Tod. Mehrfach war zu lesen, dass Bianca mit dem Gedanken gespielt hatte, sich umzubringen, um all den Schmerz nicht länger ertragen zu müssen. Und immer wieder war es nur ein Mensch, wegen dem sie dann doch weiterleben wollte. Ramona, ihre große Schwester, die für Bianca mehr Mutter darstellte als die eigentliche. Die der einzige Mensch war, dem Bianca bedingungslos vertraut hatte und die sie vermutlich mehr geliebt hatte, als irgendjemanden sonst. Abgesehen von ihrem Vater vielleicht.

Die meisten Einträge ähnelten sich in ihren Inhalten. Ab und an hatte Bianca düstere Zeichnungen dazu angefertigt. Ein erhängtes Mädchen, ein Mädchen, das sich eine Pistole in den Mund steckte oder einfach nur einen bedrohlichen Sensenmann.

Sie blätterte weiter und stellte fest, dass sich die Einträge ab Ende 2002 veränderten. Sie wurden irgendwie positiver. Der Grund offenbarte sich schnell.

06.12.2002

Heute ist Nikolaus. Da ich nur Schokolade bekommen habe, musste ich das mit der Rute selbst übernehmen. Na ja, eigentlich war es nur ein dünner Stock aus dem Wald, aber die Schläge taten gut. Gerade jetzt, in dieser verfluchten Weihnachtszeit, vermisse ich Papa am meisten. Ich glaube, Mama geht es genauso. Aber ich will dir heute nicht die Ohren volljammern. Denn es gibt tolle Neuigkeiten. Ich bin doch in so vielen Foren im Internet, das habe ich dir ja schon oft erzählt. Aber jetzt habe ich in einem davon jemanden kennengelernt. Er nennt sich Imago Perfecto. Ja, ich weiß, ist ein komischer Name, aber das hängt mit unserer gemeinsamen Lieblingsband Umbra et Imago zusammen. Nein, ich weiß noch nicht, wie er wirklich heißt, aber er ist soooo süß.

Ja, okay, er ist ein bisschen älter, deshalb habe ich ein wenig geflunkert. Er denkt, ich wäre schon volljährig. Ja, das war nicht ganz in Ordnung, ich weiß, aber ich hatte Angst, dass er nichts mehr mit mir zu tun haben will, wenn er mein richtiges Alter kennt. In der Liebe und im Krieg ist alles erlaubt.

05.02. 2003

Es ist einfach unfassbar, wie viele Gemeinsamkeiten Mario und ich haben. Mit ihm kann man über alles reden und er weiß zu jedem Thema etwas zu erzählen. Wir reden viel über sexuelle Dinge, über Fesselspielchen und Fetisch-Sachen. Darüber kann er mit seiner Frau nicht sprechen. Sie hält ihn für pervers. Ja, ich weiß schon … er ist verheiratet, also zumindest noch. Nein, wirklich, er will seine Frau verlassen und ich glaube ihm. Er braucht einfach nur ein wenig Zeit, und die gebe ich ihm auch. Ich möchte ihn ja schließlich nicht vergraulen.

Mario ist der erste Mann, der mich so akzeptiert, so mag, wie ich bin. Wir haben uns Fotos geschickt. Er findet, dass ich die interessanteste und schönste Frau bin, mit der er je zu tun gehabt hatte. Hörst du? Er sieht mich als Frau.

Das fühlt sich so gut an. Niemand hat mich bisher mit solchen Augen gesehen. Ich glaube, ich bin verliebt.

Ramona war über den Blick in Biancas Seele zutiefst geschockt. Sie konnte kaum glauben, was sie in ihrem Tagebuch zu lesen bekam. Ihre Schwester war verliebt in einen älteren, verheirateten Mann. Als ob das nicht schon schlimm genug gewesen wäre, sprach sie mit ihm über sexuelle Praktiken, die (so fand Ramona) einem gerade mal sechzehn Jahre alten Mädchen nicht einmal geläufig sein sollten. Ihr stieg die Schamesröte ins Gesicht, aber sie las dennoch weiter.

18.02.2003

Liebes Tagebuch, ich bin heute ziemlich aufgedreht, nächsten Monat werde ich nicht nur Umbra et Imago live sehen, sondern ich werde auch endlich Mario treffen. Ja, wirklich. Aber es kommt noch toller. Er hat irgendwie seine blöde Frau dazu bekommen, dass wir mit ihrem Segen ein paar Spielchen machen können. Er wird mich fotografieren. Jaja ... das wäre jetzt nicht wirklich etwas Besonderes, aber er wird mich dafür fesseln und wer weiß was noch alles machen. Er meinte, er hätte auch noch ein paar Lacksachen, die mir passen könnten. Ich hoffe es sehr, ich würde mich zu gerne mal in solchen Sachen sehen.

Die Vorstellung, dass er mich berühren wird, raubt mir fast den Verstand. Vielleicht wird dieses geplante Wochenende ja mein erstes Mal? Ich könnte mir keinen Besseren dafür erträumen als Mario. Gut, dass ich schon vor einer

Weile dafür gesorgt habe, dass man(n) nicht merken kann, dass ich noch Jungfrau bin. Oh, Mann, ich hoffe, Ramona bekommt nie heraus, dass ich das mit ihrem Vibrator gemacht habe.

»Was? Mein Gott, nein. Bianca!« Sie sprach, als ob ihre Schwester mit ihr im Raum wäre. Es war einfach unvorstellbar, was sie da gerade erfahren hatte. Ramona musste sich eingestehen, dass sie ihre Schwester nicht halb so gut gekannt hatte, wie sie dachte. Sie las die nächsten paar Seiten, in denen es ausnahmslos um die Vorfreude auf das Treffen mit Mario ging. Dann, Mitte des nächsten Monats, rissen die Tagebucheinträge ab. Es folgten leere Seiten. Bis zu einem allerletzten Eintrag ohne Datum:

Dieses miese Schwein hat mich nur ausgenutzt. Ich hätte alles für ihn getan, doch er hat mich wie ein altes Handtuch weggeworfen. Unser Treffen hatte so schön angefangen. Seine Frau war sogar bescheuert genug, uns alleine zu lassen. In der ersten Nacht, als sie noch zu Hause war, habe ich mich von Mario über Nacht anketten lassen. Diese Erfahrung war echt merkwürdig, denn eben in dieser Hilflosigkeit habe ich mich sicherer und behüteter als je zuvor gefühlt. Ich habe die halbe Nacht lang wach gelegen und mir gewünscht, er würde rüberkommen und mich anfassen. Aber das tat er nicht.

Am nächsten Tag ist seine blöde Frau für ein paar Tage zu ihrer Mutter gefahren. Ich habe ihn dazu bekommen, dass er die nächste Nacht anstelle meiner an dieser Nacht-

speicherheizung verbringt. Hätte nie gedacht, dass er einwilligt. Also habe ich ihn am Abend dort angekettet. Aber im Gegensatz zu ihm bin ich nicht untätig geblieben. Männer können sich glücklicherweise nicht gut dagegen wehren, wenn man sie reizt. Ja, man könnte fast behaupten, ich habe ihn für mein eigenes Vergnügen missbraucht. Doch ich weiß, es hat ihm gefallen. Und mir erst. Es war so großartig, diese Macht über einen anderen Menschen auszukosten. Dann habe ich ihm meine Liebe gestanden und er hat sie erwidert. Dieser Satz aus seinem Mund: »Ich liebe dich auch«, das war der schönste Moment in meinem Leben.

Er wollte, dass ich ihn befreie, aber ich bin hart geblieben und habe es erst am nächsten Morgen gemacht, wie wir verabredet hatten. Schließlich wollte er diese Erfahrung ja auch einmal machen. Doch an dem Morgen war nichts mehr wie zuvor. In dem Moment, als ich die Ketten aufgeschlossen hatte, verhielt er sich so fies zu mir. Zuerst hat er mich nur beschimpft.

»Aber du wolltest es doch so«, hatte ich gesagt. Ob er es denn auch gewollt habe, dass ich mich auf seinen Schwanz setze und ihn dazu zwinge, seine Frau zu betrügen, fragte er mich. Seine Frau, die er nicht liebte und bald verlassen würde, wie er mir Monate zuvor noch geschworen hatte.

»Hat es dir denn nicht gefallen?«, fragte ich ihn kleinlaut. Seine Aggressivität hatte mich ganz schön eingeschüchtert. Aber nach dieser Frage ist er komplett ausgerastet. Er schlug mir so fest ins Gesicht, dass ich Sterne gesehen habe. Dann packte er mich und fesselte meine Hände mit Handschellen auf den Rücken. Um meine Fußgelenke legte er eine Kette, die er mit einem dicken Vorhängeschloss sicherte.

Er schleifte mich ins Schlafzimmer und warf mich auf sein Bett. Dann hat er mich gefickt – wie ein wildes Tier. Es war nicht schön, es tat weh, unglaublich weh. Ich blutete aus der Scheide und aus dem Po. Er machte vor nichts Halt. Rammte ihn mir in alle Körperöffnungen und nahm mir den letzten Rest meiner Jugend. Ich musste sein Sperma schlucken, seinen Urin trinken und seine immer brutaleren Schläge ertragen.

Irgendwann zerrte er mich ins Badezimmer, ließ die Badewanne voll Wasser laufen und stellte mir dabei die eine Frage, die der ganzen Tortur im Grunde vorausging: »Und? Hat es dir gefallen?« Ich habe den Fehler gemacht, mit Nein zu antworten. Daraufhin hat er mich in die Wanne geworfen und untergetaucht, bis ich fast ertrunken wäre. »Das hat dir nicht gefallen? Ich dachte, du wärst so hart drauf, du kleine Fotze?«
Ich weiß nicht, was ich da in ihm erweckt hatte, aber er war plötzlich ein ganz anderer Mensch. Einer, der sich tierisch daran aufgeilte, wenn er mich leiden sah. Als er mich aus der Wanne hob, dachte ich, ich würde dieses Wochenende nicht überleben. Er trat mir in den Bauch und lachte. »Was hast du dir eigentlich eingebildet, du kleine Schlampe? Dass ich dich heirate? Eine achtzehnjährige, dumme Göre, die von nichts eine Ahnung hat? Die sich nur das kaum vorhandene Hirn wegkiffen kann? Aber ich muss schon zugeben: geile Titten.«

Mario Drechsler wurde innerhalb einer Nacht zu einem komplett gestörten, sadistischen Monster und ich erwischte mich zum ersten Mal beim Beten. Besonders angetan hatte es ihm, mich immer wieder fast zu ersticken. Er hat dabei onaniert, dieses miese Dreckschwein. Seine Frau wollte die ganze Woche bei ihrer Mutter verbringen und so musste ich bei ihm bleiben. Ich musste Mom anrufen und sagen, dass alles okay wäre, dass ich die Woche bei einem Freund bliebe. Sie hat es nicht begriffen, war zu sehr mit sich selbst beschäftigt, um sich in Erinnerung zu rufen, dass ihre Tochter keine Freunde hatte.

Bis auf seinen ersten Schlag hatte er es vermieden, mich so zu verletzen, dass man es mir gleich ansehen würde. Aber mein Körper musste viel erdulden. Mehr als ich ertragen konnte. Und als er mich schließlich gehen ließ, war seine Drohung unmissverständlich: »Ein Wort über all das hier, oder über mich, und ich komme dich holen. Und glaub mir, ich finde dich. Ganz gleich, unter welchem Stein du dich versteckst, du dumme Fotze.«

Als ich wieder zu Hause war, dachte ich, der Albtraum wäre vorbei, aber dann habe ich Fotos von mir in unserem Musikforum gesehen. Dieser Bastard hatte mich bloßgestellt, hatte die Bilder veröffentlicht, in denen ich nackt an seine Scheißheizung gefesselt war. »Wenn ihr mal einen schnellen Fick sucht, Bianca macht alles. Ihr könnt ihn ihr überall reinstecken. Gebt ihr einfach ein paar Joints und sie saugt einen Golfball durch zwanzig Meter Gartenschlauch.«

Die Nachrichten, die ich anschließend bekam, waren weit unter der Gürtellinie. Einige schickten mir direkt Bilder von ihrem Schwanz, mit der Frage, wann ich denn mal

*Zeit hätte, das Prachtstück in den Mund zu nehmen. Ich
ging davon aus, dass mit dem Austritt aus dem Forum alles vorbei wäre, aber ich lag wieder falsch.*

Ramona ließ das Buch tränenüberströmt fallen und legte
den Kopf in ihre Handflächen. »Oh, mein Gott, Bianca.
Warum hast du nicht mit mir darüber geredet? Ich hätte
dir helfen können.« Ein glühender Stachel schien ihr
Herz zu durchbohren. Sie wagte kaum, die letzten Ab-
schnitte zu lesen. Sie nahm das Tagebuch mit hinunter in
die Küche und setzte sich erst einmal einen starken Kaffee auf. Der Tod ihrer Mutter war in diesem Moment in
den Hintergrund gerückt, die furchtbaren Erlebnisse
ihrer Schwester überschatteten alles andere.

Ihre Gedanken waren ein Kriegsschauplatz. Sie konnte und wollte nicht glauben, was dieser Mann ihrer geliebten Schwester angetan hatte. Nach einer Tasse Kaffee gab sie sich einen Ruck und las den Rest. Und schon
während des Lesens wünschte sie sich, sie hätte das Tagebuch einfach verbrannt.

*Wie auch immer das passieren konnte, irgendwie sind diese
Fotos an meiner Schule gelandet. Ich bin mir sicher, Mario
hat damit zu tun. Die »S/M-Nutte« nennen mich seitdem
alle. Drei Arschlöcher aus der Parallelklasse haben mir eines Tages auf dem Nachhauseweg aufgelauert. Sie haben
mich in den nahe gelegenen Wald gezerrt und an einen
Baum gefesselt. »Da stehst du ja drauf, nicht wahr?« Sie
meinten, ich wäre eine Hexe und müsse brennen. »Wir
kommen morgen mit einem Kanister Benzin vorbei und er-
lösen die Welt von dir. Du bist Abschaum.«*

Zum Glück fand mich ein älteres Ehepaar und befreite mich. Ich konnte sie nur mit Mühe davon überzeugen, nicht die Polizei zu rufen. Erzählte ihnen, dass es nur ein böser Streich von ein paar Mitschülern wäre, die ich am nächsten Tag der Klassenlehrerin melden würde.

Es gab noch einige ähnliche »Streiche«. Die Schule ist zu einem Albtraum geworden. Aber das ist nicht der Grund für meine Entscheidung. Eine Entscheidung, die ich als letzten Ausweg sehe, um mit alldem abzuschließen. Ich habe schon nach der Zeit bei Mario mit dem Gedanken gespielt, mich umzubringen, aber nun, da ich erfahren habe, dass ich von ihm schwanger bin, sehe ich absolut keine andere Möglichkeit mehr. Ich kann dieses Kind auf gar keinen Fall bekommen. Mutter würde komplett ausflippen und in der Schule würden sie mich endgültig fertigmachen. »Die S/M-Nutte mit dem Braten in der Röhre. Wer ist der Vater, du Bitch?« Nein, das würde ich nicht ertragen.

Ich kann einfach nicht mehr und ich kann auch mit niemandem darüber reden. Nicht einmal mit Ramona. Gerade nicht mit Ramona, die immer noch ihr kleines, unschuldiges Schwesterchen in mir sieht. Ich kann ihre Welt nicht ebenfalls zerstören, es reicht, wenn ich das mit meiner getan habe. Also, leb wohl, liebes Tagebuch. Du warst mein treuester Freund in einer verrückt gewordenen Welt.

Unter den letzten Zeilen waren eingetrocknete Blutflecken zu sehen. Ramonas Tränen tropften darauf und das Rot wurde deutlicher. Offenbar hatte Bianca sich bereits beim Schreiben dieser Worte die Pulsadern aufgeschnitten. Ramona ließ ihren Kopf auf den Tisch knallen. »Warum? Warum? Warum ausgerechnet du?« In diesem Moment stand für Ramona Schumann fest, dass sie Mario Drechsler so fertigmachen würde, dass er sich den Tod wünschte. Unter keinen Umständen würde sie das, was er ihrer Schwester angetan hatte, einfach auf sich beruhen lassen.

KAPITEL 29

Tanja liefen die Tränen in langen Bächen an den Wangen hinab. Sie schluckte schwer, wusste nicht, was sie sagen sollte. Auch Juri wagte nicht, sich zu äußern, fürchtete, jedes gewählte Wort könne das falsche sein. Überhaupt könnten keine Worte der Welt ausdrücken, was sie beim Hören von Ramonas Geschichte empfanden. So etwas geschah doch in der Realität gar nicht. Bestenfalls in Filmen oder Büchern, aber nicht im wahren Leben und gleich gar nicht bei Freunden, also praktisch vor der eigenen Haustür.

Nein, das konnte einfach nicht wahr sein, was Ramona hier alles erzählt hatte. Dabei lag der Zweifel nicht an mangelndem Vertrauen zu ihrer Freundin, sondern mehr an der Tatsache, dass so etwas nicht wirklich geschehen durfte. Aber das tat es. Die Erkenntnis, dass die Realität manchmal schlimmer war als jede Fiktion, war erschreckend.

»Ich … ich weiß nicht, was ich …«, stammelte Tanja und schnäuzte in ein Taschentuch.

»Du musst gar nichts sagen. Du wolltest die ganze Wahrheit, jetzt kennst du sie. Vielleicht kannst du nun besser nachvollziehen, warum ich dieses Arschloch am Boden sehen musste.«

Tanja nickte. »Machst du Witze? Normalerweise müsste man den Penner wirklich umbringen.«

»Glaub mir, das hatte ich auch zuerst gedacht, jedoch wäre das zu einfach gewesen. Das Leben kann so viel schlimmer sein als der Tod.«

Juri kam ums Bett herum und legte seine Hand auf Ramonas Schulter. »Das klingt vielleicht blöd, aber ich bin froh, dass ich dich angeschossen habe.« Er und Ramona sahen sich einen Moment lang schweigend an, dann mussten sie beide lachen.

»Wie geht es jetzt weiter?«, wollte Tanja wissen.

»Gar nicht. Wir sind fertig. Nun können wir nur noch auf die Verhandlung warten. Danach … ach, Mensch … wie soll ich es sagen? Danach gehe ich zurück nach Leipzig.«

»Du willst wirklich wieder weg? Das kannst du doch nicht machen, nach allem, was wir …« Tanja kullerten erneut die Tränen aus den Augenwinkeln.

»Ich weiß, Süße. Es tut mir auch sehr leid, nur muss ich an die Zukunft denken. Ich habe ein Haus und ich bin schwanger. Ich möchte, dass das Kind im Haus meiner Familie groß wird.«

»Das verstehe ich ja, aber …« Tanja sah sie eindringlich an und suchte nach Worten. »Du möchtest dieses Kind wirklich bekommen?«

Ramona legte sanft ihre Hände auf den Bauch und ein Lächeln umspielte ihre Lippen. »Vielleicht kannst du das nicht verstehen und es vermag, in Anbetracht der Umstände, verrückt klingen, aber für mich ist es wie ein Wink des Schicksals. Ich habe das Gefühl, mit diesem Kind ein Stück von Bianca in mir zu tragen. Es kann nichts für seinen Erzeuger und ich werde ihm alle Liebe der Welt geben.« Sie griff nach Tanjas Hand. »Und was den Umzug angeht, ihr könnt mich jederzeit besuchen, auch für länger. Ich habe genug Platz. Es wird euch gefallen.«

Juri lächelte. »Das werden wir, ganz sicher.« Tanja bestätigte seine Aussage durch heftiges Nicken.

»Und außerdem …«, begann Ramona. »Außerdem braucht doch jedes Kind einen Patenonkel und eine Patentante.«

Tanja konnte gar nicht mehr aufhören zu weinen. Sie nahm ihre Freundin in die Arme. »Und es wird die besten bekommen, die es gibt.«

Grau. Ganz gleich, wo Mario Drechsler hinsah, alles um ihn herum war grau. Kalter, grauer Beton und noch kälterer grauer Stahl. Er hatte schon des Öfteren Albträume gehabt, in denen er verhaftet wurde, doch keiner dieser

Träume konnte die Wirklichkeit auch nur annähernd so einfangen, wie sie tatsächlich war. Graue Wände, schwarze Gedanken. Vierundzwanzig Stunden am Tag. Einsamkeit, Stille. Gefangen in der Hölle der Bedeutungslosigkeit. Denn nichts, was er von nun an tat oder dachte, würde etwas bewegen oder hätte auch nur den geringsten Sinn. Verdammt zum sinnfreien Dahinvegetieren. Immer wieder kreisten seine Gedanken um Ramona Schumann und die Ereignisse, die ihn hierher, in diese trostlose Zelle gebracht hatten. Einen Ort, an dem jedwede Hoffnung von den kargen Wänden erdrückt wurde. Jeder Traum von seinen eigenen Schatten gefressen wurde.

An diesem Tag gab es zumindest eine kleine Ablenkung von der Monotonie der Untersuchungshaft. Marios Anwalt, Rüdiger Gröbe, war gekommen, um mit ihm über seinen Fall zu sprechen und die Verteidigung vorzubereiten. Wie einen Schwerverbrecher hatten die Beamten Mario mit Handschellen gefesselt in den Besucherraum geführt. Er fühlte sich hundeelend und sah vermutlich auch so aus. Zumindest war das in den Augen des Anwalts zu lesen.

»Herr Drechsler, was soll ich sagen? Ich will Ihnen nichts vormachen, es sieht für Sie nicht gut aus.«

»Ich habe, verdammt noch mal, nichts getan. Sehen Sie zu, dass Sie mich hier rausholen.« Er schlug mit den gefesselten Händen auf den Tisch. Sofort war ein Beamter neben ihm und verwarnte ihn.

Gröbe versuchte, ihn zu besänftigen: »Beruhigen Sie sich, bitte.« Er holte eine Akte aus seiner Tasche, legte sie vor sich auf den Tisch und öffnete sie. »Haben Sie eine Vorstellung davon, was man Ihnen alles zur Last legt?«

Mario prustete. »Ich soll vermutlich auf diese Fotze geschossen haben, habe ich aber nicht. Das haben die Schweine nur so eingefädelt, um mich fertigzumachen.«

»Und warum genau, sollten sie das getan haben, Herr Drechsler?«

»Weil diese Schumann komplett geistesgestört ist.«

Sein Anwalt ermahnte ihn erneut, die Ruhe zu bewahren, da Mario mit jedem gesprochenen Wort lauter und auch aggressiver wurde. Er bat ihn, von vorn zu beginnen und ihm die ganze Geschichte zu erzählen.

Mario legte los und ließ nichts aus. Er erzählte ihm, wie alles seinen Anfang genommen hatte, bis hin zu dem Schuss auf Ramona, zu dem er nichts sagen konnte. Allerdings vermutete er, Juri hätte damit etwas zu tun.

Der Anwalt sah ihn prüfend an und lehnte sich im Stuhl zurück. Er holte tief Luft, bevor er antwortete. »Das ist ja wirklich eine interessante Geschichte, die auch einem Ihrer Bücher entsprungen sein könnte. Also mal davon abgesehen, dass Sie, wie Sie selber sagen, nichts beweisen können, muss ich Ihnen leider mitteilen, dass die Sache mit dem Schuss auf Frau Schumann nur die Spitze des Eisberges ist.«

»Wie meinen Sie das?«

»Sie haben wirklich keine Ahnung, was Ihnen alles vorgeworfen wird?«

»Die Bullen …« Er sah zu dem Beamten, der an der Tür stand und sie genau beobachtete. »Ich meine, die Polizeibeamten haben ein paar Dinge gesagt, die ich aber in der ganzen Aufregung nicht so richtig mitbekommen habe. Ich war viel zu aufgebracht und durcheinander.«

»Dann hoffe ich, Sie sitzen gut. Versuchter Mord, Körperverletzung in mehreren Fällen, Hausfriedensbruch, Vergewaltigung, unerlaubter Waffenbesitz, Widerstand gegen die Staatsgewalt, Beamtenbeleidigung. Und vermutlich wird man Ihnen den Diebstahl der Bundeswehrwaffe auch noch anhängen.«

»Das soll wohl ein schlechter Scherz sein?«

»Sehen Sie mich lachen? Herr Drechsler, wenn ich es mal ganz salopp sagen darf: Sie stecken bis zum Hals in Schwierigkeiten und ich habe nichts, außer Ihrem Wort, worauf ich eine Verteidigung aufbauen muss.«

Marios Miene verfinsterte sich um eine weitere Nuance. »Sie meinen, ich bin am Arsch?«

»Wenn Sie es so ausdrücken wollen?«

»Reden wir Tacheles. Mit was muss ich rechnen?«

Als die zögerliche Antwort von Rüdiger Gröbe wie ein Donnerschlag seine Ohren erreichte, zerbrach Marios letzter Funken Hoffnung in ein Scherbenmeer. »Das kommt auf den Richter an. Gut, Sie haben keine Vorstrafen, das ist positiv. Dennoch … Bei der Vielzahl und der Schwere der Delikte … Ich würde vermuten, zwölf bis fünfzehn Jahre.«

Nun brach die äußere Fassade Mario Drechslers endgültig zusammen. Nervlich am Ende, konnte er die Tränen nicht länger zurückhalten. Er wandte sich an den Wachmann: »Ich glaube, wir sind hier fertig.«

»Herr Drechsler …«

Mario drehte sich zu seinem Anwalt um und fragte mit gebrochener, fast tonloser Stimme: »Was denn? Was gibt es jetzt noch zu sagen?«

»Es tut mir leid.«

»Ja. Und mir erst.«

Dann führten die Beamten ihn zurück in seine Zelle und überließen Mario der Leere. Er selbst verstummte, aber seine Seele schrie erbärmlich um Gnade.

KAPITEL 30

Der zuständige Staatsanwalt wollte ihn anscheinend zügig aus dem Verkehr ziehen. Sechs Wochen verbrachte Mario in Untersuchungshaft, bis es zur Verhandlung kam. In den unmenschlich langen Tagen hatte Mario immer wieder gehofft, seine Frau Julia würde sich bei ihm melden und sich entschuldigen. Ihm sagen, dass es ihr leidtat und dass sie auf ihn warten würde.

Stattdessen bekam er Besuch eines weiteren Anwalts, den er bis zu diesem Zeitpunkt nicht gekannt hatte. Der ergraute Mann mit dem Vollbart stellte sich knapp und distanziert als Wolfgang Voß vor und überreichte ihm die Scheidungspapiere. Mario hatte keine Kraft mehr, weitere Kämpfe auszufechten, er überflog die Unterlagen nur kurz und setzte schließlich seine Unterschrift darunter. Alle Kapitel seines Lebens schienen ein unglückliches Ende zu nehmen und er fragte sich weiterhin, warum. Diese Frage sollte ihn noch eine ganze Weile quälen.

Als die Verhandlung eröffnet wurde, schwand Marios Hoffnung auf Gerechtigkeit Stück für Stück. Allein die Ausstrahlung des Richters, eine Mischung aus Arroganz und Unnahbarkeit, ließen ihn vermuten, dass dieser sich sein persönliches Urteil bereits gebildet hatte. Er hielt es für ein schlechtes Omen, genau wie die Wahl seines Anwaltes, der überfordert und nervös wirkte. Warum hatte er sich nicht auf sein Bauchgefühl verlassen und einen anderen Verteidiger gesucht? Doch für diese Erkenntnis war es nun zu spät.

Die Feststellung der persönlichen Daten war erfolgt und die Staatsanwältin verlas die Anklageschrift. Die ihm vorgeworfenen Taten hier zu hören, war etwas anderes, als nur mit seinem Anwalt darüber zu reden. Die Bitterkeit und Wut, die seit Marios Verhaftung seine ständigen Begleiter waren, potenzierten sich mit jedem Punkt der Anklage. Als er schließlich gefragt wurde, ob er sich äußern wolle, bejahte er, denn das war die einzige Chance, seine Version der Vorgänge zu erzählen.

»… Herr Richter, wie Sie meinen Ausführungen entnehmen konnten, habe ich nichts, was mir vorgeworfen wird, getan. Es gibt nur ein Opfer, und das bin ich. Die Rache einer abgewiesenen Frau hat mein Leben zerstört und mich hierhergebracht. Nur aus diesem Grund stehe ich vor Ihnen und hoffe, dass Sie meine Unschuld erkennen.« Als er mit seiner Erklärung am Ende war, blieb das Gefühl, man würde ihm Glauben schenken, aus.

Vielleicht bildete er sich das auch ein, denn den Gesichtern der Staatsanwältin und des vorsitzenden Richters war keine Regung zu entnehmen, dennoch war die Ablehnung seiner Person greifbar. Aber was konnte er noch tun, um sie von der Wahrheit zu überzeugen?

Dann begann die Zeugenvernehmung. Es war unglaublich schwer für ihn, Ramona wiederzusehen und sich zu beherrschen. Während sie ihre Lügen erzählte, wäre er am liebsten über den Tisch gehechtet, um diesem Ungeheuer das schwarze Herz mit bloßen Händen aus der Brust zu reißen. Dem Verteidiger entging der Gemütszustand seines Klienten nicht und er ersuchte ihn immer wieder um Ruhe und Besonnenheit. Nicht selten legte er beschwichtigend seine Hand auf Marios Unterarm.

Nachdem auch Tanja und Juri mit ihrer Aussage fertig waren, stand für Mario fest, dass sie sich perfekt abgesprochen hatten. Achtzig Prozent ihrer Worte waren dreiste Lügen. Unwahrheiten, die Mario den Kopf kosten könnten. Als letzter Zeuge wurde sein ehemals bester Freund aufgerufen. Johann erwies sich als ebenso großer Lügner und als Feigling obendrein. Kaum eine Frage des Staatsanwaltes beantwortete er wahrheitsgemäß – angeblich hatte er nie etwas mitbekommen. Johann Kruse war keine Hilfe, für niemanden.

Mario blickte in die Gesichter von Juri, Tanja und Ramona. Besonders Ramona spielte ihre Opferrolle herausragend, jeder hätte ihr die erlittene Tortur abgekauft. Von ihm angeschossen, missbraucht und schwanger. Er taxierte den Staatsanwalt, dann den Richter und ihm wurde blitzartig klar, dass es überhaupt keine Rolle spielte, was er gesagt hatte. Sein Eindruck vom Prozessbeginn erhärtete sich. Für die Justiz war er der große böse Wolf und nichts würde daran etwas ändern. Seine Wahrheit war eine andere als die der drei Zeugen. Egal, was er noch tat, sein Leben war gelaufen.

Er schlug mit den Handflächen auf die Tischplatte und stemmte sich hoch. Die Hand seines Verteidigers, der ihn auf den Stuhl zurückziehen wollte, schüttelte er einfach ab. Seine Miene war verbittert und die Worte, die er sagte, voller Hohn: »Euer Ehren, seien wir doch ehrlich. Sie haben Ihr Urteil bereits gefällt, als ich den Raum betrat. Sie haben sich von Anfang an dazu entschieden, dieser geisteskranken Fotze und ihren gestörten Freunden jedes Wort zu glauben. Das sind die Opfer – ich bin der Täter. Also, was hat es für einen Sinn gemacht, dass ich Ihnen die Wahrheit erzählt habe? Es interessiert Sie doch gar nicht. Sie wollen mich aus dem Verkehr ziehen und Ihren fetten Arsch vermutlich so schnell wie möglich wieder auf den Golfplatz schaffen.«

Die Unruhe im Saal nahm zu und von überall hörte man empörtes Getuschel, aber auch die Gier nach einer weiteren Sensation. Der Richter atmete schwer und von seinem Hals breitete sich eine leichte Röte hin zum Kopf aus. Betont ruhig sagte er: »Herr Drechsler, ich ermahne Sie …«

Mario hatte nichts mehr zu verlieren und fiel ihm direkt ins Wort: »Fickt Euch, Euer Ehren, fickt euch doch einfach alle ins Knie.« Er hob die beiden Mittelfinger und reckte einen zum Richter und einen zu Ramona. »Denkt daran, man sieht sich immer zweimal im Leben.«

Die Urteilsverkündung hatte Mario letztendlich nicht anders erwartet und dennoch zog sie ihm den Rest Boden, den er noch gespürt hatte, gänzlich unter seinen Füßen weg. »... verurteile ich den Angeklagten Mario Drechsler zu fünfzehn Jahren Haft ...«

Die weiteren Worte des Richters hörte Mario kaum mehr, alles war wie in eine dichte Nebelwand gehüllt. Erst als er von den Polizisten hinausgeführt wurde, traf sich sein Blick mit dem Ramonas. Sie konnte sich ein Lächeln nicht verkneifen, hatte ihr Ziel erreicht. *Treffer und versenkt!*

EPILOG

2 Jahre später, JVA Bochum

Du hast Besuch, Drechsler«, die autoritäre Stimme des Schließers Thorsten Heller riss Mario aus seinen Tagträumen. Sich in ferne Fantasiewelten zu flüchten, war zu seinem ganzen Lebensinhalt geworden. Er schrieb praktisch Bücher in seinem Kopf und wirkte dabei immer öfter, als stünde er an der Grenze zur Apathie. Aber was war ihm sonst geblieben? »Hallo, Erde an Häftling!«

»Das muss ein Irrtum sein. Ich bekomme nie Besuch.«

»Tja, dann scheint das heute wohl dein Glückstag zu sein. Also los, beweg dich, sonst ist die Zeit um, bevor du da bist.«

Mario war verwirrt. Zwei Jahre lang hatte er von niemandem etwas gehört. Keiner scherte sich auch nur einen Dreck um das *Monster aus Hagen*, wie die Presse ihn genannt hatte. Schwerfällig erhob er sich von seinem Bett und trottete dem Vollzugsbeamten hinterher.

»Großer Tag, was, Alter?« Zumindest mit seinem Zellengenossen hatte Mario Glück gehabt. Gerd Lehmann war kein übler Typ, kein Verbrecher. Genau wie Mario beteuerte Gerd immer wieder, dass das Messer in der Schulter seiner Frau ein Unfall gewesen war. Die beiden nannten die JVA nur noch den *Knast der Unschuldigen*.

»Bestimmt nur mein Anwalt«, erwiderte Mario emotionsarm. Doch er sollte sich täuschen.

Als Mario Drechsler den Besucherraum betrat, warteten zwei Frauen auf ihn. Eine hatte ein kleines Kind auf dem Arm. Er musste zweimal hinschauen, bevor er Ramona Schumann erkannte. Sie hatte sich verändert. Ihre Haare hatten ein natürliches Braun und sie waren erheblich länger geworden. Tanja hingegen sah noch genauso aus, wie er sie in Erinnerung hatte. Im ersten Moment wollte er auf dem Absatz kehrtmachen und in seine Zelle zurückgebracht werden. Im nächsten wollte er den beiden Frauen an die Kehle springen, doch der Gefängnisalltag hatte ihn zu einem trägen und schwerfälligen Abziehbild seiner selbst gemacht. Längst war er kein Kämpfer mehr, sondern ein wahrlich gebrochener Mann. Er ignorierte die aufkommenden Emotionen und ließ die Neugier gewinnen. Ohne ein Wort zu sagen, setzte er sich an den Tisch.

»Hallo, Mitch. Siehst ziemlich kacke aus. Bekommt dir wohl nicht so gut, die Käfighaltung, was?«

Tanja hatte recht, Marios Gesicht war eingefallen und

faltig. Die typische Knastblässe ließ ihn krank wirken. Er hatte an die fünfzehn Kilo abgenommen und verstrahlte eine geradezu erdrückend depressive Stimmung.

Ramona drehte sich zu ihrer Freundin. »Lass mal gut sein, Tanja. Hier, nimm die Kleine und warte bitte draußen auf mich.« Marios Blick wanderte zu dem Kind. »Ja, sieh dir deine Tochter genau an. Denn es wird das einzige Mal sein, dass du sie zu Gesicht bekommst, Mitch.«

»Mitch Dalton ist tot. Ihr habt ihn umgebracht. Genau wie Mario Drechsler.« Es war nicht ersichtlich, ob der Anblick des Kindes irgendetwas in ihm bewegte. Seine Miene war ausdruckslos, sein Blick leer und trüb.

Tanja wandte sich noch einmal zu ihm um und präsentierte voller Stolz ihren neuen Ehering. »Siehst du das? Vielleicht wird es dich freuen, zu hören, dass dein alter Freund Johann ein besserer Ehemann ist, als du es je sein könntest.«

Ihr abfälliges Lachen erreichte ihn genauso wenig wie ihre Worte. Teilnahmslos sah er zu, wie ein Wärter sie hinausbegleitete. Erst als sie den Raum verlassen hatte, glomm der Hass in ihm wieder auf. »Warum bist du hier, Miststück? Hat dir dein Triumph nicht gereicht? Willst du noch einmal auf meinem verrottenden Kadaver tanzen?«

Ramona lachte leise auf. »Führe mich nicht in Versuchung. Tatsächlich wollte ich, dass du einmal in deinem beschissenen Leben deine Tochter siehst. Das einzige Kind, das du je haben wirst. Aber es wird weder deinen verdammten Namen kennen noch dich jemals Papa nennen.«

»Ist mir egal. Das ist nicht mein Kind. War es das?«

»Meinst du ernsthaft, dass ich deswegen so einen langen Weg auf mich genommen habe? Nein, ich möchte dir etwas Gutes tun. Ich will nicht, dass du dumm stirbst. Also dümmer, als du ohnehin schon bist.«

»Okay, ich denke, wir sind hier fertig. Wärter …« Er wollte aufstehen, doch Ramona hielt ihn zurück.

»Warte. Es wird dich interessieren, was ich zu sagen habe.«

»Na, da bin ich aber gespannt.« Er schaute ihr nicht einmal mehr in die Augen, sondern starrte durch die Wand ins Leere.

»Bianca Schumann.« Ramona warf ein Foto auf den Tisch.

Mario nahm das Bild und betrachtete es kurz, bevor er es wieder auf den Tisch fallen ließ. »Ja, ganz geil, die Kleine. Was ist mit ihr?«

Ramona war fassungslos, dieses Arschloch konnte sich nicht mal mehr an ihre Schwester erinnern. An den Grund, den Motor, der sie, Ramona Schumann, angetrieben hatte, all die Dinge zu tun, die Mario Drechsler hierher an diesen Ort ohne Hoffnung gebracht hatten. »Sieh genau hin, du Wichser. Das ist meine Schwester, Bianca Schumann. Oder besser gesagt, das war sie. Du hast sie auf dem Gewissen.«

Er schaute sich das Foto noch einmal an. »Sorry, ich habe keinen Schimmer, wovon du da redest.«

War das zu fassen? Ramona wusste nicht, was schlimmer war. Das, was er ihrer Schwester damals angetan hatte, oder die Tatsache, dass es offenbar so viele andere gab, dass er sich, so wie es aussah, an gar keines seiner Opfer mehr richtig erinnern konnte, oder wollte.

»2003 war sie eine Woche lang bei dir. Damals nach dem Umbra-et-Imago-Konzert. Sie hatte diese Tage mit dir nie verarbeiten können. Du weißt vermutlich nicht, dass sie psychische Probleme hatte. Borderline-Tendenzen, Depressionen und so einiges mehr. Am Ende hatte sie sich die Pulsadern aufgeschnitten.«

»Ach, ja, Bianca … ich erinnere mich. Die kleine, notgeile Sau, die mich vergewaltigt hat. Ja, war schon 'ne Süße, auf ihre naive Art.«

Nur mit Mühe beherrschte sich Ramona, krampfhaft hielt sie sich an der Sitzfläche ihres Stuhles fest. Hinausgeworfen zu werden, wollte sie nicht riskieren, viel zu lange wartete sie schon auf den Augenblick. Ihr kalter Blick fixierte Mario. »Sie wäre kurz nach ihrem Suizid siebzehn Jahre alt geworden, hatte ihr ganzes Leben noch vor sich, bevor du gekommen bist und sie zerstört hast.«

»Oh, ich bin nicht nur einmal gekommen, das kann ich dir versichern. War ziemlich eng, deine Schwester. Schade drum. Sie war echt erst sechzehn, als ich sie gefickt habe? Mir sagte sie, sie wäre volljährig. Mal ehrlich, ich hatte keinen Grund, ihr nicht zu glauben. Aber, hey, wenn Sechzehnjährige so abgehen, frage ich mich doch glatt, warum ich mich überhaupt mit alten Frauen abgegeben habe.«

Das Gefängnis bekam Mario Drechsler offensichtlich gar nicht gut. Ramona stellte fest, dass er ein noch größeres Arschloch geworden war als zuvor. Erstaunlich, dass eine Steigerung überhaupt möglich war. »Ich wollte nur, dass du weißt, warum du hier bist. Alles, was man tut, hat Konsequenzen und manche Dinge kommen auf einen zurück wie ein verdammter Bumerang.«

»Aus dem Grund hast du mein Leben ruiniert? Wegen dieser kleinen, toten Fotze? Meinst du, es macht dein armes Schwesterchen wieder lebendig?«

»Nein, aber ich kann besser schlafen, wenn ich weiß, dass du in einer Zelle vor dich hin schimmelst und dich fragst, was nur falsch gelaufen war, in deinem verkackten Leben.« Ramona stand auf und griff in ihre Tasche. »Eine Sache noch, bevor ich mich für immer von dir verabschiede.« Sie zog ein ziemlich dickes Taschenbuch heraus. Auf dem Cover war ihr Name zu lesen, darunter in fetten roten Buchstaben: *Der Autor.* Sie knallte es auf den Tisch. »Das habe ich dir noch mitgebracht. Wenn dir mal langweilig sein sollte.«

»Du hast diese ganze Scheiße aufgeschrieben?«

»Ja, echt witzig, oder? Mein Agent, ich glaube, du kennst ihn: Karl Wiesner …« Marios Augen verengten sich zu schmalen, zornigen Schlitzen. »Also, Karl hat mich vorhin angerufen, um mir mitzuteilen, dass wir den dritten Monat in Folge auf Platz eins der Spiegelbestseller-Liste sind. Und … jetzt halt dich fest: Er hat die Filmrechte nach Amerika verkauft. Bin gespannt, wer dich spielen wird, Mitch Dalton.«

Mit diesen Worten verschwand Ramona Schumann aus seinem Leben. Er schrie ihr noch hinterher: »Mitch Dalton ist tot. Tot, tot, tot, du elende Fotze. Du hast ihn umgebracht. Du müsstest hier einsitzen, du verdammte Hure. Dalton. Ist. Tot.«

Die Vollzugsbeamten hatten Mühe, Mario aus dem Raum zu zerren. Er wehrte sich, trat um sich und schrie Ramona noch lange seine Flüche hinterher. Aber sie konnte ihn nicht mehr hören. Sie hatte auch nie davon erfahren, dass Mario Drechsler einige Tage nach ihrem Besuch seinem Zellengenossen ihr Buch über den Schädel gezogen hatte. Mit einem Nervenzusammenbruch wurde er schließlich in eine geschlossene, psychiatrische Einrichtung überführt.

Für Ramona Schumann hingegen fing ein neues Leben an. Ein Leben ohne Hass und ohne Mitch Dalton. Draußen vor der JVA wartete Tanja auf sie und legte die kleine Bianca Mareen Schumann zurück in die liebevollen Arme ihrer Mutter.

NACHWORT

Authentizität. Beim Schreiben dieser Geschichte musste ich feststellen, dass mir der Begriff mit jedem Buch wichtiger wird. Deshalb greife ich für meine Schauplätze gerne auf Orte zurück, die ich wenigstens ein bisschen kenne. In dem Fall hier wäre »ein bisschen« jedoch untertrieben. Ein Großteil der Handlung spielt in der ehemaligen Bergbaustadt Herten, im Zentrum des Ruhrgebiets. Ich habe selbst über fünfunddreißig Jahre meines Lebens dort gewohnt. Aber nicht nur bei den Örtlichkeiten habe ich mich meiner eigenen Erinnerungen bedient, auch einige der kleinen Anekdoten der Protagonisten entstammen meinem eigenen Leben.

Zum Beispiel war es tatsächlich ich selbst, der an diesem Ententeich bei seinem ersten Versuch, den BH eines Mädchens zu öffnen, kläglich versagte. Auch der Junge, der auf dem Weg zum Eiswagen angefahren wurde, war ich selbst. Ich hatte allerdings neben dem verlorenen Geld noch eine weitere Sorge, und das war mein Fahrrad, welches einige Meter weiter als unförmiger Klumpen dalag. Außerdem wollte ich nicht mit ins Krankenhaus und bin einfach nach oben in die Wohnung gelaufen, da es direkt an unserem Haus passiert war. Die Rettungskräfte sprinteten mir hinterher und ich musste doch noch mit. Wie sich herausstellte, hatte ich ein angebrochenes Schlüsselbein durch meine gekonnte Judorolle über die Motorhaube des Wagens, der mich durch die Luft gewirbelt hatte.

Und noch eine Geschichte entspringt meinem eigenen Leben. Eine, auf die ich ganz sicher nicht stolz war oder bin. Marios Vergangenheit bei der Bundeswehr. Ja, es war meine Freundin, die damals die Beziehung beendet hatte. Ich war am Boden zerstört und tatsächlich derart ausgerastet, dass ich am Ende, als alle anderen bereits auf dem Heimweg waren, wirklich die Stube streichen musste. Der angesprochene Jähzorn war in jungen Jahren durchaus mein eigenes Problem. Ich glaube, dass es genau solche »Kleinigkeiten« sind, die einem Roman noch mehr Leben einhauchen und ihn realistischer werden lassen.

Nicht jedes meiner Bücher hat einen tieferen Sinn oder eine Botschaft, doch bereits in meinem Werk »Jesper« ging es um das Thema: Andersartigkeit. Dieses Mal geht es um das Miteinanderumgehen. Sind wir uns wirklich darüber bewusst, wie wir mit den Gefühlen anderer umspringen? Ich persönlich denke, dass wir das in der Regel nicht sind. Auch ich kann mich nicht davon freisprechen, die Dinge allzu oft nur aus meiner eigenen Sichtweise zu betrachten. Was aber wäre, wenn wir endlich lernen würden, diese Perspektive zu wechseln? Genau so ein Perspektivenwechsel kann manches in einem ganz anderen Licht erscheinen lassen.

Viele Menschen laufen einfach mit einem Tunnelblick durch die Gegend, sehen nur ihre eigene kleine Welt und haben ihre angeborene Empathie verkümmern lassen. Dabei ist es im Grunde ein Widerspruch in sich. Wir sind Herdentiere und suchen meistens die Gesellschaft von anderen Artgenossen. Die Wenigsten sind gerne dauerhaft alleine. Warum verhalten sich viele trotzdem so, als wären sie mehr wert als ihr Gegenüber? Warum siegt das Ego so oft über das Herz? Ich weiß es nicht, aber ich weiß, dass mir die Welt, in der wir leben, nicht besonders gut gefällt. Ich hasse es, dass Menschen sich gegenseitig umbringen, weil der eine etwas hat, was der andere haben möchte. Oder weil der andere nicht an denselben ominösen Gott glaubt. Oder, noch schlimmer, einfach aus Lust am Töten.

Unsere Generationen in Mitteleuropa haben trotz aller Missstände bisher ein halbwegs behütetes Leben führen können. Aber was ist mit dem Rest der Welt? Wir verschließen die Augen davor. Die ganzen Kriege und Hungersnöte haben unsere Haustür ja noch nicht erreicht. Kriege, in denen eine Handvoll Geldgieriger und Machtbesessener über Leben und Tod von Massen bestimmen. »Wir haben nur Befehle befolgt.«

Sicher, das hat jetzt nicht direkt etwas mit diesem Buch zu tun und ist weit ausgeholt. Oder doch nicht? Die Frage bleibt die Gleiche: Was stimmt mit uns nicht, dass wir mitunter so egoistisch und abgeklärt das Leben anderer zerstören? Und das trifft im Kleinen wie im Großen zu. Es gibt viele Marios da draußen, die sich einen verdammten Dreck um das seelische oder körperliche Wohl anderer scheren. Die nur auf ihren eigenen Vorteil bedacht sind. Wir sollten uns in Acht nehmen vor Leuten wie Mario, die alles nur aus der eigenen, beschränkten Perspektive betrachten.

Ich bin natürlich weder Psychologe noch Revolutionär noch irgendein spiritueller Guru. Ich bin lediglich jemand, der sich wünscht, er könne irgendwie seinen Teil dazu beitragen, diese Welt im Rahmen seiner Möglichkeiten etwas besser zu gestalten. Um Dinge anders oder besser zu machen, muss Althergebrachtes manchmal zerstört werden. In diesem Falle: alte Denkmuster. Wir sind einfach nicht nur für uns selbst verantwortlich, sondern auch für alle anderen, mit denen wir auf irgendeine Art und Weise interagieren. Jedes Gespräch, das wir mit anderen Menschen führen, jede Tat, ob ausgeführt oder vermieden, kann weitreichende Konsequenzen haben. Für das eigene, aber eben auch für das Leben unseres Gegenübers. Das sollten wir uns stets bewusst machen. Eine einfache Regel für zwischenmenschliche Beziehungen wäre für mich beispielsweise: Behandele andere Menschen stets so, wie du auch von ihnen behandelt werden möchtest.

Der Zustand unserer Gesellschaft lässt es in meinen Augen nicht zu, dass wir weiterhin mit dieser Ellbogenmentalität umherstreifen und für unsere eigenen Belange sprichwörtlich über Leichen gehen. Wie viele Tausend Jahre Evolution sind noch nötig, damit die Menschheit empathisch erwachsen wird? Miteinander statt gegeneinander. Wie singen die Fantastischen Vier so schön? *»Es könnt alles so einfach sein – isses aber nicht.«* So, nun aber genug der Amateurweisheiten.

Zum Schluss möchte ich noch einmal darauf hinweisen, wie sehr sich Autoren über Rezensionen freuen und wie wichtig sie für uns sind. Sie sind wie der Applaus für jemanden, der auf der Bühne steht. Gleichzeitig unterstützen gerade die Rezensionen beim großen »A« auch die Platzierungen in den Toplisten. Sie spielen ebenso eine Rolle für ein gutes Ranking wie die Verkaufszahlen. Also, vorab vielen Dank, wenn Sie sich auch dafür einen kleinen Moment Zeit nehmen.

Für Feedback, Fragen und Anregungen stehe ich Ihnen gerne in den sozialen Netzwerken zur Verfügung. Ich bin stets bestrebt, mir diese Zeit zu nehmen. Denn ohne Sie, ohne die Leser, wäre ich nicht das, was ich bin. Danke für jeden Augenblick, den Sie mir und meinen Geschichten widmen.

Vielen Dank für Ihre Aufmerksamkeit und bleiben Sie mir gewogen.

Ihr Michael Barth

DANKSAGUNG

Zuerst möchte ich mich bei Ihnen bedanken, dass Sie sich die Zeit genommen haben, um dieses Buch zu lesen. Ich hoffe selbstverständlich, dass es Sie gut unterhalten hat. Dennoch habe ich auch immer ein offenes Ohr für konstruktive Kritik und Anregungen, die mich in meinem Bestreben unterstützen, die Qualität meiner Werke kontinuierlich zu steigern.

Dank gebührt ebenfalls erneut meiner Frau Kerstin, die wiedermal keinerlei Überstunden gescheut hat, um dieses Werk in eine vernünftige Form zu bringen. Das gilt auch für unsere hochgeschätzten Testleser Andrea, Alex, Ramona, Kerstin, Anett, Claudia, Vanessa W., Melanie, Diana, Veri, Maren, Vanessa I. und Johann, die meine Arbeiten stets so lange in der Luft zerreißen, bis man sie auf die potenziellen Leser, also auf Sie, loslassen kann.

Ich möchte mich bei Ramona Wegener bedanken, die sich selbst als mein *Fangirl Nummer 1* bezeichnet und mit ihrem Vornamen Pate für Ramona Schumann stand. Auf der ersten Ausgabe dieses Buches stellte sie sich freundlicherweise als Covermodel zur Verfügung.

Mein Dank gilt auch dem Fotografen Gordon Wegener und seinem Lichtassistenten Liam C. Wegener, die das Bild exakt nach meinen Vorstellungen realisiert haben. Leider hat die Leserschaft meine Leidenschaft zu diesem Cover nicht geteilt, weil sie keinen Bezug zum Buch herstellen konnte.

Da eine Biografie aus dem Hause Barth sehr ungewöhnlich wäre, habe ich beschlossen, dass ein Cover her muss, welches dem Genre mehr entspricht. Da es jedoch auch einige Befürworter gibt, wird das Cover mit meinem Fangirl als *Sonderedition* auf dem Markt bleiben.

ÜBER DEN AUTOR

Michael Barth (Baujahr 1970) hatte nie geplant, Schriftsteller zu werden. Doch die Geschichten, die sich permanent in seinem Kopf abspielten, interessierte das herzlich wenig. 2014 musste der Autor dann feststellen, dass es eine Lösung für das Problem gab. Sobald diese Geschichten zu Papier gebracht waren, gaben sie Ruhe und verschwanden.

Aber es sprach sich schnell in der Welt der unerledigten Storys herum und nun stehen sie Schlange bei Herrn Barth, um in die Welt freigelassen zu werden. Laut seiner eigenen Aussage ist dahingehend kein Ende in Sicht.

Der gelernte Mediengestalter für Digital- und Printmedien hat bisher sechzehn Romane veröffentlicht. Davon drei Hardcore-Horror-Romane unter dem Pseudonym Ethan Kink.

Mit der Fokussierung auf das Thriller-Genre hat der Autor Anfang 2017 seinen Weg gefunden und man darf sich auf eine mörderisch spannende Zukunft freuen.

WEITERE WERKE DES AUTORS

Henker – ein spannender Thriller, nichts für Zartbe-
saitete.

Erhältlich als Taschenbuch in allen Buchhandlungen
und als E-Book bei Amazon.

ISBN-10: 3746065321
ISBN-13: 978-3746065328

»Wer frei von Schuld ist, braucht den Henker nicht zu fürchten!«

Ein Serienmörder versetzt das Ruhrgebiet in Angst und Schrecken. Er schreibt stets das Wort »Schuldig« mit dem Blut seiner Opfer an die Wand, nachdem er sie brutal hingerichtet hat. In der Presse gibt man ihm den Namen: »Der NRW-Henker« und schürt damit die Angst in der Bevölkerung.

Alles deutet auf einen religiösen Extremisten hin, doch schon bald gerät praktisch jeder in Verdacht, der mysteriöse Killer zu sein.

Hauptkommissar Bernd Zenker ermittelt mithilfe seines besten Freundes, dem Krimi-Autor Armin Kanschek. Schnell kommen sie der Wahrheit gefährlich nahe und geraten dabei selbst ins Visier des Henkers.

Nehmen Sie sich in Acht. Der NRW-Henker kennt vermutlich auch Ihre Leichen im Keller ...

Jesper — ein emotionaler Psychothriller, der auf wahren
Ereignissen beruhen könnte …

Erhältlich als Taschenbuch in allen Buchhandlungen und
als E-Book bei Amazon.

ISBN-10: 3752873736
ISBN-13: 978-3752873733

Manchmal ist die Wahrheit furchtbarer als die Legenden, die daraus entstehen. Eine dieser Legenden berichtet von Hans Ortmann, dessen Geist den beschaulichen Urlaubsort Schausende an der Ostsee nie verlassen haben soll. Im Laufe der Jahre verschwanden immer wieder Frauen auf unerklärliche Weise, nachdem sie sich seinem alten Haus am Waldrand genähert hatten.

Der Regisseur Gregor Rott verbringt mit seiner Frau Melanie und Hündin Luna seinen Winterurlaub in dem kleinen Ferienort. Er ist stets auf der Jagd nach besonders mysteriösen Drehorten und begibt sich, von Abenteuerlust und Neugierde gepackt und entgegen aller Warnungen, auf Ortmanns Spuren. Was so harmlos beginnt, wird zum Albtraum, als seine Frau plötzlich verschwindet. Da ihm nicht einmal die Polizei glaubt, versucht er selbst, die dunkle Vergangenheit des unheimlichen Hauses zu ergründen. Schließlich offenbart sich ihm eine grausige Wahrheit, die nie ans Licht kommen sollte.

Geist — ein Psychothriller, der mit Ihren Ängsten und Ihrem Verstand spielt.

Erhältlich als Taschenbuch in allen Buchhandlungen und als E-Book bei Amazon.

ISBN-10: 3743190680
ISBN-13: 978-3743190689

Ausgezeichnet mit dem Skoutz-Award-Leserpreis 2018 für das beste Buch in der Kategorie Horror!

Christian trägt die Mitschuld an einem Verkehrsunfall, bei dem sein bester Freund Daniel auf tragische Art und Weise ums Leben kommt.

Kurz nach dessen Beerdigung geschehen unheimliche Dinge in der Wohnung des Zwanzigjährigen. Bald muss er sich der Frage stellen, ob er es mit dem rachsüchtigen GEIST seines Freundes zu tun hat oder ob er zunehmend dem Wahnsinn zum Opfer fällt.

Und der Wald flüstert ihren Namen – ein Thriller
über den Willen zu überleben. Koste es, was es wolle.

Erhältlich als Taschenbuch in allen Buchhandlungen und
als E-Book bei Amazon.

ISBN-10: 374480125X
ISBN-13: 978-3744801256

Der Streich dreier Mitschüler wird für die achtzehnjährige Kelly Whitmore zum Albtraum.

Nackt und mit Handschellen gefesselt irrt sie durch die endlosen Wälder des Baxter National Parks in Maine. Ihr Kampf ums buchstäblich nackte Überleben, konfrontiert sie mit einer wilden, unberührten Natur und dem eigenen Ich.

Während sich die Jungs auf die wenig aussichtsreiche Suche nach ihrem Opfer machen, drohen nicht nur ihre Freundschaft, sondern auch sie selbst an den Folgen ihrer Tat zu zerbrechen.

Doch damit nicht genug, denn in den Wäldern lauert noch Schlimmeres als wilde Tiere ...

Michael Barth im World Wide Web:
www.michael-barth-autor.de
Facebook: Michael Barth